『湖北近代文学研究』丛书・第二辑

湖北近代作家诗文辑佚（第一集）

◎程翔章　程祖灏／辑注

湖北省公益学术著作出版专项资金
Hubei Special Funds for Academic and Public-interest Publications

華中師範大學出版社

新出图证(鄂)字 10 号

图书在版编目(CIP)数据

湖北近代作家诗文辑佚.第一集/程翔章,程祖灏辑注.—武汉:华中师范大学出版社,2024.3

(“湖北近代文学研究”丛书.第二辑)

ISBN 978-7-5769-0419-2

Ⅰ.①湖… Ⅱ.①程… ②程… Ⅲ.①中国文学—近代文学—作品综合集 Ⅳ.①I215.02

中国国家版本馆 CIP 数据核字(2024)第 021071 号

湖北近代作家诗文辑佚(第一集)

责任编辑:梅 杰 **责任校对:**童 雯 **封面设计:**罗明波

编辑室:学术出版分社 **电话:**027-67863280

出版发行:华中师范大学出版社

社址:湖北省武汉市珞喻路 152 号 **邮编:**430079

电话:027-67863426(发行部) 027-67861321(邮购)

传真:027-67863291

网址:http://press.ccnu.edu.cn **电子信箱:**press@ccnu.edu.cn

印刷:广东虎彩云印刷有限公司 **督印:**刘 敏

字数:270 千字

开本:710mm×1000mm 1/16 **印张:**15.5

版次:2024 年 6 月第 1 版 **印次:**2024 年 6 月第 1 次印刷

定价:78.00 元

欢迎上网查询、购书

前　　言

湖北位于中国大陆的中部、长江的中游，汉江的大部分流域在湖北境内。境内周边为山地丘陵，中部为辽阔富饶的江汉平原，不仅土地肥沃，物产丰富，乃全国有名的鱼米之乡；而且交通便利，四通八达，有“九省通衢”之誉，地理位置十分优越。自先秦至清代中叶，湖北都是各个朝代文学的重镇，有着优良的文学传统，为中国文学的发展做出过重要贡献。进入近代后，文学创作的成就虽然没有广东、福建、湖南、江苏和浙江等省份突出，但湖北作家继承前辈的优良传统，紧跟时代步伐，勇于探索，积极实践，也取得了可喜的成就，为中国文学的近代化与现代化，奉献了自己的智慧和力量。

这里所说的“近代”，通常是指自鸦片战争开始至五四运动为止，即1840年至1919年的这一历史时期。这一历史时期是中国历史上一个非常特殊的历史阶段，由于帝国主义列强侵略的日益加深，中国社会发生了数千年未有之大变局，原有的君主专制的封建社会逐渐转变为半殖民地半封建社会，故史学界将这一特殊阶段的历史称为“中国近代史”；而发生、发展于这一特殊历史阶段的中国文学，无论是文学观念、文学思想、文学理论，还是文学体裁、文学方法、文学创作，随着社会大动荡、大分化、大变革的历史进程，亦发生了前所未有的变化，故文学界将这一特殊历史阶段产生的文学称为“中国近代文学”。

改革开放以来，中国迎来了学术研究的春天，尤其是对中国近代文学的研究，可谓兴盛繁荣，一日千里，硕果累累。但与全国其他省市相比，尤其是与福建、广东、湖南、安徽、山东、江苏、上海、北京等省市相比，湖北近代文学的研究相对比较薄弱、落后，不仅研究的学人少，而且研究的成果亦少。

笔者从事中国近代文学的研究，最初接触湖北近代作家的文学创作，始自20世纪80年代中期。那时刚大学毕业不久，留在学校从事管理工作，应师友之邀，在工作之余，跟随林非先生一起编撰《中国散文大辞典》，并被安排负责整个近代部分。从那时起，笔者就发现湖北近代文学是一座富矿，值得花力气去挖掘、开采，并有心在这方面做些努力。随着辞典编撰的深入展开，笔者开始有意收集湖北近代作家的相关资料，并断断续续写过一些湖北作家的研究文章。只是由于各种任务繁重，难以集中精力在这方面下功夫。

进入 20 世纪 90 年代后，除管理工作比较繁重之外，笔者承担的教学任务亦很重。根据教学工作的需要，笔者将有限的业余时间几乎都用在了对中国近代文学做整体、全面、深入的探讨和思考上，为撰写既能够反映中国近代文学发展整体面貌又适合教学实际的文学史做准备。

20 世纪末与 21 世纪初，我们编撰的《中国近代文学作品选》《中国近代文学》相继出版面世，受到社会和学生的普遍欢迎与肯定，年年加印；后又应出版社之邀，曾多次对这套教材进行修订和改版，花费了笔者不少时间和精力。直到 2015 年前后，笔者才逐渐从繁重的事务中脱身出来，开始对湖北近代作家做整体、全面、深入的研究。尤其是退休后，笔者谢绝了多所学校的聘请，一心一意在家进行对湖北近代作家的研究，并在学校出版基金的资助下相继出版了《湖北近代作家研究（第一集）》《樊增祥年谱》《王柏心年谱》等著作，受到朋友和学术界同人的肯定。

尽管如此，笔者总觉得出版周期过长，过于零散，研究成果不能及时面世，故难以产生较大的影响。因此，笔者产生了组织人力编撰一套“湖北近代文学研究”丛书的想法，诸如作家的年谱、评传、佚文和作家的诗文选、湖北近代文学史等等，均可纳入其中。丛书不求一次整体推出，可以分辑推出，每辑 6～8 本，完成一辑，推出一辑。这样日积月累，十几年下来，也会形成一定规模，产生一定影响。

笔者将此想法告知校出版社的领导，立即得到他们的肯定和大力支持。适值湖北省启动了 2020 年度公益学术著作出版专项资金项目的申报工作，出版社领导遂积极支持和推荐笔者申报了“‘湖北近代文学研究’丛书（第一辑）”这个项目。感谢各位专家评委的支持和信任，这个项目最终获得批准。

笔者真诚地希望，“湖北近代文学研究”丛书的第一辑和以后将陆续出版的各辑，能够引起学人们的关注，促使大家重视湖北近代文学的研究，促进湖北近代文学的研究更加全面、深入地开展，出现更多、更好的研究成果，共同为繁荣湖北的文化建设做出我们的贡献。

程翔章

目　录

王柏心卷

张裕钊卷

杨守敬卷

王柏心卷

《红豆树馆词》跋[①]

王柏心[②]

余考词之始兴，大抵流连风月，泛咏皋壤，感物而动，其绪无端，以凭虚为奇，以超旷灵澹为宗。至子瞻、幼安辈为之，泛滥于子史，驰骋议论，其体一变，然特以发抒其壮气雄心而已。未有综贯生平、标举志行，若年经月纬，粲然可睹指者也。兹则体沿协律，义兼纪事，排比敷陈，开昔人未辟之町畦。其伦则君亲、昆弟、夫妇、师友，其事则遨游、羁旅、敷文纬典，其情则忻愉悲戚，其境则壮老穷达，析之各有宗旨，合之互相首尾，又能分忖节度，穷极窈眇，有启涂拓宇之观，无官凌羽替之疾。于此体为创见而仍不失其正宗，盛矣哉，前此未尝有也！昔者司马子长、杨子云、班孟坚皆有自叙，杜子美《北征》《昔游》等篇，亦隐括出处，览者资为援据，独填词家无之。世遂以为束于体格，无能恢廓，至有目诗余为小道者。今读《红豆树馆词》，包含宏大，直举胸情，然后知此境正自无穷，人特未能穷其所至耳。集中他美，诸公论之详矣。余以为自有倚声以来，兼众长而扩其境之所未至者，独于兹集见之[③]。

---

① 此文见于陶樑著《红豆树馆词》，道光二十三年（1843 年）百媚书屋刻本；而今所出王柏心著、张俊纶点校之《百柱堂全集》（崇文书局 2008 年 8 月版）未见收录。陶樑（1772—1857），字宁求，号凫香，江苏长洲（今苏州市）人。嘉庆十三年（1808 年）进士，由编修累官至礼部侍郎。咸丰六年（1856 年）以病乞归，次年去世。凫香早有文名，历官所至，提倡风雅，宾接才俊。工诗词，富收藏，精于书画鉴赏。其《红豆树馆词》八卷、补遗一卷、逸稿一卷；另著有《红豆树馆诗稿》十四卷，辑有《国朝词综补遗》二十卷。

② 王柏心（1799—1873），字坚木，号子寿，又号筠方、筠亭，湖北监利人。道光二十三年（1843 年）中举人，次年（1844 年）成进士，曾官刑部主事。后辞官主讲荆南书院数十年，桃李满天下。道光、咸丰、同治年间，曾先后入唐树义、李宗传、罗文俊、陶梁、张亮基、胡林翼等大吏幕府。平生好学强识，博涉经史，学问淹博，肆力于诗词古文，文章道德在江汉享盛名达五十年。著有《百柱堂全集》。又于方志学贡献颇大，编纂有《黄冈县志》《宜昌府志》《东湖县志》《当阳县志》《汉阳县志》《监利县志》等。

③ 此跋作于道光二十三年（1843 年）五月间，时在江夏书院执教。

《巢经巢诗集》序[①]

王柏心

诗言其志而已矣。志者，不可伪为，志之所向，情泄之辞宣之，乃始有声、有貌，数者不备，不可为诗。然数者末也，以志为其本。夫诗无伪。诗之有伪，则驰情溺辞，繁声饰貌者，为之也。古之贤圣、奇杰、忠孝大节之人，不皆为诗，及其为诗，亦无所假于数者，而自足以格神示，昭日月，彼之志固宜有是。若夫学士大夫之从事于诗，则亦有道矣。道安在？在范其志。志有广狭高卑，善范者，植之以仁义，秉之以礼度，履之以忠信；廉洁而又覃思专精，必在经训，则志益广且高，然后发诸诗者，达吾之胸臆，悲愉喜愠无所缘饰，娇揉其间，包络三才，经纬万端。壮者，锵金石幽者，穷要眇上侪之古人，而无盩下质之千百世；而悲愉喜愠，若觌面敷衽，披露肝肺，无不尽者。此惟善范其志，乃能有是。

吾读播州郑君子尹诗而善之。子尹居贫，尚孤介，仕卑官，无怨尤，躬身行孝悌，恻隐民物。其学深博精核，无所不综。尤好治经，研究于康成、叔重而折中以闽洛之说，至其为诗，则削□□猥，探诣奥赜，沦灵思于赤水之渊，而拔隽骨于埃壒之表，不规规肖仿古人，自无不与之合。

余未识子尹，读子尹诗，悲愉喜愠如见子尹焉。进而求之，则蔼然者，仁义也；秩然者，礼度也；较然者，忠信廉洁也。其宗主又不离六经甚矣。子尹能范其志，非若他人沾沾情辞声貌，可以伪为者也。

唐子方方伯者，子尹乡人也，道子尹意欲余序之。余无当于知言，然自谓能言子尹之诗之志，遂书所见，浼方伯贻诸子尹。

咸丰四年，岁在甲寅新正人日，监利王柏心[②]。

---

① 此序文见于郑珍《巢经巢诗集》(九卷)卷首，咸丰四年(1854 年)刻本，今《百柱堂全集》未见收录。《巢经巢诗集》是晚清著名学者、宋诗派代表作家郑珍的诗集。

② 此序作于咸丰四年正月初七日(1854 年 2 月 4 日)。

《衣谵山房诗集》评赠[①]

王柏心

百宝沐浴，五兵纵横，足为当世大才。匆匆奉纳，未获细校，但觉精曜华烛，心目震荡而已。古体多奇作，五七律不堕开元、大历以下。[②]

"明末潘浣所书洒金纸本草书《濯锦赋》手卷"题跋[③]

王柏心

有夕庵道人草书《濯锦赋》横卷，定臣[④]四兄姻世讲得之，属余跋其尾。余览此卷骨体姿采，结构形势，全出右军、大令者，有游龙舞鹤之态。惊其秀发韵流，夭矫遒丽，虽赵吴兴犹当却步，此真优入晋人之室矣。亦

① 王柏心《〈衣谵山房诗集〉评赠》，见于《林昌彝诗文集》附录，上海古籍出版社 2012 年 5 月版，第 442 页。《衣谵山房诗集》八卷，同治二年（1863 年）广州刻本，为福建侯官（今福州市）爱国诗人林昌彝的诗集。林昌彝（1803—1876），字蕙常，又字芗溪，号碌砬山人，晚号茶叟、五虎山人。福建侯官人。道光十九年（1839 年）举人。年轻时游遍名山大川。咸丰三年（1853 年）向皇上进呈所著《三礼通释》，授教授职。与魏源、林则徐、王柏心等友善。鸦片战争期间，作《射鹰楼诗话》二十四卷，收集评论反映鸦片战争的诗歌，表现出强烈的爱国热情和民族精神。工诗文。另著有《衣谵山房诗集》八卷、《小石渠阁文集》六卷、《海天琴思录》与《续录》各八卷以及《赋钞》《诗外集》等。

② 作于同治元年（1862 年）六月。

③ 此题跋见于西泠印社拍卖有限公司"2010 年秋季艺术品拍卖会"——"中国书画—古代作品"专场拍卖品，编号：1825。《濯锦赋》，明末潘浣所书，洒金纸本草书，后为邓承渭所收藏。潘浣，生卒年不详，字起涛，号夕庵，浙江绍兴人。

④ 定臣即邓承渭，生卒年不详，字定臣，亦作定丞。湖北江陵人。工书画，精篆刻，喜收藏。所用印章多为吴昌硕所刻。

由澹墨、花笺、新颖三者相遇，故投之所向无不如意。孙虔礼谓神闲务恬，纸墨相发者，宜其乐兴庆书，快意累累者哉。夕庵出处尚未考，赋亦疑是唐人作，亦未之检，但赏其书迹之离逸迅利而已。好古者谓余言当否？迈叟王柏心跋（钤印：“柏心之印（白）”“王氏子寿（朱）”）。①

附录

致王柏心书②

李　杭③

执事锐意述作，毅然以复古自任，所为古诗歌文辞，咸溯源于周秦，导轨于汉唐，睎先生之盛媺，矫末流之放失，摛藻下笔，体质彪文，颉颃古人，诚无愧色。既遗弃轩冕，徜徉于江湖之间，俶傥恢奇，荡涤情志；其所论说，亦将洸洋自恣，不可端倪。譬之神龙游于重渊，元豹隐于溪谷，其蜿蜒变化、烂漫陆离之状，殆非寡闻浾见者所窥也。④

---

① 此题跋作于同治八年(1869 年)九、十月在汉阳编志期间。

② 此书函今见于林则徐等《道咸同光名人手札》，台北商务印书馆 1972 年版，第 740 页；今《百柱堂全集》未见收录，题目为辑者所加。

③ 李杭(1821—1848)，字梅生，一字孟龙，湖南湘阴人。两江总督李星沅的长子。幼聪慧，7 岁能诗；既长，随父任到过广州、开封、西安等地。弱冠，入城南书院读书，通经史，尤留心经世之学。道光二十三年(1843 年)中举人，二十四年(1844 年)成进士，官翰林院编修。二十六年(1846 年)，奉父命请假送祖母由杭州回湘阴。体弱多病，二十八年(1848 年)病逝于家乡。工诗文，善绘画，尤善画山水及工笔人物。著有《小芋香馆遗集》。

④ 此书函作于道光二十六年(1846 年)十月间。

题监利王子寿柏心比部诗卷①

林昌彝

诗才北地骨开张，敏捷雄篇出锦囊。吟罢螺洲贵奉母，家山烽火感茫茫（子寿乙巳从京师赋《螺洲吟》，归奉母，近以监利失守，不知消息）②。

致王柏心书③

郭嵩焘④

石逆率屡胜之，当悉锐援鄂。润之中丞、迪安观察会合马队，八战皆捷，力挫凶锋，遂使剧贼胆寒，潜师宵遁，军威大振，殊快人意。惟城中饥鼠又复得食，以为负固之计，未能迅速克复，为可虑耳。北岸诸军，以二万之众，数月未闻一战，沙口水营尚须南岸派陆勇防护。专阃何人，付之一叹而已！江省所在糜烂，自曾、刘、吴数君抵瑞后，道路稍通，事机渐

① 林昌彝：《题监利王子寿柏心比部诗卷》，《林昌彝诗文集》卷七，上海古籍出版社2012年版，第194页。

② 此诗作于咸丰四年（1854年）二月间。

③ 此函今见于林则徐等《道咸同光名人手札》，台北商务印书馆1972年版，第539页；今《百柱堂全集》附录中未见收录，题目为辑者所加。

④ 郭嵩焘（1823—1882），字仲毅，号意城，晚年自号樗叟。湖南湘西城西人。少入岳麓书院，精儒家性理，好经世之学。道光二十四年（1844年）举人。咸丰二年（1852年）起，先后入张亮基、骆秉章幕府。首倡在湖南办厘捐，并与左宗棠筹设盐、茶厘金两局，为湘军筹措粮饷。后因功保荐为国子监助教、内阁中书，累官至四品。同治六年（1867年），辞官随其子，时官知府的庆藩就养浙中，以著述自娱。工诗文。著有《卧云山庄诗集》八卷、《卧云山庄尺牍》八卷、《卧云山庄别集》五卷、《说文经字正谊》四卷、《卧云山庄家训》二卷等，今人辑有《郭嵩焘集》。

转。而丰城败贼复纠合会匪，扰及贵溪、弋阳一带。河口厘金为章门军饷大宗，顷又被贼残破，彼中局势，未卜何如？东望茫然，惟增感喟。①

致王柏心书②

郭昆焘

闻蕲州之贼，并力以图黄梅。窃谓宜撤黄梅之师，绕赴上游，转战而下，庶可保武汉，而下无腹背受敌之虞。若久此相持，万一饷道中断，则患乃大矣。江右事势，尚无转机，吉安又有六月十七日之挫，涤帅三疏请终制，不肯即行。

迩来江流大涨，敝处水田多遭淹没，旱田晚稻又苦虫荒，人事天时，徒观增慨。家兄拟于杪秋北上，非希仕进，亦思作朝市之隐耳。知念附闻。季翁近甚忙，计常有书达左右。③

① 此书函作于咸丰六年九月初六日(1856 年 10 月 4 日)。

② 此书函不见收入《百柱堂全集》附录中，今见于林则徐等《道咸同光名人手札》，台北商务印书馆 1972 年版，第 539 页。

③ 此书函作于咸丰七年(1857 年)六月下旬。

致王子寿函[①]

彭玉麟[②]

一昨罗公子书来，道先生缱绻下问之意，并示佳聿。三薰捧读，不禁心花怒茁，狂喜上天。麟耳大名久矣，顾未获蹇修，无由通款。不意正法眼藏，见石梅而爱之，且为谀饰词翰，实鄙人所念不到者。但拈粉调丹，弱而好弄，酒酣耳热，时有悲歌季末、蒿目时艰，觉壮志千寻，渐成弩末。先生谬加宏奖，雄辞健笔，飒飒生风，传之千载后，人将读先生诗，而兼重麟之画与人，岂非附骥以行，其荣幸曷有比数？昔昌黎于长吉，一经品题，名麟长安，麟虽非昌谷其人，而君则今之退之也。仰借余光，得增声价，感甚且惭甚耳。

前代工墨梅者，以吴仲圭为绝诣，近今罕有其匹，知精此技者鲜矣。麟以醉后信指涂雅，辄邀鉴赏，嗜痂之癖，何古今人不甚相远哉！然墨梅巨帧，麟多醉后作，非借酒以助兴，实因酒而发狂，信手纵横，无盐忘丑，亦以时际艰难，杞忧恒抱，郁郁不平之气，特假作梅老干以舒之，可谓无聊，复无赖矣。

入春以来，肝疾作楚，久不访红友，亦久不梦到罗浮。昨以军次清明，寒食漉酒，怅触遥深，不觉玉山欲倒，走笔染纸。曾记前人有句云："囊中剩墨无多少，聊为逋仙写一枝。"盖此意也。驿使将来，寄尘雅盼，

---

① 彭玉麟：《致王子寿函》，见于《道咸同光名人手札》第二集，上海商务印书馆 1924 年版，第 849—850 页；此函不见收录于《百柱堂全集》附录中。

② 彭玉麟(1816—1890)，又名玉麐，字雪岑，号雪琴，别号南岳樵人、吟香外史、退省庵主人等。湖南衡阳人。诸生。少时曾入石鼓书院。早年曾参与镇压李元发起义。咸丰三年(1853 年)协助曾国藩创建湘军，并率师转战南北，屡立战功，历官知县、同知、知府、按察使、布政使、安徽巡抚等职。同治元年(1862 年)改任水师提督，复授兵部右侍郎；三年(1864 年)天京收复，加太子少保衔。光绪九年(1883 年)，擢升兵部尚书，以衰病辞。中法战争爆发，赴广东会筹防务，反对言和，力主抗战。晚年，以病辞官归衡阳。诗、书、画俱佳。著有《彭刚直诗集》八卷。后人整理出版有《彭玉麟集》(全三册)。

未审铁干横斜中，尚有疏影风香仿佛一一否？ 并附拓本八帧，先生试嗅之，楮墨间当拂拂有酒气。 借博胡卢一笑。

军暇草此，祗请子寿先生大人著安。 诸惟神照不尽。

愚弟彭玉麟顿首[①]

致王子寿书[②]

郑　珍[③]

子寿仁兄先生侍右：

前月末，奉七夕所作手函，环诵再四，谆恳无量，窃怪吾兄好成人美，抑何过也?《逸字》小稿，珍私意海内无专荟此事，致病鄦君，故忘简陋，拟与通人裁榷，庶复见南阁之旧。 而吾兄顾不屑指斥，反极其奖论，人所不为，苦心穿穴，诚属好难。 然若膺先生于六书可谓精极，而如珍至不足数者，犹时时觉有遗义。 而今谓管窥之说，都无一非，其谁信之？ 俟后尊见望签出寄示，所心祷耳。

《漆室吟》大著，柏容表兄处竟留下，亦其佩不忍释而然。 印本多，乞再一分，瘖寐萦之矣!

黔中尽为害马蹂躏，官不能救民，贼到处，民率化为贼；官到处，贼又化为民。 递减递炽，何时能了？ 家与湄潭界一山耳，去冬适鄂生南溪旋，贼入焚掠吾里。 珍闻乱，除日及家，妻儿已崎岖避入蜀矣。 正月，贼复逼

① 此书函作于咸丰九年三月初四日(1859 年 4 月 6 日)。

② 此书函见于林则徐等:《道咸同光名人手札》，台北商务印书馆 1972 年版，第 685 页；今不见收录于《百柱堂全集》附录中，题目为辑者所加。

③ 郑珍(1806—1864)，字子尹，晚号柴翁，别号五尺道人、且同亭长、子午山孩。贵州遵义人。道光十七年(1837 年)举人。以大挑二等选荔波(今黔南布依族苗族自治州荔波县)训导。曾任贵州古州厅(今黔东南苗族侗族自治州榕江县)训导、威宁(今彝族回族苗族自治县)学正、镇远(今黔东南苗族侗族自治州镇远县)训导等职。同治二年(1863 年)，因大臣荐举补江苏知县，未赴任而卒。学宗许、郑，精研经学、小学，亦工书善画。工诗文，诗名尤著。著有《巢经巢全集》《经说》《说文大旨》《仪礼私笺》《说文逸字》《说文新附考》《无欲斋诗注》《巢经巢说》《论语三十七家辑注》等二十多种。

近，遂只身出，及桐梓，与家人遇，因留至五月始归。迄今乱靡有定，拾橡随狙，非所云苦，悬悬此身，特未知经落何地？望吾兄螺洲，思根钜郁洲矣。比田帅前队已近，待乡里可无虞，或即出峡相晤，未可定。

昨得鄂生书，渠以病举代解军柄，后复奉调到省养病。此时计已行摄南溪依然也。莫紫湘在京候选已两年，积薪尚多，其季九堇，现摄怀宁，拟往彼，此时当至徽州耳，并附闻。

惟动履颐适是颂，神驰无暨。

愚弟郑珍顿首

九月二十四日①

致王子寿书②

黎庶昌③

子寿先生大人史席：

成童即闻楚四贤中有子寿先生者，学邃德迈，思欲一见，而无由也。既而得读《枢言》一编，卓识似贾太傅，而伟论似仲长统，益大韪之。不意荆州便道，竟睹光仪，畴昔私衷，于斯而遂，虽陈蕃、周举之遇叔度，未足以远喻鄙怀也。所惜者先生抱经世之学，不获展用于时，以为黔黎福耳。

荒江屏处，时抱杞忧，百赋千诗，长歌当哭，此志亦可悲矣！唯是楚中文献，渐以寥落，先生尚巍然灵光之不朽，关系岂浅鲜哉？庶昌少见寡

① 作于咸丰九年九月二十四日(1859 年 10 月 19 日)。

② 此书见于林则徐等:《道咸同光名人手札》,台北商务印书馆 1972 年版,第 895 页;今未见收入《百柱堂全集》附录中,题目为辑者所加。

③ 黎庶昌(1837—1897),字莼斋。贵州遵义人。廪贡生。早年从郑珍学习,后入曾国藩幕,与张裕钊、吴汝纶、薛福成合称“曾门四弟子”。曾署吴江、青浦知县。光绪二年(1876 年)随郭嵩焘出使英、法、德、西班牙等国,任参赞。七年(1881 年)起,曾两任出使日本大臣。十七年(1891 年),出任川东兵备道兼重庆海关监督。工诗文,尤工古文辞,擅书法。著有《拙尊园丛稿》六卷、《西洋杂志》六卷、《曾文正公年谱》十二卷等,又编有《古文辞类纂》二十八卷,还辑刻有《古逸丛书》二百卷。

闻，深有望于长者之教诲，倘蒙不弃，赐我德音，则厚幸矣!

客岁见许大著，春初寄到者，为友人分去，至今未得。尚希将《漆室》《枢言》两集寄掷一二部为感，临楮不尽倾佩之忱。

敬请道安，伏惟垂察。

黎庶昌顿首上

三月廿九日①

致王子寿书②

黎庶昌

子寿先生大人钧座:

前日由京抵寓，遇先生及汪先生在坐，私心快慰，以为得见两贤，可徐请益。不图江上维舟，先生行赋西归矣，怅恨无似!

连日风雨遽作，闻尚未解缆，喜而不寐。庶昌赋性凡下，学识疏庸，自陈言以来，谬盗虚声，未审此后何以上答殊眷。先生懿德纯行，如光风霁月，为学者所宗。平素切究今世大务，必有明体达用、确乎不拔者;可以坐言起行，拨乱反正者。乞先生推广不倦之教，赐道一二，俾得景行私淑，以为植身进德之基，他日能稍自树立，不至颠覆，皆先生之德之教也。

呈上扇一柄，并乞赐书近著;面恳《漆室》《枢言》等集及《经纶》陈言，亦望早为掷寄。曩岁奉和见寄伯兄一律，录辱训诲，想先生乐育之怀，当如太和元气之鼓舞万物，必不以贱质而弃遗也。

琐琐昧渎，无任惶汗，敬请道安!

黎庶昌顿首谨上

十五夜灯下③

---

① 此书作于同治元年三月二十九日(1862 年 4 月 27 日)。

② 此书见于林则徐等《道咸同光名人手札》，台北商务印书馆 1972 年版，第 898 页;今未见收入《百柱堂全集》附录中，题目为辑者所加。

③ 此书作于同治二年三月十五日(1863 年 5 月 2 日)。

致王子寿先生书[①]

李　桓[②]

昨由李少尉交到手札，反复庄诵，忧国之意和爱士之诚，悃悃款款，忠荩悱恻。桓虽不敏，亦得窥大君子用心之厚。今日士大夫多务为隐怪之论，下笔累数千言，非不惊炫耳目。细按之，则矜奇立异之意多，博厚慈祥，民胞物与，于孔门忠恕、诗人忠厚，敻乎其阔绝也。

读来示论岁收、论关中形势、论新交奇事，蔼然有道之言，蔚然大儒气象，自桓有知识以来，默数所闻见巨公长德，求如阁下植品励学、中正和平，足为人伦之表，实无其匹。斯言也，亦非桓一人之称善，凡如桓之用心者，莫不如是言之。独是相去五百里间，数十年倾想，不获一见颜色，易任怅结。数闻子元昆仲之言，每岁小阳，阁下必解馆于里。昨得杭州戚友书，招为西湖之游，且候舍侄京旋再定。

邁园风月，想象久矣。他日维舟奉谒，得尽平生之言，何快如之，何幸如之！

蕲州陈愚谷所著《湖北文载·诗载·丛闻·旧闻》、符南樵《正雅集》谓悉毁于兵火，不知果否？尚有藏本，可假阅否？希留意及之[③]。

---

① 此信见于林则徐等:《道咸同光名人手札》,台北商务印书馆1972年版,第721页;此信未见收入《百柱堂全集》附录中,题目为辑者加。

② 李桓(1827—1892),字叔虎,号黻堂。湖南湘阴人。诸生。咸丰五年(1855年),捐资为候补知府;礼部引见后,分发江西以道员用。历官江西广饶九南兵备道、江西按察使、督理粮储道等职。同治元年(1862年),擢升江西布政使兼署巡抚。次年二月,调任陕西布政使。不久,在入陕途中中风,遂告假回乡养病。同治三年(1864年),遭大吏弹劾,受降三级处分。后因捐巨饷有功,奏准赏还二品顶戴。晚年依其子寓居杭州,专心著述。光绪十八年(1892年)卒于西子湖畔。工诗文。著有《宝韦斋类稿》一百卷,又辑有《国朝耆献类征》七百二十卷等。

③ 此书作于同治二年(1863年)六月间,时在湖南长沙。

致王子寿先生书[①]

李　桓

前阅大著古文各体已编辑开雕，景星庆云，先睹为快。子元昆仲开春来湘，务祈赐寄一部，俾得奉为圭臬，幸甚幸甚!

张香涛学使散体，昨始得见一篇，古雅可诵，未知有刊集否? 四省合刻廿三史，已未告成，均求便中留意。

弟夙有目疾，尚无甚苦，本年以一药之误，左只几致失明，顷始得亲笔墨，而痛定之思，刻虡过费，案头益少新知，大好时光，坐任驹疾，殊恨恨耳!

耀侄幸与优科，深愧非分，外呈试卷，尚乞刊政为荷! [②]

① 此书见于林则徐等:《道咸同光名人手札》,台北商务印书馆 1972 年版,第 730 页;今未见收入《百柱堂全集》附录中,题目为辑者所加。

② 此书作于同治九年(1870 年)十二月间,时在湖南长沙。

致王子寿[①]

曾国藩[②]

三月间增发疝气，起居不便，入夏甫就痊愈。目光昏蒙如故，近又两脚浮肿，衰态毕增，一切军政吏治均未能悉心经理。江海各防虽拟及时整饬，而事体重大，亦且茫无端绪，曷胜兢兢。

中秋以前尚拟出省一行，补行大阅。先赴淮、徐，次至苏、沪，大约十月内方可竣事。虽无搜乘补卒之实，亦聊循行旧典，稍壮观瞻耳。

客岁津门之事诸多棘手，以致办理过柔，为清议所不韪。神明内疚，至今耿耿。乃来示无盐，曲加原谅，或者爱而忘其丑，为此过情之誉耶？昔岁谬窃虚声，自省羌无故实，瓦缶雷鸣，终当陨越。今仅一事见讥于时，犹为至幸。然自此弥悚惧知勉矣。[③]

---

① 此书函见于江世荣编:《曾国藩未刊信稿》，中华书局1959年版，第602页；今未见收入《百柱堂全集》附录中，题目为辑者所加。

② 曾国藩(1811—1872)，原名子城，字伯涵，号涤生。湖南湘乡人。道光十八年(1838年)进士，为军机大臣穆彰阿门生，又从倭仁、唐鉴讲习程朱理学。历官翰林院编修、侍讲学士、内阁学士、吏部左侍郎等职。咸丰二年(1852年)，丁母忧回籍。次年，奉命在湖南帮办团练，后扩编为湘军。四年(1854年)春，湘军练成，会集湘潭，发布《讨粤匪檄》，正式与太平军对抗、作战。十年(1860年)，擢任两江总督、钦差大臣，督办江南军务。次年，奉命统辖苏、皖、赣、浙四省军务，巡抚、提督以下悉归节制。同治三年(1864年)，攻陷天京；寻加太子太保，封一等侯爵。同治七年(1868年)，晋武英殿大学士。后又参与镇压捻军。卒后谥"文正"。他利用自己的高官显位，招揽幕府，网罗人才，形成了一个以他为首的桐城派别支——湘乡派。时有"同治中兴四大名臣""桐城中兴盟主"之誉。著述甚多，后人辑为《曾文正公全集》(李瀚章编辑)一百六十卷。另编选有《经史百家杂抄》《十八家诗抄》等。1986年岳麓书社出版有《曾国藩全集》。

③ 此书函作于同治十年(1871年)七月间，时在两江总督任上。

张裕钊卷

诰授荣禄大夫工部左侍郎沈公行状(代)[①]

张裕钊[②]

曾祖晖，诰赠荣禄大夫。

祖廷熿，诰赠荣禄大夫。

父学堦，诰赠荣禄大夫。

公讳维鐈，字子彝，一字鼎甫，浙江嘉兴人。少而刻厉，自力于学问，然不敝敝为世俗科举之业独慨焉，欲有所造于圣人之遗经与古硕儒之诣。尝受学鸳湖书院，院长段茂堂先生一见，深敬异之。

嘉庆六年，举于乡；七年，成进士。散馆，授编修。以文学受知仁宗睿皇帝，充皇清文颖馆纂修官，奉命偕辑《全唐文》。又入直懋勤殿，与修《秘殿珠林》《石渠宝笈》，累有白金、文绮之赐。充辛未、癸酉乡、会试同考官各一，再迁为司经局洗马，督湖北学政，在任迁翰林院侍讲转侍读。

宣宗即位，授翰林院侍讲学士，与修《仁宗实录》。二年，为福建考官。试事毕，遂督学福建。先是前学政韩鼎晋奏称："各省士风非一任事者，或不区良楛，一切痛惩艾之。不肖之徒，累及贤者，大失朝廷所以劝士之意，请分别劝迪，以培士气。"至是命总督赵文恪公慎畛与公集议。因益推论所以，约官吏，育人才，使善者得息，而不类者亦得所惩。言甚切至，奏入从之。在任转侍读学士，擢大理寺少卿。八年，督顺天学政，累

---

① 此文系张裕钊代其恩师曾国藩所作，曾氏在其《绵绵穆穆之室日记》的"咸丰元年八月二十一日"中有记载，曾氏全集亦未将此文收入；此文见于沈维鐈(1778—1849)著《补读书斋遗稿》，清光绪元年(1875年)刻本。沈维鐈为曾国藩的恩师，沈曾植的祖父。今未见此文收入张裕钊《文集》《遗文》之中。

② 张裕钊(1823—1894)，字方侯，亦字廉卿，一作濂卿；初号圃孙，又号濂亭。湖北武昌(今鄂州市)人。道光二十六年(1846年)举人，曾官内阁中书。后入曾国藩幕。又先后主持江宁凤池、保定莲池、武昌江汉、经心、襄阳鹿门等书院，桃李满天下。工诗，尤工古文，为桐城一湘乡派代表作家之一，与黎庶昌、吴汝纶、薛福成并称"曾门四弟子"。又通小学，并精书法，在海内外享有盛誉。著有《濂亭文集》八卷、《濂亭遗文》五卷、《濂亭遗诗》二卷、《张濂卿先生论学手札》等，今人辑有《张裕钊诗文集》。

迁太仆寺卿、宗人府府丞、都察院左副都御史。十二年，督学安徽。期满，当受代，谕仍留任，在任授工部左侍郎。公于是五督学政矣!

公为学政，所至尝侃侃自将，使表植则端人，士翕然向风，乃□栉而长养之。莠者畏匿，秀者茁出。又因事任功，以为人士休自四省之士与当时尝所共事之人。其所登崇皆曰明，其所摘治皆曰察，其所更置皆曰有功于我。任安徽时，尝以凤阳府属之寿州、凤台去郡阔远，余数百里；又有长淮之阻，风涛覆溺者比比。乃与总督陶文毅公澍、巡抚邓公廷桢建议，奏请更设试院于寿州，使二州县士就试其中。下部议行，人尤以为便。公自分校乡会试及典乡试，号为得人，如侯官林文忠公、晋江陈给谏庆镛，并为当世所重。洎为学政，所取尤多朴士。时论韪公之慎司文柄，有以贤于人人也。十八年，以疾致仕。

公既以笃学懿行伏天下，自少至老，未尝一日辍业。其后罢官居京师，益讲明学术，以风后起。于书无所不窥，人治之大，古今之变，典章沿革、声音训诂之繁，皆掇取其要旨。其治《通鉴》一书，旁考参稽，朱墨点勘，反复数过而不已。尝为《姚文僖公文田〈古音谐〉书后》，言正音部分，以达他部之流变，深究昆山顾氏、婺源江氏之旨。至于他学，亦多所发明，然必折中于义理，归命于有宋诸子及前明、国初诸大儒之书，尤多且久。潜心独诣，口飧而身被焉。尝序长沙唐先生鉴所纂《学案》谓：由汉唐以来，学者中于释老之害，其尤敝者。金溪、姚江之伦，袭儒者之似，以弥缝佛氏，泛滥乎天下，沉溺乎人心。圣清兴，而平湖陆子、桐乡张子出，其焰少熸矣。然犹有诐邪之徒为调停之说以相眩，学者泯泯，罔所适从。激而愈变，乃复有末学小儒，掇拾汉氏之余绪，以与程朱相攻难，此皆学术世道之大忧，而有识者所深闵也。盖公之自得于中，而不肯苟同者如此。然公未尝论著以自褾，而独实以措之人已。上下出处，取与之际，碻然自致于其内，而夷然裕乎其外，诚恭方质可慕。而则服官践职历四十年，体用充备，本末完好，天下识与不识，笃称为贤者。至其引疾早退，皆以其用未竟为惜。其家居，皆依附之；其死也，哭之皆哀云。

道光二十九年，江淮以南大水，西薄荆湖，东至于海，滔滔七省。浙中郡县漂没，民无所得食。公致书巡抚吴君文镕，告以先后缓亟之策。巡抚君然公言，遂咨以事，求共济。公博采综画，夙夜忧劳，竟以成疾，以是年六月某甲子卒，年七十二。其后，巡抚君卒入告，天子颁帑金数十万，以赈穷民，浙人获苏，议自公发也。

公持身约甚。虽贵显矣，而被服寒素。岁禄所入，恒以急人之乏。晚归嘉兴，置墓田若干亩以赡族邻；月给廪粟以赒贫穷，醵金以广恤嫠之额数。凡可济于物者，倾身求之。其于一己之嗜好，泊然无所求也。间独喜藏书籍，多方购访，必致而后已。如程氏《读书分年日程》、罗氏《困知记》、陆氏《思辨录》、张氏《遗书》及《年谱》、祝氏《淑艾录》、汪氏《儒先晤语》诸书，世或不多有，与虽有而漫漶讹脱不可读者，旁罗旧本，手为订正，芟复刊误，付诸梓人，前后至十余种。又闻天门胡氏《读书说》放佚矣，有官其地者，属为访其后裔，刊以行世。盖其深知笃好抉发幽光而惠来者，亦不自知其力之勤也。

子二人：宗涵，刑部司务；宗济，太学生。孙二人：曾棨、曾植。谨具历官、行义及为学之指归，牒付史馆，备甄择焉。①

致范月槎②

张裕钊

月槎二丈大人左右：

自甲寅省门一别，五载于兹，中间兵甲相寻，阻我良觌，饥渴寤寐，无日能忘。前月榜发，知老丈又报康了，殊为愤懑。然骊珠在握，终有操千金而求之者，当不以此介意也。裕钊役尘中依然故我，来岁礼闱春榜，自知于我无缘，亦不为此无益之行矣。玉函有讯否？渠家自伯母太夫人以下俱安否？裕钊前得渠一函，尚至今未复，有暇当寄一纸书耳。紫函殂谢，今犹使我心怦怦，使彼苍有知，不应夺此人也。回忆联襼都门，胜流满座，自谓一时盛事。数年之间，风流云散，国家多故，身世增感，每一念此，中夜长吁，老丈能无同慨乎？有寄钱湘畹信一函，恳俟便鸿附去。季

① 此文作于咸丰元年(1851年)八月中下旬，时在京城内阁中书任上。

② 此书函见于《清代名人书札》(第二册)，北京师范大学出版社2009年版，第381—382页；今未见收入《张裕钊诗文集》。范月槎即范志熙(1815—1889或1890)，字月槎，号仕隐，湖北武昌人。咸丰十一年(1861年)举人，累官至道台。工诗文，富收藏。著有《范氏旧馆书目》(二册)、《范月槎诗文稿》(稿本十九册)、《退思存稿》等。

贞再战再捷，而湘畹依然坦率，此亦有数存其间耶！然湘畹亦必非久困者也。云山阻隔，悠悠我思。倘遇便邮，幸为报我。肃此，敬请道安，惟亮察不赐。

张裕钊顿首

十二月二日[①]

致范志熙[②]

张裕钊

月槎仁丈大人阁下：

夏初曾肃一函，至八月始由奎兄转致，计尘台览。自秋徂冬，正深洄溯，忽奉讣音，惊悉太伯母太夫人遽返瑶京，迻听之余，良用骇悼。以仁丈至孝蒸蒸，今者猝遭大故，哀楚亦何可言。惟念太伯母太夫人受封于国，凝祉于家，宜尔子孙，绥我眉寿，一旦乘化，考终天乐，神香迎生，无量寿国，固已生无遗憾，死有余芬，伏冀节哀自玉，勿过哀毁，以勉尽大事，是所切祷。裕钊缘山川阻隔，不克祗奉刍香，躬亲叩奠，实深歉悚。兹偕彭佩双刺史谨具微仪，附邮敬致。俟它日灵言返，道过白门，尚当恭诣舟中，一助执绋耳。手肃，敬请礼安，不宣。

年姻愚侄张裕钊顿首

彭佩双以有疾未及作书，嘱笔致唁。又白。[③]

---

① 此书作于咸丰九年十二月初二日(1859 年 12 月 25 日)，时在湖北巡抚抚署编纂《读史兵略》。

② 此书函见于徐世中:《张裕钊佚文考略》,《古籍整理研究学刊》2014 年第 3 期，第 55 页;此书函今不见收入《张裕钊诗文集》中。

③ 此书函作于同治十年(1871 年)十二月间，时在主讲江宁凤池书院。

致范月槎①

张裕钊

月丈大人阁下：

顷奉手书，敬悉壹是，兼承赐寄诗章，缠绵真挚，情深文明，捧读再三，不忍释手。但奖饰过甚，非不肖所能堪荷耳。惭感惭感，所命代求墓碣一事，因人事匆匆，不敢草率应命，候迟日当敬为区处也。黄州勷校一席，有仲远观察为之推毂，必当延请有道。裕钊于今日归省，见已束装，不能至观察处去矣。伏祈原之。前属局务事，已转托周寿珊刺史，并将吾丈名条交付。刺史亦深以裕钊言为可信，惟刻下人浮于事，未知何日得有机缘耳。湘畹一函已收到，费心之至。与小畹书即当寄去也。胡东翁已代为致声，有信至都中。鹤生处希为道意。裕钊未及附寄数字，甚歉甚歉。小函处并祈道候。忙中草草奉复，即颂元安，惟亮察不赐。

裕钊顿首

五月二日辰刻

太伯母太夫人尊前，祈叱名请安。家兄、舍弟等属笔请安。②

① 此函见于《清代名人书札》(第二册)，北京师范大学出版社2009年版，第381—382页；今不见收入《张裕钊诗文集》中。

② 此函作于光绪八年五月初二日(1882年6月17日)，时在湖北志局编纂《湖北通志》。

赠黎蓴斋序(戊辰)[①]

张裕钊

万有不齐之物，千百世之变，百官亿兆人之所有事，积算之所不能穷，而一以气为盛衰。春雨时至，百植冒土怒出，不几日而纷纶乎四郊。尘埃、游丝、飞鸟之羽翮，乘之以游虚空，四无所著，而上至于无极。蠉飞蠕动、跂行哙息之属，得气则长，失气则僵。邦家之兴，气至而昌，气单而亡。夫气之为物也致精，而其力也致强，其极也，动日星、感鬼神、靡金石，旁薄际乎上下，穷天下莫之御亢。其在于人，则郁之为忠孝，奋之为事业，而炳之为文章，一气之所为而已。人之生也，□然而无气，是生犹死也，土禺而能强行者耳。

国家自道光中叶以来，用事者专务铲削刮磨，天下之气殆于澌尽，而海内之乱起。伏莽之凶丑，殴群不逞之徒，遍毒区寓，破大小城邑以数百计，而莫之制。其后一二巨人，奋臂踔起，刚毅强力劲正之士，猋发而应之，乃始克扶纲维，摧凶焰。数年之间，巨寇以次稍稍龛定，而其气复少衰矣。呜呼！天下之隐忧，方伏于胸腹肘腋之间。长此靡靡，往而无所穷，吾未知其有能为生人之所恃，举此而胜之者也。

往者相国曾公以书告裕钊，称能为文章者三人焉，其一为遵义黎蓴斋。及今岁裕钊来江宁，乃得见蓴斋使府，读其所为文，信乎相国之言，岂欺余哉！然余独伟蓴斋有高世之志，而其气足以副之，固非独以文而已。虽其文乃益与其志气称，余交天下士，罕有若蓴斋者也。虽然，尝试与蓴斋观乎两间，彼气处乎其中，所以能役万有而胜之者，果何自而致然与？其必有主乎是者矣，虽其在人也，岂独无所依而立与？且夫裕乎其中，与其激于外者，终其气之盈与竭，必可坐而判也。实求乎吾气之所由充，驯至而

① 此文见于《张廉卿杂文》(二册)，今藏于上海图书馆，每册首页上均有“右任珍藏”钤印，可见原系于右任所藏；今未见收入《张裕钊诗文集》。黎蓴斋即黎庶昌(1837—1897)。

渐之以久。累积乎铢杪，而继乃横塞乎天地，夫如是，而后吾之所必至也莫之御。嗟乎，蕫斋其能无益勉乎是哉！①

复黎莼斋②

张裕钊

前奉到三月二十六日手书并大著数首，盥手洛诵，其树义选言，并笃雅有法度，惟音节声响，尚未能一一中律。大抵文章之道，音声最要，必令应节合度，无铢两杪忽之不叶，然后词足而气昌。阁下述姚氏语，称为古文之难其人信然，且以今之世其才能为之，而心知其意者，自阁下及吴至甫两人而外，殆云罕觏。至甫亦屡以文相质，其所不足者，亦是声响不能尽合。弟每报书以为盖坐讽送之功未至，但多熟读，久之自尔动合自然。（原注：以所见如曾文正，所闻如刘海峰、姚惜抱、梅伯言，盖莫不专精讽诵，是其明徵。）今所以贡于左右者，亦若是焉而已。③

致某人④

张裕钊

前在韩江，诸叨雅爱，感何可言。揖别后，次日即渡江而南。舟行岑寂，殊难为怀，幸风利帆顺，初八日即抵吴门。遥维老伯大人体候佳安，

---

① 此序作于同治七年(1868年)八月下旬,时在南京两江总督府幕府。

② 此文见于《中国学报》第3期第17—18页,今不见收入《张裕钊诗文集》中。

③ 此书函作于光绪十二年(1886年)五月中旬,时主讲保定莲池书院。黎莼斋即黎庶昌(1837—1897)。

④ 此文见于徐世中:《张裕钊佚文考略》,《古籍整理研究学刊》2014年第3期,第55—56页;今不见收入《张裕钊诗文集》中。

悉符心颂。桐生处修禊(如题),因途次无聊,借以破闷,邯郸学步,终恐贻笑词坛耳。填词向来容心,未敢妄作,率录寄呈,大雅教之。桐生处不另启。诗稿一纸,乞转送。此请吟安,不一。

愚弟张裕钊顿首

三月十一日[1]

致蘧莽(蔡念慈)[2]

张裕钊

蘧莽仁兄阁下:前函未寄,适礼庭与藕庄至,恳涤师作《墓志》,寿老复以《祠堂记》属书。连日炎威酷暑,居地湫隘,烦闷不堪言状。子密初六太夫人寿诞,是否由敝处代备?星阶府军有疏求外用之资讯,能否如愿?裕钊拜手。[3]

致张裕锴[4]

张裕钊

弟裕钊谨禀二兄大人侍前:

一昨初四日奉到六月廿五日手谕,具悉家中俱平安为慰。书院中亦均

① 此函作于同治八年三月十一日(1869 年 4 月 22 日),张裕钊自苏州返回金陵途中。

② 此书函见于郑汝德整理、雷群明选编《郑逸梅收藏名人手札百通》,学林出版社 1989 年版,第 44—45 页;今未见收入《张裕钊诗文集》中。蘧莽即蔡念慈,生卒年不详,字慰会,号劬莽,亦号蘧莽,浙江仁和(今杭州)人。道光二十一年(1841 年)进士,选庶吉士,曾出任福建乡试副主考。

③ 此函作于同治十年(1871 年)六月间,时主讲凤池书院。

④ 此书函见于《清代名人书札》(第二册),北京师范大学出版社 2009 年版,第 376—377 页;今未见收入《张裕钊诗文集》中。

安好，可无悬系。弟以四月初旬往山东，至六月初旬始返至金陵，幸一路平顺无恙。归时取道泰安，遂得一登岱顶，此数十年来所怀想而未得至者，今得一偿夙愿，亦一快也。来谕所言取土诸事，且可俟暇时为之。然弟注意终在平洋一穴，以其平妥真确可以信心。但彼既已觉，价值必不能甚轻，若彼再来相就自佳。不然，暇日可托铜士仍乘机一往钩取为妙。绵喜、孝沐得璜丞甥用心教导，颇为得力。惟旅喜自春间来至金陵，即患淋沥兼疝气，旧疾复发，经服药医治，虽已十减七八，而终未能全愈。刻下尚患头昏手心热诸症，药已久停未服，惟属令加意摄养，俟其自瘳而已。渠素日本不能潜心伏案，以此乃益荒废耳。璜丞甥今岁颇肆力于《说文》诸书，乃殊有解悟处，已能稍稍窥见门径，将来于学问一途，大有可望，为之喜而不寐。此子于乡里诸后辈中，固当为高出一切也。

黄九丈处，弟另作一函与之，可封好觅便寄去。邓府匾联已早写就，付姬辅带归，渠考后归家时必交到也。陆升所欠之五百文，在渠工钱扣除。

弟裕钊谨禀

七月初七日[1]

致张裕锴[2]

张裕钊

弟裕钊谨禀二兄大人侍前：

月初，旅喜行抵金陵后，曾寄一函，由朱甥梦燕转递，尔时想当递到矣。兹于前日奉到手谕，具悉兄及家中均安吉为慰。此间亦俱平善，孝沐亦结实如常。月之初九日午刻，得一孙女，此亦自佳，且临产极顺利。产后，母女并极安好，乃尤可喜者。旅喜院试不售，惟尔后复行应试，往返

① 此书函作于光绪六年七月初七日(1880 年 8 月 12 日)，时主讲凤池书院。

② 此书函见于徐世中:《张裕钊佚文考略》,《古籍整理研究学刊》2014 年第 3 期，第 56 页；此文今不见收入《张裕钊诗文集》中。

千余里，殊为费事。然渠今岁意气甚盛，自期必得，经此番挫抑，使知世事之难，一切不敢掉以轻心浮气，乃殊有益。子弟但问读书，实能成不能成耳！功名迟早，乃甚不汲汲，世人多以速化捷得为贵，弟意颇不谓然。绵喜作破承起讲，尚无甚进境，但经书兼读兼温，日以为常。服药糕似稍有效，第饮食总不能如法耳。吾乡多有受旱处，尚不十分为害否？此间年景乃颇不恶也。后潭甚肯背书，日间须时令休息，切勿赶忙，但日日诵读足矣。李全明岁恐未必仍旧，应坦可令在厨房，时复操习一切，第且勿露耳。

弟裕钊谨上

七月廿二日

寄回蓝格纸四十张①

致张裕镐②

张裕钊

宅之贤弟足下：

小孙所患渐收小，微痛而甚痒，脓亦无流出者，惟患口中心尚有小白点耳，其脐上寸许有一小红泡如豆大，不痛，据云已起数日矣。又左足内面螺狮骨上寸许有一红疖，如酒杯口大，有白头，颇痛，亦已起两三日，不知均可不理否？若须诊视仍恳移至一来为感，外并祈发膏药二张，即付小价领下是荷。兄裕钊顿首，二十五日午刻。③

---

① 此函札作于光绪六年七月二十二日(1880年8月27日)，时在主讲江宁的凤池书院。

② 这封写给族弟、弟子裕镐的函札见于张靖鸣《新发现的张裕钊及族人诗文书法作品系列考释》，《鄂州大学学报》第13卷第2期。张裕镐(1846—1917)，册名鉴藻，字京尹，号美龚，又号鉴之，亦作宅之，晚号沼麓渔樵。武昌县符石乡(今湖北省鄂州市沼山镇)张德宝村人。裕钊弟子。光绪壬寅、癸卯(1902、1903)正并科举人。善医。

③ 此函札作于光绪八年七月二十五日(1882年9月7日)，时在武昌(今鄂州市)老家小住。

复王晋卿[1]

张裕钊

赐示大作《武君墓表》，浣诵数过，峭硬近昌黎，奥劲近介甫，使人咄咄生畏。足下果势壮勇若是，它日儒林、文苑，将以一身兼之，甚矣，其不让也。惟篇中颇喜用僻字，似非古文所宜，心所谓违，不敢不告，未知果有当否？[2]

复张季直[3]

张裕钊

北方风气朴樘，然亦时有一二有志于学之士。惟古文一事，可许问津者殊难其人。（江瀚案语：此盖廉老初到莲池讲席语，非所论于其后也。）乃知学问之道，惟此事正复大难。依古以来，代不数人，人不数篇，有以哉！

---

① 此书札见于《中国学报》（民国元年十一月创刊于北京，月刊，中国学报社编辑并发行；其第二、三期上刊有江瀚摘抄的《张廉卿先生论文书牍摘抄》42 则，其中有 20 则已为《张裕钊诗文集》收录）第 2 期第 2 页，今未见收入《张裕钊诗文集》中。王晋卿即王树枏（1852—1936），字晋卿，号陶庐，晚号陶庐老人。河北新城（今高碑店市新城镇）人。光绪十二年（1886 年）进士，历任户部主事、四川资阳、新津等县知县、官至新疆布政使。曾在伊犁设武备学堂，督练新军，实行新政，撰修新疆方志。辛亥后，任众议员、约法会议委员、参政院参政等职。后出任《清史稿》总纂。其学贯中西，精书法，尤工古文。著有《畿辅先哲传》《欧洲列国战争本末》《欧洲族类源流略》《彼得兴俄记》《希腊学案》《武汉战纪》《离骚注》《费氏古易订文》《尔雅郭注佚文补订》《新疆图志》《新疆事志》《奉天通志》《河北通志》《陶庐老人自订年谱》等数十种，多收入《陶庐文集》。

② 此书札作于光绪九年（1883 年）六月间，时在保定莲池书院。

③ 此书札见于《中国学报》第 2 期第 1 页，今未见收入《张裕钊诗文集》中。

足下往所为文都彬雅，然不免时有客气。古人虽极雄奇之作，要祇如道家常，必须刻意参透此一关，乃为得之。又窃意足下之才，似以骈文为优，或遂一意致力骈文，固亦自足名家。吾人择术，但以能成熟者为贵耳。①

复朱筱堂②

张裕钊

承示通政公近始卜吉，大事既葴，其往岁拙撰墓碑，嘱更为一一叙实，且增入近事，此诚仁人孝子，显扬褒大，传示无极之至意。闻名之下，细意营度，窃以历时既久，前后情事，颇有差互，必须多所窜易，而文体文律，或至龃龉不安。鄙意不若拙稿一字一句，悉仍其旧。执事更自为之记，举先后情事，详尽述之，附于其后，似尤合征实传信之义。往者曾文正公葬其先人光禄公于周壁冲，既自为之志铭矣。厥后改葬台洲，志铭乃一仍其旧，而介弟沅帅，别为记附后，具载文正集中。此亦近事之可援以为例者也，惟高明裁之。③

复查燕绪④

张裕钊

承示大著数首，大体彬雅，所不足者，气格尚未极苍劲耳。此间肄业

① 此书函作于光绪九年(1883年)七月下旬，时在保定莲池书院。

② 此书札见于《中国学报》第2期第9页，今不见收入《张裕钊诗文集》中。朱筱堂即朱琛(1842—1897)，字献廷，一字小唐，号筱堂，安徽泾县人。同治十年(1871年)进士，官至詹事府(从事皇子或皇帝的内务服务的中央机构)詹事。

③ 此书札作于光绪九年(1883年)十二月间，时在保定莲池书院。

④ 此书札见于《中国学报》第2期第1页，今不见收入《张裕钊诗文集》中。

诸生，有崔栋上之、孟庆荣芾臣、刘彤儒翼文、张殿士丹卿，皆彲彲雅才。经学以崔生为最，其余颇识考证途辙，文笔亦并可造就。此外不在书院中者，有王晋卿树柟、贺松坡涛两孝廉，尤为北方学者之冠。王晋卿于许、郑之学，已得要领，他日当以经学名家，见为吴至甫邀主冀州讲席。贺松坡甫选得大名教谕，日间赴省考验，因以弟子之礼来见。其文由曾文正以上窥昌黎，创意造言，已卓然远绝流俗，十八九可望有成。得此士尤以为快也。①

复张笃生②

张裕钊

足下之文，已具有贵邑诸老矩矱，由是深造自得，不难上追古人。裕钊往者尝私谓今日为古文者，厥弊有二：其不知文者，往往心薄桐城，自谓效法秦汉，然满纸客气假象，与秦汉乃去而万里，此一弊也。其颇知服膺桐城者，又或专事空腔，非冗则弱，此又一弊也。近武强有贺松坡孝廉涛者，其文由曾文正以上窥昌黎，已颇有可观，鄙意独以此君为善觅蹊径。由此途入，庶其无向所云二者之弊乎。③

---

① 此书札作于光绪十年(1884年)五月下旬，时在保定莲池书院。

② 此书札见于《中国学报》第2期第3—4页，今不见收入《张裕钊诗文集》中。

③ 此书函作于光绪十年(1884年)八月上旬，时在保定莲池书院。

复崔上之[①]

张裕钊

书中综论古人所语文法，深得要领，足征精心参悟之效。大抵文章之妙，纯在空曲处，不可捉摸，故必须从悟入。贤天亮英颖，更能专心毕虑，究极古人用意之所在，循是不已，何难日进于古邪！[②]

复贺松坡[③]

张裕钊

承代作寿序，甚古雅，篇末尤合古义。大抵赠序以寓箴规之意为最善，一意贡谀，则其文不足存也。《送裘君序》，气格亦古健，篇末略缀数语，未知有当否？承询作诗途辙，大抵与文略同。立意取径，先须脱去凡近，而琢句捶字，尤宜戛戛独造，无一字轻下，二者须从声响证入，乃能得之。自来选本，以王渔洋《古诗选》《唐人万首绝句选》，姚惜抱《今诗

① 此书札见于《中国学报》第2期第2页，今不见收入《张裕钊诗文集》中。崔上之即崔栋，生卒年不详，字上之，河北无极(今石家庄市无极县)人。张裕钊弟子，于经学造诣颇深。

② 此书札作于光绪十一年(1885年)四月上旬，时在保定莲池书院。

③ 此书函见于《中国学报》第2期第3页，今不见收入《张裕钊诗文集》中。贺松坡即贺涛(1849—1912)，字松坡，藏书楼名“寿真楼”。直隶武强(今河北衡水市武强县)人。少有才，闻名乡里。后曾先后从师吴汝纶、张裕钊。同治九年(1870年)举人。光绪十二年(1886年)进士。曾主讲信都学院，调冀州学正，官刑部主事，后以眼疾辞官。游京师，一时名卿巨公争相延聘。徐世昌曾延其家，检校古籍数年。袁世凯曾聘主莲池书院。家为望族，藏书之名甲于畿南。其学古文，重视吟诵，又不专宗名家，而自开生面，独树一帜，是桐城派后期的代表作家之一。著《贺先生文集》《读史札记》等。

选》，曾文正《十八家诗钞》，四者为最，皆不可不看。（江瀚案语：王湘绮《八代诗选》尤要。）而文正诗钞，鄙意尤所服膺。十八家中，韩、黄二家，专取一家入手，最佳。否则，放翁、遗山，皆可由一家以渐及各家，久之自能熔铸古人矣。①

复贺松坡②

张裕钊

顷奉手翰，并寄示大著六首，抗心希古，日起有功，甚盛，甚盛。裕钊老态日增，而校阅课卷，终岁常无暇晷。前后所寄大稿，都未能点定奉还，愧负殆不可说。缘此屡次惠书，亦无词以答，阙然至今，衰朽顽钝，夫复何言。大文牺读一过，书后一首甚奇肆，而声调节奏，间未极应弦赴节之妙。余五首奇致少逊，而惬适过之。大抵足下之文，已渐近自然，由此益臻纯熟，久之必当名家。若更进之闳肆之境，则尤为佳胜。但此境殊非易易，姚惜抱所谓骤以几乎合之则愈离者也。第取古人最上之境，时时悬之心目之间，益多读书积理，从容涵咏，日引月长，以俟其自至，必勿助长以害之，足下勉之而已。③

复贺松坡④

张裕钊

读手书，具悉文祉佳鬯为慰。寄示大著一首，深惬鄙衷，即点定奉

① 此书函作于光绪十一年(1885 年)五月中旬，时在保定莲池书院。

② 此书札见于《中国学报》第 3 期第 15 页，今不见收入《张裕钊诗文集》中。

③ 此书札作于光绪十七年(1891 年)五月间，时在襄阳鹿门书院。

④ 此书札见于《中国学报》第 3 期第 16—17 页，今不见收入《张裕钊诗文集》中。

还，并寄去钞本韩文一册，均希詧入。大抵文章之事，其所立意义，必皆其平日所洞然于心，一旦随境感触，伸纸奋笔，直攄其胸臆之所欲出，则其文无不工者。足下是篇之佳，正以此耳。若中不足而强言，虽极意务为奇特，而安排造作，探讨揣测，张皇补苴，种种痕迹，终不能以自掩。即如《史记》述唐虞三代之事，终不如其述秦汉以后之事，虽太史公之圣于文，犹当以此绳之，它可知已。且即前书所云闳肆之境，亦宜以此意求之。积而满，满而发，斯为天下之至文。东坡《日喻》《稼说》二篇，所谓道可致而不可求，所谓信于久屈之中，而用于至足之后，流于既溢之余，而发于持满之末，胥谓是也。①

复沈子培②

张裕钊

前嘱书斋额，顾蒙齿及，且被以溢分之褒，良用汗颜。弟于兹事，本无能为役，惟数十年来窥寻汉、唐、南北朝人笔法，似稍有悟入处。而巧力不足以副志之所趣，蹉跎白首，欲从末由。阁下昆季，天亮绝人，重以年力富盛，意量倬远。即以书法一事言之，它日亦决为轥宋轹元，踔唐攀汉，为千余年来别开生面。倘录其先驱之效，比之夥涉之启沛公者，其为荣幸多矣。③

---

① 此书札作于光绪十七年(1891年)七月间，时在襄阳鹿门书院。

② 此书札见于《中国学报》第2期第9—10页，今不见收入《张裕钊诗文集》中。沈子培即沈曾植(1850—1922)，一作增植，字子培，号乙庵，又号巽斋，晚号寐叟，别署乙公、巽斋老人、东轩居士、逊斋居士等。浙江嘉兴人，光绪六年(1880年)进士，历官刑部主事、员外郎、郎中，兼充总理衙门章京。中法战争后，支持康有为上书言事。甲午战争爆发后，赞成康梁变法，参与强学会。三十二年(1906年)擢升安徽提学使，不久迁布政使，随又署理巡抚。因触怒权贵，以病乞归，隐居上海。张勋复辟，任为学部尚书。复辟失败，仍侨居沪上。学识渊博，富藏书，精研西北史地，通梵典，亦工诗文，书法尤享盛名。著有《海日楼文集》《海日楼诗集》《乙庵诗存》《海日楼诗补编》等。

③ 此书札作于光绪十一年(1885年)九月中旬，时在保定莲池书院。

复袁爽秋①

张裕钊

日者奉到惠函，猥蒙齿及拙书，且所以奖许之者，逾分溢量，使人愧恧无已。然往者尝妄论宋元以来与汉唐笔法，判不相入，私究其故，汉唐人专从朴拙一路入，宋元明诸家，则皆以其取巧失之耳。因是以推论中国之治，所以大远于古者，其弊亦正坐此。区内万事万物，必得大拙，乃得大巧（江瀚案语：老子曰："大巧若拙"，即是此意，张氏《劝学篇》反以为讥，殊属误会），而巧者莫不终归于拙。今海外诸国，所挟以陵轹我者，一皆以朴拙得之，其实则皆古先圣哲之余绪也。我蔑弃古圣之制，一切为孤悬善遁，缚风匿景之术以相尚；而彼则脚踏实地，操必胜之道以制我，以实击虚，焉往而不靡乎。来教沈几观变，谓不若善刀而藏，诚亦有心人语。然相率引去，揆诸志士仁人之用心，盖亦未免恝然。圣人者不凝滞于物，而能与世推移。君子之道，或出或处，或默或语，神而明之，存乎其人耳。②

① 此书札见于《中国学报》第二期第十页，今不见收入《张裕钊诗文集》中。袁爽秋即袁昶(1846—1900)，初名振蟾，字重黎，一字黎秋，又字爽秋，号浙西村人。浙江桐庐人。曾从刘熙载学。光绪二年(1876年)进士，历官户部主事、总理各国事务衙门章京、累官至太常寺卿。性耿直，好言事。义和团兴起，主张镇压，反对对外宣战，与许景澄同时被杀。工诗善文，与沈曾植同为晚清浙诗派代表。著有《于湖文录》、《于湖小集》、《安般簃集》、《安般簃诗》(十卷)、《渐西村人初集》(十卷)、《袁氏艺文金石录》(二卷)等。死后编有《袁忠节公遗诗》。

② 此书札作于光绪十一年(1885年)九月下旬，时在保定莲池书院。

复袁爽秋[①]

张裕钊

顷奉手翰，并赐示大稿，伟论越世，广学甄微，洛诵之余，钦佩无极。承别无副墨，不敢久留，谨识数语简端，敬以奉缴，伏祈督入。所论极知无当于万一，顾不敢孤阁下虚怀下问之盛指，辄勉罄其愚，觊有千虑之一得而已。来教综论世变，颇有采于瞽言，窃自幸其不谬。然阁下究极言之，乃更恢之弥广，按之愈深。今日之事，有能悬阁下之言以为的，举一世之积弊而尽易其故者，天下事何遽不可为哉？[②]

复范肯堂[③]

张裕钊

承示《南菁书院记》，词义甚高，足称佳制。而自“人才之兴”至篇末，气势节奏，尚未极动合自然之妙。欲稍稍酌易，然殊非仓猝所能遽

① 此书函见于《中国学报》第3期第2—3页，今不见收入《张裕钊诗文集》中。

② 此书函作于光绪十一年(1885年)十一月中旬，时在保定莲池书院。

③ 此书札见于《中国学报》第2期第5—6页，今不见收入《张裕钊诗文集》中。范肯堂即范当世(1854—1905)，原名铸，字铜士，后改无错，号肯堂；因在家排行居首，又号伯子。江苏通州(今南通市)人。少有才名。同治十年(1871年)廪贡生。后累试不举。与张謇、朱铭盘合称“通州三生”。光绪五年(1879年)外出游学，曾从刘熙载、张裕钊学。后曾赴武昌参修《湖北通志》。又曾聘主冀州观津书院。十八年(1892年)受聘至天津，入李鸿章府宅任家庭教师。二十一年(1895年)，主讲东渐书院。晚年在家乡兴办教育，参与筹建南通小学堂。工诗文，尤以古文著称，与贺涛齐名，有“南范北贺”之称；又与其弟钟、铠齐名，称为“通州三范”。著有《范伯子诗文集》(文集十二卷，诗集十九卷)；后其弟子徐昂汇刻其诗文为《范伯子先生全集》。

定，故且将原稿留此。惟“奉恩命”“恩”字，“日营于吾心中”“中”字，并拟删去。“与同官出资”，拟易“捐资”。后幅所称立功之曾、左二人，左文襄拟易以胡文忠，彼已其人，不足称也。此时以我辈见当代钜公，何啻霄壤；异时则文人之笔，重于邱山。虽王侯将相，皆将听命进退于吾之毫端，不可不慎也。①

复范肯堂②

张裕钊

承惠书并刚己字词，已读过。足下之文创意造言皆绝奇，非凡俗所有。惟声音节奏，时或未及自然之妙。大抵环玮之文，仍须归之平易。曾文正所谓觑曲刺怪，遏之使平者也。其告劼侯谓司马氏之文最奇崛，而实皆珠圆玉润。此言至为精碻。今取司马氏之文读之，真乃字字炙毂輠也。裕钊尝谓能知扬、马之平淡，欧、曾之奇特者，可与言文矣。以足下之智，终必深契此旨耳。③

复朱菜香④

张裕钊

裕钊学殖谫薄，不足以为人师，足下谬相引重，乃请列弟子之座而受业。往者舍侄泌已尝代致盛意，今奉手翰，遽践前言，私心彷徨悚惧，而义不敢却，不得已腼然受之，衹增惭恧。来书盛相推许，甚非所敢当。惟

① 此书札作于光绪十一年(1885年)十月中旬，时在保定莲池书院。

② 此书札见于《中国学报》第2期第8—9页，今不见收入《张裕钊诗文集》中。

③ 此书札作于光绪十二年(1886年)十二月下旬，时在保定莲池书院。

④ 此书札见于《中国学报》第2期第4—5页，今不见收入《张裕钊诗文集》中。

裕钊往者时从当世多闻长者，与闻绪论，大抵古文之道，必先能辨真伪雅俗。至于用功节次，则韩退之《答李翊》一书，实已尽之。其致功之始，莫要于培根竢实，加膏希光，陈言务去，戛戛其难数语。其自立之本，则无望其速成，无诱于势利，不知非笑之为非笑，为透宗之论。穷古及今，盖未有惑于速成，诱于势利，而可与于此者。其究极之妙，则存于气盛则言之短长与声之高下者，皆宜之一言。夫言之短长，声之高下，声调而已矣。声调一事，世俗人以为至浅，不知文之精微要眇，悉寓于其中。姚惜抱谓诗文必从声音证入；曾文正谓词章以声调为本。而桐城诸老，尤必责人以熟读，胥是义也，此可为知者道耳。以吾贤之才，由是而求之有余师矣，抑又有进于是者。曩曾文正谓欲为古文，先须视其胸襟志节若何。自唐宋以来，古文名家者，其人皆超出流俗，王荆公虽以新法祸宋，然祗坐执拗不晓事，其意实以五百年名世自命，非世俗庸鄙小人所能望其万一。盖有诸内者形诸外，趣高而行卓，则直抒发胸臆，自有吐气如虹之观，裕钊终身服膺此言，以为不易。不独贪鄙奸伪者，不足与此，即稍有富贵荣利之见，萦绕于其中，则发诸词气，必不能高出于一世之人。此尤探本之论，所欲与吾贤共勉之者。①

① 此书函作于光绪十二年(1886年)七月下旬，时在保定莲池书院。

复李中堂①

张裕钊

承命代撰《蒯子范太守墓碑》，自惟谫劣，何以任此。惟念子范太守政绩炳著，卓然可传，而裕钊与蒯氏，复辱有再世之好，况又重以夫子之命，义不敢辞，谨竭驽顽，勉为纂就，跚呈钧览。窃闻金石之文，与传状异体。自昔推蔡中郎、韩吏部为正宗，类皆以典重肃括、简古敷练擅长，不尚繁词碎义。裕钊曩日颇复服膺此指，今撰兹篇，犹仍前志。重以冯梦华编修所为墓志，已具道其详，若更重袭复述，依样葫芦，颇嫌附赘。且要言之，振裘挈领，更于文外渲染写照，似太守声烈晖光，乃益郁然纸上。而于夫子与太守故旧之谊，亦弥复相宜，敢求夫子加之训诲，正其然否。礼卿检讨，高才朴学，深明著述体例，或亦有取于斯言也。原状及冯编修墓志，并谨以奉缴，伏祈登入。②

① 此书札见于《中国学报》第2期第11—12页，今不见收入《张裕钊诗文集》中。李中堂和后文的李傅相即李鸿章(1823—1901)，本名章铜，字渐甫，一字子黻，号少荃(一作"少泉")，晚号仪叟，别号省心。合肥肥东人。世称"李中堂"。因行二，民间称之为"李二先生"。道光二十四年(1844年)，中举人。二十七年(1847年)，成进士，受业曾国藩门下。散馆授翰林院编修，曾充武英殿编修。咸丰三年(1853年)，随侍郎吕贤基回籍办团练，并跟随吕贤基、周天爵等清廷大员征战，因功累官至记名道员。咸丰九年(1859年)，入曾国藩幕。同治元年(1862年)，奉曾命组建淮军，并率之与太平军、捻军作战，相继擢升江苏巡抚、湖广总督，署理两江总督、直隶总督兼北洋大臣，晋武英殿大学士、文华殿大学士。曾代表清政府与西方帝国主义国家签订有《马关条约》《辛丑条约》等众多丧权辱国的卖国条约。卒后赠太傅，晋封一等侯爵，谥"文忠"。善书法，富藏书。吴汝纶等编有《李文忠公全书》(亦名《李文忠公全集》)165卷，今人编有《李鸿章全集》39册。

② 此书札作于光绪十二年(1886年)八月中旬，时在保定莲池书院。

复李傅相书[1]

张裕钊

受业张裕钊顿首谨启傅相夫子钧座：仲春拜别，倏已四度蟾圆。引领德晖，想慕何极。顷奉钧函，敬审起居曼祜，珍卫咸宜，慰符私祝。承示奎乐山中丞以鄂垣江汉书院主讲需人，欲裕钊承乏其间，函请垂询。裕钊衰年久客，倦飞知还，久有故山之思。且数十年来奔走四方，幸得与海内英俊奉手游处，而于旧国人士切磋讲论之日，转复阔疏。往者微闻众论，颇以为憾。只以夫子眄睐逾恒，礼数优渥，迟洄审顾，含意未伸。今承奎中丞雅意相招，重以彼都京师徒友倦言衰朽，虚伫为劳，拳拳之雅，似未可负。而夫子深鉴鄂中知友念旧之勤，复曲体裕钊游子思乡之隐，实为感荷无既。敬请函告乐山中丞，即与定约，此后鄂人得邕其师友游处之乐，裕钊亦得遂其蓬庐息影之志，皆夫子之赐也。此邦自雅化熏陶，皆益兴起于学。闻拟延张幼樵学士接主此席，可谓得人，莲池诸生亦皆有所依归矣。书院向遇科举之岁，例得停课数月。而此月系夫子官课，裕钊俟校阅事竣，即拟携两小儿入都应京试，此后倘蒙赐书，虔请赐寄都中正阳门内南御河桥武郡试馆，令得祇领。谨以奉闻。[2]

---

① 此书札见于《沔阳陆和九氏藏原函手卷》，湖北省人民政府文史研究馆、湖北省博物馆编《湖北文征》第十卷，湖北人民出版社 2000 年版，第 386 页；今不见收入《张裕钊诗文集》中。

② 此书札作于光绪十四年(1888 年)六月上旬，时在保定莲池书院。

复蒯礼卿[①]

张裕钊

顷奉手翰，猥以代撰尊公碑铭。远劳致谢，且推挹逾量，甚不敢当。裕钊于文事本无能为役，惟向日时从名德硕学，与闻绪论，苦志钻仰殆四十年，于此中关键，稍稍窥见一二。窃尝谓自乾隆中叶以来，海内言文章者，宗仰桐城，树立标帜，群天下而趋之；而高才广学，更相訾议者，亦复不少。究而论之，桐城实有不可磨灭之处，亦实有不满人意之处。世人不察，菲薄桐城者，其所为文但有假象；效法桐城者，则但有空腔，大氐百变而不出此二端。其无当则一而已，不知姚惜抱氏，究心选学，兼通古训，其纂古文辞列入词赋一类，所见已远出望溪方氏之上。特自度才力不足以副之，是以宁俭勿侈，免蹈伪体之弊，然已为曾文正导启先路，遂由是扩而大之，乃卓然为北宋以后七百年来之一人。裕钊虽取涂与文正各有所自，而区区微旨，欲取桐城之所长，而弃其所短，则颇与曾文正同。阁下明识慧眼，一语道破，使人倾倒无极。惟自苦才质驽下，不足以副其心之所趣，而自癸未北来，益复颓老，有日退，无日进，独以是且惭且惧耳。[②]

---

① 此书札见于《中国学报》第3期第3—4页，今不见收入《张裕钊诗文集》中。蒯礼卿即蒯光典(1857—1911)，字礼卿，一作理卿，号季逑，别署金粟道人、斤竹山民。安徽合肥人。幼聪慧，八岁能诗，曾从冯桂芬、刘熙载学。光绪八年(1882年)举人，次年成进士。选庶吉士，散馆授翰林院检讨，充会典馆图绘总纂。二十一年(1895年)，入两江总督张之洞幕。次年，两江总督刘坤一聘主尊经书院。二十三年(1897年)，张之洞聘为两湖书院监督。次年，创办江宁高等学堂。三十二年(1906年)，官江苏淮扬海道，加按察使衔。三十四年(1908年)，赴英国出任留学生监督。年余辞归，充京师督学局长。工诗文，通训诂，精目录学。著有《金粟斋诗》《金粟斋文》《金粟斋词》《文学蒙求广义》等。卒后编有《金粟斋遗集》(八卷)。

② 此书札作于光绪十二年(1886年)九月上旬，时在保定莲池书院。

复吴至甫[1]

张裕钊

初二日，张季直、朱曼君来此，大家举首跂踵，以望肯堂之至。此番阁下不能来，诚无可如何，乃肯堂亦留之不遣，使人不能不生怨望心。季直又与其同年生刘仲鲁解元若曾偕来，云欲问道于盲，弟诚以自恧。然此君至行纯笃，抗心希古，实可爱敬。尤恨阁下及肯堂不得来此一相见也。尊处州试得李童子，王君又捷南宫，洵属快事。李童子自是殊尤之姿，然窃意阁下及肯堂所以许之者，其辞恐不免稍过，似宜于奖进之中，微寓裁抑之意，庶几琢磨，使成令器。大抵人才生之难，成之尤难，故弟不惮言之若此，阁下以为然否？[2]

复吴至甫[3]

张裕钊

读手书，具承一一，弟于阁下所论《易传》，亦非不以为然，但未敢遽

① 此书札见于《中国学报》第2期第6页，今不见收入《张裕钊诗文集》中。吴至甫即吴汝纶(1840—1903)，字挚甫(或作“至甫”)，一作挚父。安徽桐城(今枞阳县会宫镇老桥村吴牛庄)人。少家贫，刻苦向学。同治三年(1864年)中举人，次年成进士，用为内阁中书。曾国藩赏识其才，招之入幕，为“曾门四弟子”之一。后又入李鸿章幕，掌管奏议。曾官直隶深州知州、冀州知州十余年。后辞官主讲保定莲池书院十数年。晚年曾充京师大学堂总教习，加五品衔，赴日本考察学制。通经史，精小学音韵，工诗文，尤擅古文辞。著有《易说》二卷、《尚书故》三卷、《吴挚甫文集》四卷、《吴挚甫诗集》一卷、《吴挚甫尺牍》七卷、《东游丛录》四卷、《深州风土记》二十二卷等，后人辑有《桐城吴先生全书》。

② 此书札作于光绪十二年(1886年)十二月下旬，时在保定莲池书院。

③ 此书札见于《中国学报》第2期第5—6页，今不见收入《张裕钊诗文集》中。

定耳。迟数日必奉诣，俟尔时再畅论也。大作寿序，词义深美，岂复能增损一字。惟命题及前二行，似不甚合款式，已妄为赠易数字，交纸店界画乌丝矣。弟初亦拟作寿序一篇，而构思讫未能就，今见大文，乃益瑟缩而不敢出。承命附骥，甚善，甚善。但既不摊分，而又受润笔，诚有如阁下往岁书中所谓此廉卿之所以为廉者乎。且如此佳文，而以拙书专之，阁下比我夷王，弟则自觉如秦舞阳北番蛮夷之鄙人，见天子而色变震恐耳。纸店画乌丝，约须数日，俟画毕即携至尊处书之，请先饬从者磨浓墨数升，贮之瓶中，宜固封勿令泄气为佳，泄气则败坏不可书矣。①

复赵桐孙②

张裕钊

拙撰《南宫学记》，文义谫薄，阁下不为是正，乃更益之藻饰，使人汗颜。来书谓韩、欧诸公，叙事引古，时有舛迕，诚为碻论。窃意不独韩、欧，即太史公已多牾，古人固时有辨证，而梁枢北《史记志疑》，条举尤夥，盖百密一疏，虽闳材亦所不免。阁下精意钩考，匡正昔贤，启牖来学，甚盛，甚盛。弟尝谓姚氏《古文辞类纂》一书，为萧选以后仅见之作，以阁下之淹雅，傥采集旧说，断以己意，为之笺注，误者正之，阙者补之，洵足为姚氏功臣，不朽之业，不在李崇贤之后已。承垂询诸事，属课卷山积，校阅日无暇晷，请以异日更加寻讨，顾以阁下所疑，弇陋如下走，恐更不足以知之也。③

① 此书札作于光绪十三年(1887 年)二月上旬，时在保定莲池书院。

② 此书札见于《中国学报》第 3 期第 6—7 页，今不见收入《张裕钊诗文集》中。赵桐孙即赵铭(1828—1889)，字新友，号桐孙(一作字桐孙)。浙江秀水(今嘉兴市)人。同治九年(1870 年)举人。入李鸿章幕府多年。光绪十三年(1887 年)，擢升直隶顺德知府，官至直隶候补道。精研经史，兼善诗文，犹工骈体。著有《琴鹤山房遗稿》八卷。

③ 此书札作于光绪十三年(1887 年)四月间，时在保定莲池书院。

与施均甫[①]

张裕钊

夙耳魁硕，积岁倾心，相望关河，无缘奉手。昔岁王晋卿大令，归自山左，具道雅怀冲襟，益令人想慕无已。顷吴挚甫刺史递到所赐大集，锡我百朋，复狂以喜。盥手洛诵，目眩神駴，把卷开阖，觉创意造言，结韵练格，揣色结响，无一涉近人藩篱。其自汉魏以逮唐宋诸作者，莫不轥其庭而闯其室，而熔铸众长，自成一家。往尝妄论，自古论诗，惟杜工部“应手看垂钩，清心听鸣镝；精微穿溟涬，飞动摧霹雳”四语最为微至，今乃于阁下见之。固当与古人联镳并辔，匪独高出并世之人而已，钦佩何极！[②]

书莲池书院安生文澜课卷后[③]

张裕钊

此卷《书张河间集后》以班、张并论，谓平子可步孟坚之后，此殆非笃

① 此书函见于《中国学报》第3期第11—12页，今不见收入《张裕钊诗文集》中。施均甫即施补华(1835—1890)，原名份，字均甫，一作均父。浙江乌程(今湖州市)人。同治九年(1870年)举人。曾入祁寯藻、曾国藩幕，不被重用；又入左宗棠幕，并于光绪三年(1877年)随左帅西征；不久，转入嵩武军提督张曜幕，深受重用。十二年(1886年)，因山东巡抚张曜力荐，擢升山东河工道。工诗文。著有《泽雅堂文集》八卷、《泽雅堂诗集》六卷、《泽雅堂诗二集》十八卷、《岘佣说诗》等。

② 此书函作于光绪十三年九月初十日(1887年10月26日)，时在保定莲池书院。

③ 此文见于南京图书馆所藏之《濂亭草稿》(一册)，今不见收入《张裕钊诗文集》中。安文澜(？—1908)，字翰卿。直隶定州(今河北省定州市)人。幼聪慧，先后拜张裕钊、吴汝纶为师，博览群书，尤精史学，曾校勘《资治通鉴》。光绪十五年(1889年)举人，二十一年(1895年)成进士，授职山西河曲县知县。《吴先生弟子集》中收有其古文9篇，诗作8首。

论也。平子之文，其才思大于孟坚，而功力之深纯或逊之。《两都》《二京》，姚惜抱氏谓《西京》宏丽，得掩孟坚；而《东京》不及《东都》之简当，此定论也。若《思元》后，间乃出《幽通》《答宾戏》之上，而《思元》尤为杰作。所以然者，孟坚明志，亦欲遗外世俗，归命于诗书道德之林，与贾谊、相如相追逐，而卓为命世之英。乏介石之贞，卒用败丧。平子则萧然荣利之外，属节守素，乐以解身。其中所自得，视孟坚固已远矣。今取二子之词读之，一则遐慕圣涯，一则互摅己意，其立词之诚与不诚，隐然可见。而味之醇漓，漫于齿颊而判矣。本原之地不可伪为，岂不亮哉？故学问文章之事，征志趣卓远、风节高峻者，必不芷以与于斯。区区之心，所愿与诸生共勉之者也。①

致张后浍②

张裕钊

示浍儿：

汝兄以正月十四日附轮由沪北上，曾书数语与汝。廿七日得汝正月八日书，颇有真实刻苦立志之意并身体甚好（此专静读书以养身之效也），我心甚为喜慰。汝果能抟心揖志，悉如所云“凛坚守扩充之训”数语，则后此受用正自无穷。想亦先泽孔长，家运日隆，故汝能真切励志若是邪！勉之慎之。时文拟专学瑰奇一路，在汝此时亦是一法。寄归大卷，殊可观，所欠者光润及未能十分匀净耳。其意格娴雅，笔势开展，而劲挺沉着，并间架亦十得五六。此数者皆胜于时贤，更能光匀入格，则定列高等矣。印结事，汝兄到或可办妥，要亦自有定分，不尽由人力。凌友鹤能出引结费更好，然此等处，一切听其自然最妙。汝拟汝兄不必下场，谓资格之说犹

---

① 此文作于光绪十四年（1888 年）四月上旬，时在保定莲池书院。

② 此书函见于《清代名人书札》（第二册），北京师范大学出版社 2009 年版，今未见收入《张裕钊诗文集》中。张后浍（1864—1927），字会叔。湖北武昌人。张裕钊次子。光绪十四年（1888 年）举人。作为公使随员曾随黎庶昌出使日本。归国后例叙四品卿衔。曾官江苏扬州府泰州知州。入民国，曾出任首任总统府国务院政治咨议。

浅，宜留有余，以希后福，甚有道理，可谓有味其言之已。硃卷不必全刻，十四艺经策至多共刻三四艺已足。天下事但当务实，不必婪名，声闻过情，往往败露，实至则名自归。

我生平从不张皇，此次返鄂后，亦仍守故辙，然数日以来，微闻此间上下皆甚倾服，是其明验。大府欲我暂兼经心，汝兄到当与汝言之。昨范中木来云："十九仍是长兼，但上面尚未明以相告。"若事定，我仍当想法耳。朱植臣尚未来，计一二日内当到。书院中均安好，可无容念。王文泉文已撰就，今寄去（孔刚介公文亦将续行撰就寄至）。去年孟芾臣所说，不知是作墓表，是作家传？我一时忘却，恐说是家传。汝等但云家传不如墓表之合体裁，倘渠必欲作传，则将原稿略加窜改，再行邮寄亦可。但文稿已就，润笔自可先交，不必再待改稿，此一定之理势。此文我颇自喜，如他日刻入文集，则彼已讨大便宜。万一彼欲得我书上石，必非更送二三百金不可。我近日作书，益有得心应手之乐，自度竟欲突过唐人，即不能，亦当于欧、褚诸公并驱争先。此事我胸中已确有把握，殆非妄言。籀雅堂所要《史记古音考》，顷已开刷，二月底定可赶到上海。惟寄至上海转交，恐万一靠不住，我已定计着陶子麟送去，不过多用盘费廿余千，殊较稳妥。汝信内但云《史记》议价一两八钱，并未言是何平色，此等处殊疏忽也。此信到，汝兄当以早到，必可同观。即速写一函寄归，盼切盼切。

廉卿手书

二月初一日[①]

① 此书函作于光绪十五年二月初一日(1889 年 3 月 2 日)，时在武昌(今鄂州市)老家准备赴省城任教。

致张后沆(之一)[①]

张裕钊

示沆儿：

廿一日得汝自沙洋寄归一函，具悉一切。凭限事，我已持汝所书扣限单一纸，面询周宅三。渠云：即十一月到省，亦万无一失，尽可万分放心。此间均安好，我日来甚健。初七日曾一课，江汉以事少人闲，廿一日便已出榜，俟十一月当并一课，便可了事，殊不足忧。汝妇所患亦已全愈矣。十四日得汝弟书，改籍仍可办妥，无甚紧要，不过耽延时日，兼多花钱。若部文早行，十月半后可作归计。倘迟滞，则尚未可定，唯有听之而已。改就经心之说，微有端倪。然天下事总有分定，亦听之而已。

张香帅有自请陛见之说，岁内尚未知能到否？其开铁路折稿已找出，又近日复有译署遵筹铁路一折，今与空策一本，一并寄汝，可检收。此间初九日榜发，武昌中三人：黄澍森（黄永乡人，余皆马乡）、陈瑞鼎、林兆镛（即瑞翁之侄）；副榜一人安澜。大冶则朱莱香父子同科，可谓奇绝。解元为艾青，其文甚佳，闱墨出，众论翕然。而经心乃中至廿八人之多（江夏中十人，顺天、湖北中正六人、副一人，内江夏正二人、副一人，可谓极盛）。如徐绍陵、田服兰等皆向所称能者。阅顺天榜录，安翰卿竟中解元，为之喜慰无已。阎瑞庭亦同时获隽。莲池仅此二人，可见文章究属有凭也。

汝到省后，即速寄一函来，以释悬望，切切。其余但时时念念，谨守

---

① 此书函见于《清代名人书札》(第二册)，北京师范大学出版社2009年版，第387—388页；今不见收入《张裕钊诗文集》中。张后沆(1854—1895)，字导岷，号静庐。监生。光绪七年(1881年)，作为公使随员随黎庶昌出使日本。归国后例叙候选州同。后授陕西候补同知、陕西宁陕厅抚民同知。光绪二十一年(1895年)病逝于西安。

我所书梵策数语及曾文正一书足矣。

廉卿手书

九月廿四日①

与张后沆(之二)②

张裕钊

示沆儿:

月之十五日接汝樊城一函,廿日又接老河口一函,知一路平顺,深为喜慰。此时当可抵西安,即未至,亦当不远。家中均平安,我日来乃更健,次源为我看脉,乃云较夏秋更胜,不谓调息之功,其效乃至于此。九月廿四日,由蔚泰厚寄汝一函,又空策一本、张香帅及译署议铁路两折,汝抵省当可接到。此间书院事尚无动静,大约俟香帅到方得定局。孝沐等即延马二李君授读,业已订定,想尚妥当。

汝淦弟昨有信归,改籍复文已到部。其信内有云:"封河已近,部文尚未核妥,年内能否归侍,尚未敢定。是真无可如何之事。然在外誓当束身自爱,断不敢更劳大人廑虑。用钱一事,儿月来稍受艰窘,始知圣贤于财用一道,实有精义。国之所以能强,家之所以能保,人之所以能自立,莫不由于俭(此二行似颇有见地,非经磨炼不能为此言)。未有奢而不贪,贪而能敦品者,大人之成此清名,亦俭字之效也。"又云:"儿半载以来,稍历艰辛,看得世味甚淡,渐觉无所怨尤,亦无所明羡,惟有事事敬谨,以期勉遵慈训而已。"据渠所云,岁内能归与否虽不可定,然经此一番磨炼,似颇敛华就实,渐有长进,我心乃甚以为喜。圣贤之言,所谓"生于忧患",所谓"恐惧致福",旨哉,旨哉!得渠书,知莲池又中崔尚之及南宫之于凤鸣二人,而周世臣亦复获隽(前《申报》榜录不甚详确,而周世臣更名"周

① 此书函作于光绪十五年九月二十四日(1889年10月18日),时主讲武昌江汉书院兼经心书院。

② 此书函见于《清代名人书札》,北京师范大学出版社1987年版,第391页;此书函今不见收入《张裕钊诗文集》中。

云”，故此三人先皆未之知也）。门徒之盛如此，亦一乐事。所许二差将半盒红鞭炮已办好，寄归家去。天后宫帐幔，俟更与陶子麟言之。

自八月以后，阴雨连旬，秋成大壤（惟山薯稍可），江湖盛涨，竟一变而为歉岁。我家幸赖裕远之力，租谷早已收齐，然明春尚不知是何景象也。

张香帅十一月下旬当到，铁路因黄漱翁一疏，暂行停止。疏意谓洋债必不可借，须自筹款。经部议，令外省每年合筹二百万，五年可得千万，再行开工。外省欲筹此款，谈何容易，恐亦终是空话。然以诸公之干略，今日之时势观之，即不开亦未始不佳。郝茂才言，陕西市面较前日胜，已颇露端倪矣。汝以后必须勤于寄信，得汝一函，不独我心内释然，即举家亦皆喜慰不可言，切切勿忽，能一月两函乃更佳耳（虽数行亦可，得数行便如获珍宝也）。

廉卿手书

十月廿六日[①]

致张后沆（之三）[②]

张裕钊

示沆儿：

九月廿一日接汝沙洋书，即于廿四日寄汝一函。十月十五日接汝樊城书，廿日接汝老河口书，又于廿六日寄汝一函。均由蔚泰厚转递。汝抵陕后，计可陆续接到。家中均安好，我亦甚健。汝妇乳患业已余毒净尽，全行平复矣。

李棠轩之账，渠前日曾一来此。据李敏斋函称“经程步庵收存书洋五十一元三角五分，以七钱化银，约在三十五两九钱四分半，即可仰数扣除”云云。但此事我未经营，汝前所云，我亦记忆不清，不知我处究当找付李

① 此书函作于光绪十五年十月二十六日（1889年11月18日），时主讲武昌江汉书院兼经心书院。

② 此书函见于《清代名人书札》（第二册），北京师范大学出版社2009年版，第387—388页。此书函今不见收入《张裕钊诗文集》中。

棠轩如干？ 汝可将账查明，速寄一函归来，以便早与了结为要。

前日续接汝浍弟书，渠归期尚未可定，据称：张香帅有电报到京，请屠梅君主讲经心，修金八百之外，更为加丰，屠已应允。 如此则只得仍在江汉。 我看江汉卷若无事，每日可伍十本，多或六七十本，不及半月可毕。但江汉一席，亦自易了耳。 刻下两书院均拟并课，外间亦皆愿意。 此月内想可蒇事也。

廉卿手书

十一月初二日①

致张后沆(之四)②

张裕钊

示沆儿：

十月廿六日、本月初二日续寄两函，均由蔚泰厚转递，计陆续当达。昨接汝十月廿七日书，知已安抵西安，至为喜慰。 彼间局面既系如此，但确守曾文正书中之言，与我敬慎不败之训，一意坚定，静以俟之，不独在外介然无所纷营，即心中亦坦然无所憧扰。 天下事实实皆有分定，我家气机亦似颇顺，汝第谨遵我所言，自有无穷受用耳。 我近日甚健，家中亦极安好。 前数日汝浍弟有信归，须明春方能归来。 渠信中言：“屠梅君已就山西书院，经心一席仍辞却矣。”张香帅已于昨日接印，书院日内当可定局。我日间当赶看课卷，一切不及详言，稍迟，当再有信也。

廉卿手书

十一月廿七日③

---

① 此书函作于光绪十五年十一月初二日(1889 年 11 月 24 日)，时主讲武昌江汉书院兼经心书院。

② 此书函见于《清代名人书札》(第二册)，北京师范大学出版社 2009 年版，第 387—388 页。此书函今不见收入《张裕钊诗文集》中。

③ 此书函作于光绪十五年十一月二十七日(1889 年 12 月 19 日)，时主讲武昌江汉书院兼经心书院。

致张后沆(之五)①

张裕钊

示沆儿：

十一月廿五日接汝十月廿七日书，即于廿七日寄汝一函，计当达。本月初九日张翊文直刺递到一函，廿六日又接汝十一月廿七日一函，据悉种种。观汝日记，事机似颇顺。然总以一意静俟，“尽其在我，听其在人”为要。陕抚现简放鹿中丞，局面又当小变。汝前书所云朝邑之信，我意颇不谓然，今则更无庸议，然天下事，一概不必营求。即此益复可见，彼扰扰者，皆徒劳也。刘瀚青、孙巨川两君及胡蕲生联，明岁必当书就邮寄。家中均安好，我日来亦甚健。

潭弟已于廿六日来此。金氏新妇一病不起，竟于前月廿一日物故，命数所定，真乃无可如何。幸潭弟前亦备闻星命家所言，早知其为定数，颇复安之。然因此伯父葬事遂至延搁，须明春方能办理耳（张吉甫亲来问过两次，已与约俟明春。张古亭亦满口许为一往，张古亭明岁不至鄂中矣）。汝浍弟须明春方能归家，孝沐等延马二李君授读，前书中已言之矣。我此次本拟俟书院定局写信与汝，乃至今尚未定局，其详别具纸中。

廉卿手书

除日

以后寄信，但一意由蔚泰厚转递最妥，不必由信局转致延搁也。②

① 此书函见于《清代名人书札》(第二册)，北京师范大学出版社2009年版，此书函今不见收入《张裕钊诗文集》中。

② 此书函作于光绪十五年十二月三十日(1890年1月20日)，时主讲武昌江汉书院兼经心书院。

与张后沅(之六)[①]

张裕钊

示沅儿:

闰月十七日寄汝一函,计不日当达。今日接汝闰月初九日书,知已入发审局并吏课考列高等,殊为喜慰。我所云气机(我平生静观气机,后来往往不甚谬)颇佳者,即此已微露端倪,但不可一豪高兴,内面更宜小心戒慎,外面更宜退逊谦和。稍一高兴,便恐以此致败;若此意略一萌动,即当下惕然猛省,且自思此等算什么事,我何器小识卑,自待之薄耳。如此则矜躁之气,自然立地冰释。汝在宦场,不愁人不说精明,但防人不说平正。须专从此做功夫,使大家信其静正谨厚,则人人爱而敬之。同寅上官,众口称誉,有攸往无不利己。

曾劼侯已于闰月廿三日薨逝(天下事之难料,往往如此。我所以拿定主意,只是循理守正以听命),此事真乃出人意表。既无此公,则欲谋出洋殊无甚把握。我前书所言,尚宜更作计较。汝若下年得一厘局优差,以后更能署一优缺,俟颇有赢余,或可为捐花样补缺之计。如必欲出洋,如我前书所云,谋一解饷差入都,必须饷差与他日厘差毫无妨碍(俗所谓脚踏两边船也)乃可。倘若相妨,仍须一意专谋厘差。出洋一节,且可暂置。

陕西有陶方伯之旧,今又承其拔识,万一鹿中丞到后,更复刮目相待,则决计不谋出洋为是。出洋与钦差,或恐有不合。且三年之中,一切事势利钝,变迁无常,难可逆料。又恐方伯、中丞或有更动,则是坐失事机也。我前书中"天运若好,自有意外机缘凑巧"数语,乃确不可易之理。汝宜坚意以守分听命为中心主张,更将此事情形左右盘算,熟思而审处之。我又思汝初拟指陕,尚未动手,而陶方伯、柯逊庵即相继简放,某公亦调他藩,汝到省未久,张中丞忽尔调开,而柯逊庵顿成活着,种种应弦赴节(此

---

① 此书函见于清代名人书札编写组编《清代名人书札》,北京师范大学出版社 1987 年版,第 395 页;今不见收入《张裕钊诗文集》中。

所意外机缘凑巧者也），皆人所万不能为力者，岂非天乎！综观前后，天意似颇相我（劼侯之逝，或亦不应出洋之一机也）。违天不祥，我意终以在陕静候为得耳。

廉卿手书

三月初六日①

致张后沆(之七)②

张裕钊

示沆儿：

本月朔日寄汝一函，计日内当达。月之十七日接汝五月廿二日一函，其五月初九日一函，亦续于廿三日接到。汝刻下往邠、乾一带，会办土药厘金，此系认真受事之始，切宜格外谨慎办理，以孚众望。秋暑未退，一路尤宜加意调摄为要。我日来安健如常，余人亦均安好，且举家雍睦，毫无间言。汝浍弟每日读书写字，不间其功。孝沐遇晚间纳凉，间与之讲说文字，颇有解悟。此数者皆甚可喜之事，我固愿而乐之，汝闻之当亦深以为快耳，黎弓甫已于月之十二日归去，临行我赠之二十金。此人于地理一道，足称能手，甚不易得，以后或恐有用得着之日也。

廉卿手书

六月廿六日③

① 此书函作于光绪十六年三月初六日(1890 年 4 月 24 日)，时主讲武昌江汉书院兼经心书院。

② 此书函见于《清代名人书札》(第二册)，北京师范大学出版社 2009 年版，第 387—388 页；此书函今未见收入《张裕钊诗文集》中。

③ 此书函作于光绪十八年六月二十六日(1892 年 7 月 19 日)，主襄阳鹿门书院讲席。

致张后沆(之八)[1]

张裕钊

示沆儿：

六月廿六日寄汝一函，计日内当达。我安健如常，家中亦均平安。孝沐现做半篇似渐有路，孝移亦已做承题，竟彻底明白了当，颇可喜也。汝现在何处？中秋前后能回省否邪？汝颇承上官青睐，若今年更得一厘差，尔时且可一意安之。揆之情事，衡之义命，斯为至顺，断无一旦舍此，更谋出洋之理，外则有负上官优待之意，内则举家之中言及汝欲出洋，无一人愿意者。此我前书所以谓“此事便作罢论也”。至后来之计，俟汝浍弟壬辰入都，当极力为汝想法，或谋署一优缺，或谋别样差使，上则万年吉地（保举最优），次则河工，数者或有一当。又汝所云，粮道管仓馆地，汝浍弟壬辰无论得与不得，决计便谋此馆事，若能谐有万金之获，更何施而不可邪？我二月十四日书所云襄阳一局，能成与否，八、九两月间当有端倪也。

廉卿手书

七月廿四日[2]

---

① 此书函见于《清代名人书札》(第二册)，北京师范大学出版社 2009 年版，第 387—388 页。此书函今不见收入《张裕钊诗文集》中。

② 此书函作于光绪十八年七月二十四日(1892 年 9 月 14 日)，主襄阳鹿门书院讲席。

致张后沆(之九)[①]

张裕钊

示沆儿:

七月廿四日寄汝一函，计此月内当达。我及家中均平安，可无悬念。廿八日接汝六月廿日一函，知此次出差，诸事均颇顺手。月之初八日接到电报，知已回省，至为喜慰。汝谓汝母墓向不可轻改，所言诚为有理。我初闻黎弓甫所述鲍君子渐之言，亦将信将疑，不辨其孰是孰非。然此是则彼非，此非则彼是，而吉凶即于此判焉。以此踌躇莫释、彷徨无措者累日，于是取杨、蒋之书精加研究，乃豁然贯通，确然无疑。以语黎弓甫，为之相视而笑，莫逆于心。我向读杨、蒋理气之书，开卷茫如，一字不解，自闻鲍君之说，遂觉一览瞋如。始知蒋大鸿所谓"若得口传真诀，则虽愚夫稚子，立地可悟"者，诚为信然(杨、蒋之书，业已和盘托出，仅有一点真机未曾道破。然不经道破，则虽有过人之智，穷思毕精，亦终不能解也。张古亭选择用太阳之术最精，为诸人所不及。故柯家山葬后初年颇顺，其立向则与杨、蒋之说全然相反)。而凡名地师从不轻以语人者，职是故也。兹拟九月初旬遣人至芜湖，延鲍子渐来。俟其来，当细察其人品心术之醇疵，与所学之深浅。我仍拟与同往家中，看我家诸祖墓及他家发冢，以考其所言之验否。然后再看柯家山墓地，精审其孰是孰非，或行或止，更作道理，亦必不贸然轻发耳。汝若得厘差，可发一电报归来，升平或者能往，便可助汝一臂之力。再，我所云襄中一局，若万一有成，则汉口欠项须与了结(汝临行所借三百金，又去冬借一百六十金寄汝浍弟)。且今岁用度，或恐不敷，若往襄中，亦须川资。汝得厘差后，须汇六百金归来，届期汝可筹之。孝沐、孝移近作均钞数首，寄汝可察。入田姊丈病已痊可，但

① 此书函见于《清代名人书札》(第二册)，北京师范大学出版社2009年版，第387—388页。此书函今不见收入《张裕钊诗文集》中。

病愈后微现有痰，稍觉不十分清醒耳。 渠兄弟已分居矣。

廉卿手书

八月十一日[1]

① 此书函作于光绪十八年八月十一日(1892年10月1日),主襄阳鹿门书院讲席。

杨守敬卷

致倪文蔚(之一)[1]

杨守敬[2]

豹岑公祖大人钧座：

顷者奉赐诗章，用光小阁，幸甚！敬与梓人、书佣相勾当，日不遑暇，间绎地志之书，成《楚郢都考》《宜都沿革考》二篇，又为《荆州府县沿革表》，付书佣钞之，皆未及覆校。适有便人，遂付以呈览，想谬误不少也。地志之书，最忌附会，征引古书，未见原本，辗转贩鬻，鲜不失真。鄙意仿《桂胜》例，先引原书，有考证者低写一格，若原书已佚者，必著见于何书，以此为例。传闻失实之语，苟且钞录之学，皆无可置辞矣。是否有当，伏惟尊裁。敬料理家事三四后，即当诣署拜谒，谨聆教言。使者刻晷解缆，走笔书此。诸惟亮察，即请著安，不庄。治晚生杨守敬顿首，五月初六日。[3]

---

① 此书函见于占如默：《陶风楼藏杨守敬致倪文蔚手札考释》，《文献》2016 年第 4 期，第 108－109 页；今未见收入《杨守敬集》和《杨守敬题跋书信遗稿》中。倪文蔚（1823－1890），字茂甫，号豹岑，安徽望江人。咸丰二年（1852 年）进士，由编修累官至广西、广东、河南巡抚。学识渊博，多才多艺；工诗文，善书画。著有《禹贡说》《两彊勉斋诗文集》等。另编纂有《荆州府志》八十卷、《万城堤志》十卷等。

② 杨守敬（1839—1915），谱名开科，榜名恺，更名守敬，字鹏云，号惺吾、星吾、心物，晚号邻苏老人。湖北宜都人。同治元年（1862 年）举人。光绪六年（1880 年），相继随何如璋、黎庶昌出使日本，任参赞。归国后，曾任黄冈县学训导、黄州府学教谕。此后，历任两湖书院教习、勤成学堂总教习、存古学堂总教习、湖北通志纂修等。民国建立，曾出任参议院参议、清史馆纂修。他既是清末民初著名历史地理学家，又是著名版本目录学家、金石学家、书法家和藏书家。平生好学不倦，著述丰富，著作达数十种之多。后人编有《杨守敬集》（13 册）。

③ 此书函作于光绪三年五月初六日（1877 年 6 月 16 日），时在家开纸行，从事研究、著述。

致倪文蔚(之二)[①]

杨守敬

豹岑公祖大人阁下：

敬前在都城时，张君湘涛、袁君爽秋交口称大人为皖江硕学，人伦所瞻。乙亥南旋，因雪庐师谒见，谈艺之余，以封君古泉谱下示，仰见大贤，宏奖风流，无时不以问学相勖。敬以闻赴，仓皇返舍，自分疏贱，无劳记注，两年之间，自郡城来者，具述大人殷勤下问，愧荷交拜，无以报答，用敢自陈。敬少既失学，长未向道，车尘马足，罕有停期。虽九流家言，皆喜流览，作辍相仍，无所成名。唯金石一端，若有天性，岁逾一纪，寝食未忘。至于泉币，虽非专门，时亦旁及。伏念《钱谱》自洪氏以来，传摹多谬，昭代名家，始有定说。宜泉、燕庭，搜罗最博，其书不传。渭园、竹朋，粗具轮廓，未臻精妙。端居多暇，乃以所藏拓本，手自摹刻，得二千余枚。粗有端绪，谨用□□，匆遽不及手拓，工人草率，绝少次第，然其精者，与真不别，若再整齐，实称绝艺。而敬家贫不能购进楮蓄，良工不自毁弃，欲托之封君，自居校雠之列，则力厚而行远。

又有《古印谱》二十卷、《砖瓦文字》四卷，皆刻成而力未能印拓。近复仿翟文泉《隶篇》之例，撰《楷法溯源》一书，上自魏晋，下迄五季，东北至沧海日本、高丽等碑，西极塞外姜行本功德记，南尽滇池大小爨、南诏等碑，名碑巨碣，莫不甄录；下至浙东之残砖，供阙之造像，有□□□，亦所不遗。此书本敬手辑，而署文昌潘君者，此公朴学为敬之□□，穷老著书未就，故推之以报知己。然书至二十余卷，非五六百金不能成。筹画于知交，亦仅得半，不得已，仰恳大人稍为资助，则敬与潘君皆感且不□。昔贤著书多传之身后，唯金石文字则必亲校，景伯《隶释》是其前，现今之此书□由□□，柳子厚《与萧俛书》云：“人生少得六七十者，今已三十有七

① 此书函见于占如默:《陶风楼藏杨守敬致倪文蔚手札考释》,《文献》2016年第4期,第110—112页;此书函今未见收入《杨守敬集》和《杨守敬题跋书信遗稿》中。

矣，长来觉日月益促，岁岁更甚，大都不过数十寒暑则无此身。”何言之悲也。敬今年三十有九，两须皤然，早衰尤甚，无论柳子厚之非所敢望，纵区区不忍废，而闻道已晚，不足自存，感叹辍业，将恐将惧。不贤识小，或不为后世訾，而力小任重，数年以来，家为之落，惜其不成，中夜焦思，当亦大君子所笑其痴，而矜其挚者也。

《金石文字》壹部是十年来所刻，《论语事实录》是前十年所为，虽宗法西汉，实少家法，一知半解，妄灾枣梨。然敬所著书，大半未脱稿，仅以此呈教，如不鄙夷，即望回示。冒昧陈辞，无任战慄，敬请著安，不庄。治晚生杨守敬顿首，六月六日。①

致倪文蔚(之三)②

杨守敬

豹岑公祖大人阁下：

十八日奉手谕，并赐白金五十两，以为剞劂之赀。又嘱为迁存封君校泉图，慰诲殷勤，感荷无既。伏念迁公博学多通，等身著述，遭乱散佚，唯《钱略》三十二卷副本及《泉图》两册尚存，此及今之时所急宜摹刻者也。古今钱谱以李竹朋所刻为最博，然其学识不足，开端一序便以此道为玩好之物，知其落下乘矣。迁公《钱略》，敬虽未见，读序传知高识深造，为通儒之作，若使用敬砖刻之法以为图，而以迁公泉说证之，真空前绝后之奇也。来示以《钱略》校勘綦繁，刻赀不易，然用力深者收功远，敬料三十二卷书亦不过数百金。至于校刻，敬固谫陋，略闻绪论，若得厕名编校之列，一切薪水俱不敢受。他日书成，稍沾拓工之利，为妻子饘粥之资足矣。敢求将《钱略》副本寄读，大约不出一年，必能竣工。若册后题识，虽皆一时名流，唯孙渊如、宋芝山于此书有发明，其余皆酬应之作，将来摘附册尾则

① 此书函作于光绪三年六月初六日(1877年7月16日)，时应邀在家编纂《荆州府志》。

② 此书函见于占如默：《陶风楼藏杨守敬致倪文蔚手札考释》，《文献》2016年第4期，第114—115页；此书函今未见收入《杨守敬集》和《杨守敬题跋书信遗稿》中。

可。若弟刻诸跋，正恐传迂公不尽。敝邑年岁亦甚旱[①]，唯附郭一带差沾足，谨以附闻。匆遽不尽所言，容续禀。即请升安不庄。治晚生杨守敬顿首，二十日。

集古钧器拓本适装成，略识数语其上，不及详考。另有汉石经模本，容后呈上。汉印十余卷，惜无好印□□。[②]

致倪文蔚(之四)[③]

杨守敬

豹岑公祖大人阁下：

十月上旬接到《古今钱略》抄本，属敬校对，适方在彝陵为饶君季音编地志之书，未能分身。本月初又读手谕敦迫，乃将地志搁下，归家后校读一过，有所闻见，悉录于简端，又使书佐抄出，为札记一卷呈览。

伏念《钱略》一书，详赡出诸谱上，其图尤精妙绝伦，第二十七、二十八、二十九卷，于历代钱法利弊敷陈綦详，诚体用兼备之书。此数卷尚未校，此非尽校所引原书不可，须宽以时日。唯迂公生乾嘉之间，古钱之出土者尚不若今日之夥，此则天实为之，敬窃不自量，拟为补图。其有古籍为原注失引者，则归美迂公；或原说舛误，已为前人议驳者，则竟从删削。惟嘉道以后金石家言谱录之书，迂公所未见者，则署补篇之目，敬自下己意，亦附录焉。顷已倩善书、善画者五六人重为编定，大约明春可以告竣。

---

① 自光绪二年(1876年)至五年(1879年)，直隶(今河北)、山东、山西、陕西、河南、湖北等省，持续4年遭受大面积干旱。此次灾害为有清一代最大的一场劫难，而以1877年(丁丑年)和1878年(戊寅年)最为严重，故称之为“丁戊奇荒”，为中国二百余年来的未有之灾。

② 此书函作于光绪三年七月二十日(1877年8月28日)，时应邀在家编纂《荆州府志》。

③ 此书函见于占如默：《陶风楼藏杨守敬致倪文蔚手札考释》，《文献》2016年第4期，第116—119页；此书函今未见收入《杨守敬集》和《杨守敬题跋书信遗稿》中。

本朝谱钱之书，向推翁宜泉《古泉汇考》、刘燕庭《古钱苑》为详博，二家皆以身前未刻，继嗣无人，稿本几致散佚（翁谱藏燕庭家，同治戊辰，敬于刘氏寓斋见底本；刘谱近藏潍县陈寿卿家）。前在京师，曾因胡石查劝歙鲍子年先生为汇刻之，期以三年，先生以年老不及待为辞。厥后潘伯寅侍郎欲尽刻钟鼎、彝器、款识并古刀布等，石查又举敬董校刻之役，侍郎复以罢官止。中心歉仄，谓二书不传，后来难乎为继。愤极，乃自以拓本摹刻二千余品，皆典质所成，然奢愿尚未偿也。今幸得读迂公此谱，惊喜无似。又值公祖善承先业，力能付之剞劂，敬虽不敏，亦略有所闻，附校刊之列，则翁、刘未竟之业，将今见之，真天人交会，千载一时矣。昔臧庸刻《经义杂记》，托之其祖玉林先生，此义前儒皆未及，自敬发之。吾乡陈小舫为其尊人刻《诗比兴笺》，实魏默深先生之作，江南人皆知此事。敬以默深先生《诗古微》照之，其说至确，当世不议其假托，而称其孝思，况迂公此书皎然不欺者乎?

来札云校毕即寄上，以便授梓，敬窃有所陈。荆楚之梓人，素乏良工，敬所刻《望堂金石文字》，虽蒙当代许可，其实校刻尚多未精准，印谱、泉谱、古器款识、砖瓦文字，颇能夺真，然数年心血为之耗尽。公祖官事繁剧，摹字心劳，恐未有余力校对于点画之间，若付之他人，非其夙好，纵博极群书，不免为罗长源、郑夹漈所惑。敬不嫌自媒，以此事相委，或不有负。惟书经重编，稿必累易，佣书绘图之费，至少亦须百金。□□无可屏当，敢恳俯赐，则成功更速。至于枣梨之费□□□省，致蹈《古泉汇》覆辙。此事关千古，一端可议，便落第二乘，不足贵矣。属为作弁言，敬以为不必，孙琴西方伯一序，学识皆高，文章亦尔雅可诵。卷末迂公自作序传，发挥无遗，更无庸添蛇足自秽其书。当今李竹朋、鲍子年为此道专门，而二公所作《古泉汇序》，尚未得其要领，何论他人。敬前谓此谱第三十二卷，诸名人赠言尚待刊削者此也。

再闻公祖刻有《荆州堤志》，编纂者为天门胡公，此公敬未谋面，闻其淹雅，祈赐一部。地志之学，敬少即致力于斯，撰有《历代方舆沿革图说》《历代关塞险要图说》《十六国州郡图说》，又补梁、陈、北周、北齐四史地理志，虽未脱稿，已十得八九。敬□年所著书以此为最，同治之初，都中相知者皆怂敬成之。厥后以好金石之学，避难就易，此道遂延搁不讲，旧稿亦半散失。弃有用之学为章句之儒，择术已疏，深为惭悔。今年九月至彝陵，与饶君季音谭及此事，颇用惋惜，劝敬重理旧业，怦怦欲动。而数年以来，食指众多，心乱如麻，加以年近四十，不复耐作蝇头细字，势不能不倩人襄助校理，力不能赡，徒深浩叹。伏维敬既仰荷帡幪，偿得格外周恤，为置一宽闲地，使其专心壹志，一二年间，必力成此书。此书成，敬亦千古矣。

公祖学优，政事在在皆可见施行，区区文字之名，诚非所尚。若以敬所学，有裨高深，敢以一二种相酬，此所谓相得益彰，与攘夺者异矣。敬固无闻，然不尚虚声，留京师十载，虽与一二知名士相往来，而深自钦仰。平生知交，惟文昌潘君孺初、遂溪陈君一山乔森，两君遭际与敬相等。归家后，杜门不出，无论人之所知，亦无道为人所知。有来叩者，勖以问学，如齐传楚语，终不入耳。况非其类，嫉妒尤甚，故声尘愈寂，忧惧不免。若老死不出，将寻与虞仲翔求清蝇作吊客。诚不料公祖相赏于牝牡骊黄之外，遽以先人手泽郑重托付，知己深于感恩，此敬所为披肝沥胆，衔结不忘者也。古器款识一卷、砖瓦文字一卷、汉石经六幅义工清玩。诸维亮察不庄，寒甚即请刻安。治晚生杨守敬顿首，十二月初三日。

来人姓向名家环，老实可靠，如有所赐，即以付之。岁末宵小易生，专差亦可。敬又及。《楷法溯源》已刻成七卷，次弟依《说文》，谨以附闻。①

致倪文蔚(之五)②

杨守敬

豹岑公祖大人阁下：

奉读手谕并泉册、《万城堤志》，又赐白金百两以为佣书之资，将来补缺删繁，约不过二十卷，得数百金即能刻成，俟脱稿再行呈览。大著《万城堤志》，此经济之书，可见诸施行者，与书生高谈考古不可同日语。然其中

① 此书函作于光绪三年十二月初三日(1878 年 1 月 5 日)，时应邀在家编纂《荆州府志》。

② 此书函见于占如默：《陶风楼藏杨守敬致倪文蔚手札考释》，《文献》2016 年第 4 期，第 120 页；此书函今未见收入《杨守敬集》和《杨守敬题跋书信遗稿》中。

如辨《水经》"夷水出鱼复"之说及驳正阮文达"枚回洲"考，亦未尝不至精确；惟"息壤"之说似尚未详，曾记应城程拳时《在山堂集》有《息壤考》，稍暇当为检出。校札记已存有副本，此仍缴上。其中体例，虽较原书稍密，亦后事者易为力，未必毫无可议，尚祈指示。来使急于销差，走笔复此，余容续禀。即请道安，不庄。治晚生杨守敬顿首，初十日灯下。

泉拓二册中有诸名人题识者，六月间已寄来，若必钩墨迹入木，所费不赀，敬□□□图□刻之。①

致倪文蔚(之六)②

杨守敬

豹岑公祖大人足下：

辱承眄睐，属以郡志，本拟竭力从事，无奈家务冗沓，未能蒇事，有负雅怀，愧甚！愧甚！客岁寄来迂公《钱略》，仅十四本，缺二本。今检得原来函封，亦只十四本，用特呈览，然则仍宜在尊厨中细觅也。至于敬所钩补诸本俱在，现已赶紧排纂，不十日，即将全稿呈上，乃见敬非徒糜费也。唯念此书公祖初意刻之甚勇，故敬辞志局，以就其大者，不知何故而又踌躇。昔顾嗣立刻《元诗选》，见有无数绛衣人下拜，而况为公祖之先业乎？若恐敬窜乱原书，则前已禀明，皆依原书次第发刻，不增损一字，伏惟详察。《楷法溯源》将刻成，尚待校理，大约冬月间方能携板片到省刷印。前月二十八日，本县补覆，敬之起复、丁艰文书，未识已由府署中递过否？恳为问之。

又，二十八日有家信一函，由马驿递送，时敬已出志局，不知此信存何处，尚祈为转掷下。前代求法书楹联，款署昆城，恳为拨冗书之。刻下敝处谷米踊贵，较郡城尤甚，病疫者亦多，尚不至大损折，并以附闻。诸惟

① 此书函作于光绪四年八月初十日(1878 年 9 月 6 日)，时应邀在家编纂《荆州府志》。

② 此书函见于占如默：《陶风楼藏杨守敬致倪文蔚手札考释》，《文献》2016 年第 4 期，第 121 页；此书函今未见收入《杨守敬集》和《杨守敬题跋书信遗稿》中。

鉴照不庄，即颂升安。 治晚生杨守敬顿首，初十日。①

致倪文蔚(之七)②

杨守敬

豹岑公祖大人阁下：

两奉手书俱收到，欣悉壹是。 比维政余多暇，《郡志》次第告成为颂。敬现已将《钱谱》排纂成帙，唯时日稍迫，未能细校（补），□书原不刻不过明，敬亦差致力，未尽浪费耳。 若必欲付梓，仍当遵前教，依迂公原书，不增损一字。 唯迂公考证既明，而未见其钱，今其钱或有出土者则补之。谨将原书二部并敬所排纂之壹部呈览，若无意刻之，便可收之；若尚有意，祈仍将此书掷回，敬当遵前教再校一次。 唯此书卷帙甚繁，若全刻，恐非四百金所能也。 敬拟于月之中旬将《楷法溯源》板片携至宜昌，搭轮船到省垣刷印，缘敬处纸墨甚艰，人工亦贵，敬又无力措印资，所以必欲到省者，随印随售，或可稍沾余利。 前月潘孺初有信来，若敬再不至京，遂无会面之期。 此公为敬之师友，受恩深重，不止鲍叔之知我。 若使此公旦夕委朝露，敬不得一诀，便成终身之恨。 故汲汲下省，定于明年二三月即出省入都者为此也。

前为郡志著《沿革考》，繁冗不能裁省，实不堪用。 唯竭数月之力，始成此一帙，敝帚之享，不知其非。 前已将原稿付孔广森誊清，祈即饬孔生将原稿付回。 又盛宏之《荆州记》、袁山松《宜都记》，前亦嘱书佐抄出大半，此虽志外之书，然亦不可缺略。 或将原抄付回，敬当为排纂成之。《楷法溯源》拟印二十部，尚未完工，容日当呈览。 求作大叙，以光拙著，未知脱稿否，不胜翘企之至。 轮船到沙，虽停轮，不过数刻，不及进城面辞为怅。《攀古阁金文》贰本、《文献通考》壹本、马氏《意林》贰本、迂公年谱

① 此书函作于光绪四年九月初十日(1878 年 10 月 5 日)，时应邀在家编纂《荆州府志》。

② 此书函见于占如默：《陶风楼藏杨守敬致倪文蔚手札考释》，《文献》2016 年第 4 期，第 122—123 页；此书函今未见收入《杨守敬集》和《杨守敬题跋书信遗稿》中。

一本并奉还。《泉志》一本、《古泉丛话》仍存敝箧，容日再寄。行期在即，诸事猬集，不及作楷，伏维原谅，即请升安不宣。治晚生杨守敬顿首。

朱书田先生行略可否采入孝义传，并附。此系专人，有回信即付之。①

致倪文蔚(之八)②

杨守敬

豹岑公祖大人阁下：

顷陈述贤书台端□来，尚无谬误，唯其领钱究在何处，伏祈示之。敬拟与石子韩同撰《古文汇篇》，两家所藏金石书甚备，独无潘伯寅《攀古阁》一书，此书敬借阅一过，旋还尊架，伏恳再赐一览，至祷！至祷！此上，即请旅安不庄。治晚生杨守敬顿首。

《荆州沿革山川考》二本附呈。再敬所排纂《钱略》，不第洋钱印诸品及厌胜、打马皆未全钩。习少牧处既有底本，无妨悉数寄来。缘习君所摹最精，敬所摹只能双钩，似不如其毫发毕肖。现拟先刻首卷、宋本及刀布正品，余悉候习本寄到，再为开雕。守敬又及，《攀古阁》万祈假读。③

---

① 此书函作于光绪四年(1878年)十一月上旬，时应邀在家编纂《荆州府志》。

② 此书函见于占如默：《陶风楼藏杨守敬致倪文蔚手札考释》，《文献》2016年第4期，第124页；此书函今未见收入《杨守敬集》和《杨守敬题跋书信遗稿》中。

③ 此书函作于光绪四年(1878年)十二月间，其完成自己的编志任务后，仍在家从事研究、著述和刻书。

致倪文蔚(之九)[①]

杨守敬

豹岑大公祖大人阁下：

睽违钧诲，邈若山河，不胜翘企，恭维起居曼福为颂。客岁又蒙赐白金五十两，敬自维于迂公之书，未能有所增益，乃累承厚贶，实深愧恧。敬携书板于客岁冬月二十三日，搭轮船到武昌，带小儿、小妾并家丁一人，是皆粗知书史，可以监刷印，助校刊者也。唯迂公此书不刻，敬终以为缺陷。此公竭三十年之力成此书，不幸未授梓而殁，粤寇之乱，不大于劫灰者仅耳。敬携此书到省□人，梓人有云四百金可以成功。又有渔鼓山房书庄情愿先垫刻赀，唯书成之后，彼必先印行百余部以求利息，而后以板归公祖。问何时可成，期以百二十日。敬本在省售书，大约此数月内亦未能入都，可以校刊竣事。维公祖之意非惜此四百金，亦不过恐其不成，中道而废耳，若如此办法，似乎无碍。若以先人秘笈，不肯假手他人以获利，则速赐回音，以便将原书缴还。前札嘱校定此书后交令弟收存，敬访之，藩礼房云已刻到汉阳出差。敬以书尚未校讫，又岁暮匆遽，未能过江访谒，稍暇必能晤会也。

《志书》想已告成，刻此书时可不列贱名，盖本无功也。必不获辞，附于分校之列，如厕诸总纂则不敢居。盛宏之《荆州记》，尚未得《初学记》《艺文类聚》等书掇抄。缘敬初到省，藏书之家皆未识也。《楷法溯源》以告成，求序不得，云门又未晤面，急于印书，遂勉作一序，托之友人毕君，文辞浅陋，且于此体素非当家，故未敢冒公祖大名，恐有损文声耳。不以此书为可哂，仍请作序，以光拙册。呈上式样壹部，中多讹夺，尚待校补也。敬仓皇外出，本拟移家至省垣，而人口众多，措赀不易，此复尚恳拂拭，则没世感戴，读嵇叔夜《悲愤诗》，可以知敬之苦心矣。临纸神驰，勿任惶

① 此书函见于占如默:《陶风楼藏杨守敬致倪文蔚手札考释》,《文献》2016 年第 4 期,第 125—126 页;此书函今未见收入《杨守敬集》和《杨守敬题跋书信遗稿》中。

恐。诸惟亮察不宣，即请升安，并贺年喜。治晚生杨守敬顿首，己卯正月初六日。

敬住马家巷东首林公馆间壁，地太偏僻，如有回音即交江汉关①委员石子韩转寄。②

致倪文蔚(之十)③

杨守敬

读手书敬悉。据刻工云洪北江之书系六八寸，又薄且有厢板，此书七九寸且六分成，非八十文不能购得，但此事彼不能全做主，购板时敬必亲到讲价。况敬欲刻《古文汇编》，虽要板无多，亦必亲自购办，此辈亦无所容其欺。昨细检此书，约八百块双面，三百块系宋体用，五百块刻图用，且以每块八十文计之，当得六十四串，写宋体以三十万，约计当得四十串。此宜先付，盖八百块板片势不尽得干板，恐有稍湿，当预办候干，故开工即要此款也。行旌何日，当走送。即请豹岑大公祖大人晚安。治晚生守敬顿首，初五日灯下。④

① 江汉关，即武汉市汉口海关，位于今江汉路与沿江大道交叉路口。咸丰十一年十二月初一日(1862 年 1 月 1 日)经清政府总理事务衙门批准建立。汉口开埠前，清政府在武汉三镇设有内陆关卡，如武昌的江关、汉阳的朝关、汉口的汉关。1861 年，英国政府迫使清政府将汉口辟为对外贸易口岸，设“江汉关”。

② 此书函作于光绪五年正月初六日(1879 年 1 月 27 日)，时在武昌开始刻书、卖书和从事研究、著述。

③ 此书函见于占如默：《陶风楼藏杨守敬致倪文蔚手札考释》，《文献》2016 年第 4 期，第 127 页；此书函今未见收入《杨守敬集》和《杨守敬题跋书信遗稿》中。

④ 此书函作于光绪五年二月初五日(1879 年 2 月 25 日)，时在武昌刻书、卖书和从事研究、著述。

致倪文蔚(之十一)[①]

杨守敬

豹岑公祖大人左右：

顷尊纪来省，递到手书，知以前有赐章，并嘱将第二十八卷引书体例改刻。惟此信并原印书样至今未接到，不知是由何处寄来。又嘱为雇写手二人，当即特嘱刻字人物色之，皆云志书局所请写字工价每千字必得壹百三十文。又闻志书已得一半，彼来写字，一人不过十万。又去上下盘费数串，除日用火食，几不能剩数串，故人人趑趄。而此地佳写手亦实少，前领手人袁姓屡次带信来，云工人往者为此也，如必要人，须略增价，上下盘费纵不全认，亦给一半，方有好手。《钱略》又刻得数卷，时值农忙，工人多告假回家，刻下始渐有人来。盖此地刻字人亦农亦工，非得重赀，不肯舍其田事。此书之成，又当迟至六月底、七月初矣。盖又恐其刈获时有耽搁也。顷闻有人云钱图每品四十文价太昂，彼不知其费功，其中若压胜、洋钱诸品，竟有没人一日不能可成一品者。倒是宋体每字一文，彼尚乐于从事，一言刻图即人人皱眉。旁观者不知当局之难，敬若非平日受公祖知遇之感，几不能终其事。非敬轻诺，良由领手人轻诺，然刻图确难，然即万难，亦必终其事。前云图样当印墨本，宋体当印硃本，非有他意，不过以墨本好看，图之神气。此书成，公祖未印本，而有一部行世。敬岂复得为人乎？岂有以重资购不全不备之书者乎？既有言，当遵命尽印红本。连日肚泻，力疾草此。不恭祈恕之，为请升安不宣。晚生守敬谨禀，五月初八日。[②]

---

① 此书函见于占如默:《陶风楼藏杨守敬致倪文蔚手札考释》,《文献》2016年第4期,第128页;此书函今未见收入《杨守敬集》和《杨守敬题跋书信遗稿》中。

② 此书函作于光绪五年五月初八日(1879年6月27日),时在武昌刻书、卖书和从事研究、著述。

致倪文蔚(之十二)[1]

杨守敬

豹岑公祖大人阁下：

前由贵纪达一函，谅邀青览。前刻人袁姓来此倩写工，此地人多不愿之，俱详前书中，惟有在敝寓，雷君系为写《钱谱》之人，现值《钱谱》已竣工，敬力怂恿之，始允。《钱谱》与洪彦哲商酌后，又请姚方伯审定板再发钞。缘方伯讲书持去之后，久未掷还，日日着人催之，总以未刻编览为辞，盖方伯亦好此书如酒也。因之工人住手近一月，适值葑门张瑜生重刻《隶篇》，敬因让其刻之，现《隶篇》亦告竣，刻字人甚多，书亦斟酌尽美。唯所存未刻之板片仅二百块，尚须用约三百块，数月内此地并无卖板片人，唯思敬家中尚有板片约三百块，意欲恳公祖专差或有便人送去。亦可到敬家中，将此板片取下，到沙市再搭妥船寄来，敬已属家中专人送下，但恐未必有人来也。大约不出二十日到汉，此板尚有用也。半月以来，患水泻，颓唐之甚，力疾草此不庄，诸维亮察，即请升安。晚生守敬顿首，（五月二）十五日。[2]

---

① 此书函见于占如默:《陶风楼藏杨守敬致倪文蔚手札考释》,《文献》2016 年第 4 期,第 129 页;此书函今未见收入《杨守敬集》和《杨守敬题跋书信遗稿》中。

② 此书函作于光绪五年五月二十五日(1879 年 7 月 14 日),时在武昌刻书、卖书和从事研究、著述。

致倪文蔚(之十三)[①]

杨守敬

豹岑公祖大人座右：

和斋来省，得读手教。疑《钱略》非岁莫不能竣工，此由敬前于病中，匆遽禀报不悉之故。前云欠板片三百块者，非《钱略》实欠三百块，因敬家中尚存三百块，既往取，不得不尽数搬来，以备拣择，其实不过欠数十、百块耳。现在业已购买足数，并不需家中之板。《钱略》现已刻得十分之七，不过尚未收拾净尽，数日后必有红样十余本呈览。所余未刻之书，仅第一卷及副品数卷耳。若非炎暑，二十日定可成功。已嘱工人刻期于七月初十日竣事，并领工人见和斋，订以勿得误期，纵有差池，谅亦不得出四五日。总之，驾临鄂垣时，全书准定告成。至前日停工刻他书，此亦有故，盖因《钱略》底本求姚方伯鉴定，方伯欣然允诺，及呈去两月有余，未得领回，敬催之不下六七次，恳请其审定，又许为细校，遂亦不敢自作主张。及赐还则又多所更定，又不能不嘱工人重写重劕，尚有未尽校出者，敬又为重理一番。又加以板片不齐，他人板片多薄且间有厢者，此厚而整，所以难得，非刻他书有板，此无板也。所未刻之洋钱等品，工人复多畏难。适值友人张瑜生欲刻《隶篇》，商之于敬，敬因刻样未校定，恐停工人散即难复聚，故让其刻一月，岂敢故搁《钱略》而别刻他书乎？至所存刻赀，敬分毫未曾妄动，至今添裕之钱，尚未用完，可覆问也。总之，书一日不成，公祖一日不再与钱，稍有欠缺，敬当设法垫上，若半途而废，敬将何颜以对，专此禀明。临颖悚惶，诸惟鉴察，即请升安，不庄。晚生杨守敬顿首，六月十一日。[②]

---

① 此书函见于占如默:《陶风楼藏杨守敬致倪文蔚手札考释》,《文献》2016 年第 4 期,第 130 页;此书函今未见收入《杨守敬集》和《杨守敬题跋书信遗稿》中。

② 此书函作于光绪五年六月十一日(1879 年 7 月 29 日),时在武昌刻书、卖书和从事研究、著述。

致倪文蔚(之十四)[①]

杨守敬

顷拜谒，不遇为怅。《钱略》已刻成，此系初印样本，除前已呈览数本外，一并呈上，其有误字等等，随饬修改，大约不过数日，即能竣工，其账簿容日清理。板片存于何处？祈示知。所欠刻赀已长，用过添裕三四十串。可否再拨数十串，先开零碎之工钱，其余候算清后结给。驾临省垣，想必应接不暇，未知何日得闻书再走候，特此留字。即请豹岑公祖大人升安，不庄。治晚（生）杨守敬顿首。

此红样颜色不佳，印手亦劣，缘印此一项，需钱二串有余，工人不肯再印，如要再印看样，可否以绿色印之，则价廉而鲜朗矣，再禀。[②]

致倪文蔚(之十五)[③]

杨守敬

豹岑公祖大人阁下：

今日辰刻，有要事过江。当已嘱工人将书板清理，每架帖有卷数，共板片七百二十八块，一千三百八十三叶，封面、签字在外，是小儿亲手交清明白，并非含糊了事，或习君一时未能了了耳。此板将来如要休整，可问普渡庵陶之冈，缘敬之板片皆交是人清理也。余十部书已成，特未穿线，

① 此书函见于占如默:《陶风楼藏杨守敬致倪文蔚手札考释》,《文献》2016年第4期,第131页;此书函今未见收入《杨守敬集》和《杨守敬题跋书信遗稿》中。

② 此书函作于光绪五年(1879年)七月下旬,时在武昌刻书、卖书和从事研究、著述。

③ 此书函见于占如默:《陶风楼藏杨守敬致倪文蔚手札考释》,《文献》2016年第4期,第131—132页;此书函今未见收入《杨守敬集》和《杨守敬题跋书信遗稿》中。

已饬赶紧订讫，敬督同工人，无论三四更，总将此书送呈。敬本拟随同来人走谒，恐工人因天晚四散，故必督催，订成方许歇息，明日辰刻，定当趋送行旌。屡承赐以厚贶，愧感无似，谢谢！又承赐书二部，因思此十部为精，不如将前日所徵之二十部中换来两部，则公祖可多得两部精本也。诸维亮察，即请行安，不庄。晚生守敬顿首，十六日灯下。①

致重野安绎②

杨守敬

成斋先生阁下：

前日蒙许为校《玉烛宝典》，兹以刻成。谨以一部呈览。此本系以狩谷旧藏上木，亦缺第九卷，未知是从加贺本出否？伏祈饬责门人以加贺本对校，无论是非，凡有异同均以朱笔记之其旁。他日也可载囊校之。名不朽之业，当有同情，谅不以烦琐为嫌。顺请文安。不庄。诸位高弟均此。

弟杨守敬顿首

再，敬近移寓平河町廿一番，地即来曼先生旧庐也。虽不精洁，亦颇开敞。若有暇来此一游，亦略有异籍数种，以供清玩也。

守敬又及③

---

① 此书函作于光绪五年八月十六日(1879年10月1日)晚，时在武昌刻书、卖书和从事研究、著述。

② 此书札见于贺宏亮：《新见三十五通杨守敬书札考释》，《中国书法》2016年第3期，第30页；此书札今未见收入《杨守敬集》和《杨守敬题跋书信遗稿》中。重野安绎(1827—1910)，字成斋，日本鹿儿岛市人。江户时代末期至明治初期日本著名汉学家、历史学家。早年曾出仕文部省，并入修史局负责编修《大日本编年史》；明治二十一年(1888年)出任帝国大学教授，提倡考证史学，创建东京大学国史学科，奠定日本国史学发展基础。后曾出任静嘉堂文库首任文库长。

③ 此书札系光绪八年(1882年)正月间，杨守敬出任驻日使馆随员时所作。

《安吉州思溪法宝资福寺大藏经目录(二卷)》题跋[①]

杨守敬

宋安吉州资福寺《大藏经》，全部缺六百余卷，间有抄补，亦据宋摺本，旧藏日本山城国天安寺。余在日本，有书估为言，欲求售之状，适黎星使方购佛书，即嘱余与议之，价三千元，以七百元作定金，立约期三月付书。及逾期而书不至，星使不能待，以千元购定日本翻明本。久之书至，星使以过期不受，欲索还定金，书估不肯退书，难以口舌争；星使又不欲以购书事起公牍，嘱余受之而先支薪俸以偿。余以此书宋刻，中土久无传本，明刊南北藏本兵燹后亦十不存一，况明本鲁鱼豖亥不可枚举，得此以订讹除谬，不可谓非鸿宝，乃忍痛受之。缺卷非无别本钞补，以费繁而止，且此书之可贵以宋刻故也。书至六七千卷，时至六七百年，安能保其毫无残缺？此在真知笃好者，故不必徇俗人之见，以不全为恨也。

光绪癸未二月，宜都杨守敬记。[②]

(木村嘉平)画赞[③]

杨守敬

木村嘉平者，日本梓人第一。余为遵义黎氏刻《古逸丛书》，中有影宋

① 此题跋见于“国立中央图书馆”编:《“国立中央图书馆”善本题跋真迹》,(台北)“国立中央图书馆”1982年刊本,第1804页;今未见其收入《杨守敬集》和《杨守敬题跋书信遗稿》中。《安吉州思溪法宝资福寺大藏经目录》(二卷),宋刻本,今藏台北故宫博物院。

② 此题跋系光绪八年(1882年)二月间,杨守敬出任驻日使馆随员时所作。

③ 此文转引自(日)石田肇著,孔繁锡译,张新民校:《〈古逸丛书〉的刊刻及刻工木村嘉平史略》,《贵州文史丛刊》1992年第3期,第44—45页;今未见其收入《杨守敬集》和《杨守敬题跋书信遗稿》中。木村嘉平(?—1883),日本著名刻字工,《古逸丛书》印版雕刻者。

本《谷梁传》，最为措手，乃以属之嘉平，逾年刻成，意出原本上。盘伯寅司寇称为自有天地以来，未有如此之精者。厥后又为刻北宋本《广韵》及《庄子注疏》《草堂诗笺》，将告竣矣；而嘉平以积劳病没（殁），余为之扼腕者累旬日。余尝谓嘉平持艺绝一时，其处（虚）心忠实诚德亦世所罕见，固不当以工人目之也。余拟为墓志以张之，以率率未能。故先题其略于画赞。赞曰：一艺之精，通幽入神；将以忠信，仅见斯人；昙花一现，百卉失珍；简册不绝，徽声不泯。甲申四月晦日，束装归国就道之前一日也。宜都杨守敬。①

《重广补注黄帝内经素问（二十四卷，十册，明覆宋本）》题跋②

杨守敬

宋椠《黄帝内经素问》，廿四卷，缺北宋诸帝讳，虽未必即嘉祐初刻本而字体端雅，纸质细洁，望而为宋椠。按，此书自元代古林书堂合并为十二卷，明赵府居敬堂本、熊宗立本、黄海本皆因之递相讹谬，不可读。其廿四卷之本明代有三刻：一为嘉靖间顾从义本，体式全与此本同而板心皆有刻工之姓名；一无名氏翻刻本，体式亦同，板心姓名则有载有不载；一为万历间周曰校刻本，则体式行款尽行改易，不复存原书面目（三书余皆有之）。此本则板心姓名全无，疑顾氏及无名氏皆从嘉祐刻本出，但经明人摹刻，轮廓虽具，意度已失。此则宋人以初刻印本上木，时代既近，手腕相同，故宛然嘉祐原本（唯板心姓名在，宋代翻刻，此等无关精要，故特去之，不足怪也）。且首尾完具，近来著录家皆未之及，知为海内希有之本，

① 此《画赞》是杨守敬于光绪十年四月三十日（1884年5月24日）回国前夕为日本亡友、刻字工木村嘉平的画像所题。

② 此题跋见于“国立中央图书馆”编：《“国立中央图书馆”善本题跋真迹》，（台北）“国立中央图书馆”1982年刊本，第1137—1138页；今未见其收入《杨守敬集》和《杨守敬题跋书信遗稿》中。《重广补注黄帝内经素问》（二十四卷，十册），明覆宋本，今藏台北故宫博物院。

亟重装而藏之。

光绪乙酉三月，宜都杨守敬记。①

致缪荃孙(之一)②

杨守敬

筱珊仁兄同年大人阁下：

《集韵》校本正录副讫，敢烦转至礼卿先生。如果欲付梓，敝处尚有南宋刻校本（日本内府藏大字本），系马君所未见。其板式样已载入《留真谱》，其中与马君所据宋本多异同。他日刻此书，纵不汇入马本，亦当附于其后，以成完璧。稍暇当录出再寄也。即颂著安，不庄。弟守敬顿首。

何日成行，并示知为荷。佛经事，亦恳礼翁吹嘘为感。③

① 此题跋作于光绪十一年(1885年)三月间，时在黄冈县教谕任上。

② 此书函见于钱伯城、郭群一整理，顾廷龙校阅：《艺风堂友朋书札》(下册)之第一函，上海人民出版社2018年9月版，第819页；今未见其收入《杨守敬集》和《杨守敬题跋书信遗稿》中。缪荃孙(1844—1919)，字炎之，一字筱珊，晚号艺风、艺风老人。江苏江阴人。早年肄业于丽正书院。同治元年(1862年)举人。光绪二年(1876年)进士，授翰林院编修。曾先后入将军崇文勤、总督吴勤惠、川东道姚彦士及张之洞幕。历主江楚编译书局及南菁、泺源、江宁、钟山、龙城等书院。曾奉命创办江南图书馆、京师图书馆。赞成洋务新政，曾赴日本考察学务。辛亥革命后，寓居上海，与遗老结为诗社。后入清史馆，任总纂。晚年杜门不出，以著述自娱。学识渊博，著述丰富。著有《艺风堂文集》8卷、《艺风堂续集》8卷、《艺风堂文漫存》、《艺风堂藏书记》、《艺风老人日记》等。另编有《近代文学大纲》《常州词录》《续碑传集》等数十种。

③ 此书函作于光绪十六年(1890年)正月间，时在黄冈县教谕任上。

致缪荃孙(之二)[①]

杨守敬

筱珊仁兄同年大人阁下:

春间拜聆教言,闻所未闻。别后以送县、府考,鹿鹿无暇晷。兹启者,前承允借《好大王碑》释文,匆匆未领。昨由上海寄到此碑拓本,磨泐殊甚,非得释文不可读。且此碑远在东陲,购置不易,因拟双钩一通,付之梓人,使乡僻亦得见此。前谭尊架储本颇为精整,能否借我,尤为至幸。必不至有污损遗失之虑。匆任翘企,即颂著安,不庄。

年小弟守敬顿首

廿六日[②]

致缪荃孙(之三)[③]

杨守敬

再,敝处书籍,去冬香帅欲购之,嘱抄目录。因敝处书凌杂之甚,嘱人检理,竟不得端绪,故至今已抄得两分,其中重复缺漏,皆不可用。此非守敬亲自废数月之功,不能清楚。今香帅虽入都,其作罢论否,尚无明

① 此书函见于钱伯城、郭群一整理,顾廷龙校阅:《艺风堂友朋书札》(下册)之第三函,上海人民出版社 2018 年版,第 820 页;此书函今不见收入《杨守敬集》和《杨守敬题跋书信遗稿》中。

② 此书函作于光绪十六年五月二十六日(1890 年 6 月 22 日),时在黄冈县教谕任上。

③ 此书函见于钱伯城、郭群一整理,顾廷龙校阅:《艺风堂友朋书札》(下册)之第二函,上海人民出版社 2018 年版,第 819—820 页。

谕。昨日午帅信来，亦言及欲购我书，但目录未成，万难议价。唯有宋椠全藏六千余册，是特别庋阁，从前节庵曾转达午帅意，捐廉千金，购以入图书馆。守敬以此书原值三千金，减折太多，未允。今春守敬至金陵节署，午帅又言欲购置焦山，而未议价。守敬固不望得原值，私意欲得二千金，未知午帅应诺否？再此书照原目缺六百余卷，其中亦间有钞补，然所据亦是宋本，非从明本出也。合并声明。守敬再拜。①

致缪荃孙(之四)②

杨守敬

筱珊老兄阁下：

昨日厚扰，谢谢。兹小笠君同其友人白石、友永两君均诣尊处，博览书画，以为眼福。甘君翰臣，闻守敬言贵藏《司马元兴》及《泰山廿九字》为希有，特请检示为盼。即颂刻安，不庄。

年小弟守敬顿首

廿八日③

① 此书函作于光绪三十三年(1907年)十月间，时在武昌存古学堂总教长任上。

② 此书函见于钱伯城、郭群一整理，顾廷龙校阅：《艺风堂友朋书札》(下册)之第五函，上海人民出版社2018年版，第821页。

③ 此书函作于宣统元年三月二十八日(1909年5月17日)，时在家自行研究、著述。

致缪荃孙(之五)[①]

杨守敬

筱珊老兄同年阁下：

小笠等由尊处回，适汲修斋在座，言尊处珍品多存其店，已同到汲修斋去看矣。甘翰臣欣慕《司马元兴》，而尊处必不忍割爱，无从强劝。而守敬犹有请者，敝处于古刻之不存者，凡有见皆双钩刻之，可否假我一二日，摩以传世，则嘉惠学者尤广，如何如何，唯裁察。即颂刻安，不庄。

守敬顿首

廿八日[②]

致缪荃孙(之六)[③]

杨守敬

筱珊先生同年阁下：

嘱为《元兴墓志》作跋，客中无书，仅记其大略如此，先以稿呈政，而后附于石本。来札谓石印不如珂罗板，诚然。但珂罗本价昂，不能多印。此番盖欲广为流传，以壹千部为额，使天下寒畯亦得观古人妙迹。大抵以隋唐以前字画之精而存石已毁为识志。《广武将军》自当入选。惟敝藏碑阴侧在武昌，昨已作书索之。闻尊藏有《高植》原拓，此亦当检入。《阜昌地

① 此书函见于钱伯城、郭群一整理，顾廷龙校阅：《艺风堂友朋书札》(下册)之第六函，上海人民出版社2018年版，第821页。

② 此书函作于宣统元年三月二十八日(1909年5月17日)，时在家自行研究、著述。

③ 此书函见于钱伯城、郭群一整理，顾廷龙校阅：《艺风堂友朋书札》(下册)之第九函，上海人民出版社2018年版，第823页。

图》传本尚多，似不必也。《襄阳张琦志》石在广西唐氏，尊处想当有之。《砖塔铭》原石初拓恐无正本。《尉富娘》书法最精，石藏李山民，秘不示人。《张贵男》虽有石印，而非整本，似亦可采也。《董美人》市上印本皆伪品，甘翰臣处有翁覃溪藏本。《崔頠》《元公》《姬氏》，甘君藏均初拓本，皆可据也。《司马昞》一志，守敬惟见端匋斋一通，然有破损，不能入。《崔敬邕》所见皆剪裁本。《泰山二十九字》自当从尊藏本。其他秘本，守敬未悉，请开示为荷。宋元以下似可不必也。匆匆草此，无论次，多漏脱，惟裁示。

守敬顿首

初四日[①]

致缪荃孙(之七)[②]

杨守敬

筱珊仁兄同年大人阁下：

前日与天宝斋石印局约，每一石五元零，以连四印之，每石千张，则五百张纸足用。故以二十石计之，不过百余元。两合之，则各五十余元。不知彼以剪裁帖本为之，故最高连史可用。若印整张，则印连史必多破烂，必需要宣纸方可保少破。然连史每刀不过一元之谱，若宣纸则每刀二元，则已加倍。而影照之工则又加倍。盖彼之照镜不过一尺，吾等墓志须四镜合之。若《广武将军》则须十余块镜合之，《司马元兴》亦须七八块镜合之（此志仍要送去，方可合石。但今日不必付来，且俟各志成后再送去）。计算每石千枚，须纸价约十元，又工价虽此时彼未说要加若干，然必要加之方可。盖彼以为我等印石甚多，或用至数百石不等，故此时尚未说及加价。然彼自初照至今日，始合成印一石，其余之石虽皆照成，皆未合

① 此书函作于宣统元年四月初四日(1909 年 5 月 22 日)，时在家自行研究、著述。

② 此书函见于钱伯城、郭群一整理。顾廷龙校阅：《艺风堂友朋书札》(下册)之十一函，上海人民出版社 2018 年版，第 824 页。

上石，其再须时日不待言。而已照之原碑仍要送去，方可合之而上石，其要加倍无疑，而所费纸价又不止加倍。通计每石千张，共二十张，近三百元矣。今碑已照成，不能中止，而费钱太多，亦不合算。鄙意每石只印五百张，则可减去纸钱一半。惟石印之例，每石五百，与每石千张其价相同，亦有不合算。但每石千张，人各分五百，亦难销售尽。故以五百张一石，可见百元之纸价，如以为可，即请示，以便即日定夺买纸。即颂刻安，不庄。

弟守敬顿首

廿八日①

致缪荃孙(之八)②

杨守敬

来札以二十通为额，守敬与尊处分任费，甚善甚善。缘石印每石千张，与五百张之工价等。大约每一石千张，工价五元零，纸价四元余，合之每石约十元。以二十通计之，则二百元。守敬与尊处各得五百张，分任百元足矣。以每张一角出卖，每分二十张可得二元。以五百分计之，可得千元。若欲求速售，再减半价，亦有五百元。此须再商议定夺。守敬再拜。③

① 此书函作于宣统元年四月二十八日(1909年6月15日)，时在家自行研究、著述。

② 此书函见于钱伯城、郭群一整理，顾廷龙校阅：《艺风堂友朋书札》(下册)之第十函，上海人民出版社2018年版，第812—824页。

③ 此书函作于宣统元年(1909年)四月底，时在家自行研究、著述。

致缪荃孙(之九)①

杨守敬

筱珊老兄同年阁下:

连日到天宝斋催印,总未动工,大约必俟端节后实有全样也。甘翰臣已认合股,以六百份定印。《高植墓志》恳祈借来为盼。计定印《司马元兴》(已照)、《姬氏墓志》(已照)、《尉富娘志》(已照)、《董美人志》(已照)、《崔頠志》(已照)、《萧玚志》(已照)、《于纂志》(已照)、《元飏志》(已照)、《元飏妻王氏志》(已照)、《穆庆志》(已照)、《王僧志》(已照)、《张贵男志》(已照)、《齐郡王妃常氏志》(已照,已印样)、《秦廿九字》(未照)、《高植志》(未照)、《广武将军》(已照)、《元公墓志》(已照)。右公十七种。而《司马元兴》须二石,《广武将军》并阴测,须六石。通共已二十三石,大约二百元左右。如有秘本加入,惟尊裁。即请刻安。

守敬顿首

初三日②

致缪荃孙(之十)③

杨守敬

筱珊老兄同年阁下:

昨辱枉顾,快甚。缴上《刁遵志》(并阴)、《贾散骑志》、《贺屯植

① 此书函见于钱伯城、郭群一整理,顾廷龙校阅:《艺风堂友朋书札》(下册)之第十七函,上海人民出版社2018年版,第827页。

② 此书函作于宣统元年五月初三日(1909年6月20日),时在家自行研究、著述。

③ 此书函见于钱伯城、郭群一整理,顾廷龙校阅:《艺风堂友朋书札》(下册)之第十二函,上海人民出版社2018年版,第825页。

志》、《高湛志》、《司马昇志》共五种六纸。本拟汇入石印，因已达二十余石，故暂缓。又《高植志》不能印，然欲钩数字以入《续楷法溯源》，明日再缴。尊处剪裱本旧拓祈检数种，但必字明而幅小者方合。昨日着小孙到天宝斋石印局催之，据云今日来敝处商酌，俟其来后再详告一切。刻下亦不必以帖付来人。此致，即颂晨安，不庄。

守敬顿首

五月七日①

致缪荃孙(之十一)②

杨守敬

连日颈痛、牙痛，不得出门，亦不得书跋，苦甚。所嘱《胜览》两种，咸用一集，无不可卖。唯《水经注疏》中亦颇有采录，拟重对一过（大约今年可毕工），而后卖之何如（记从前曾拟一价，未识贵友记之否？守敬亦不记，俟归问陶子林而后作覆，恐前后有参差也）？此上筱翁仁兄同年大人，即颂刻安。

弟守敬顿首

廿八日③

① 此书函作于宣统元年五月初七日(1909年6月24日)，时在家自行研究、著述。

② 此书函见于钱伯城、郭群一整理，顾廷龙校阅:《艺风堂友朋书札》(下册)之第四函，上海人民出版社2018年版，第820—821页。

③ 此书函作于宣统元年五月二十八日(1909年7月15日)，时在家自行研究、著述。

致缪荃孙(之十二)[①]

杨守敬

连日阴雨，未能出门。今日拟到石印家影照《广武将军》，碑阴已取来，祈将尊藏碑阳付小孙携回，以便汇入。此碑虽略大，然原石不存，固当饷世，以好古者之希望也。此上筱珊老兄同年。

弟守敬顿首

六月二日[②]

致缪荃孙(之十三)[③]

杨守敬

筱珊老兄同年大人阁下：

《广武将军》已照讫缴上。其他墓志尚须时日，始能竣事。盖天晴日中不能照，天阴亦不能照也。《高植墓志》敢肯借来。又尊藏《二十九字》亦祈检出。若不得闲，稍缓数日付来亦可。即颂刻安，不庄。

守敬顿首

六月五日[④]

① 此书函见于钱伯城、郭群一整理，顾廷龙校阅：《艺风堂友朋书札》(下册)之第十三函，上海人民出版社2018年版，第825页。

② 此书函作于宣统元年六月初二日(7月18日)，时在家自行研究、著述。

③ 此书函见于钱伯城、郭群一整理，顾廷龙校阅：《艺风堂友朋书札》(下册)之第十四函，上海人民出版社2018年版，第825—826页。

④ 此书函作于宣统元年六月初五日(7月21日)，时在家自行研究、著述。

致缪荃孙(之十四)[①]

杨守敬

前记《于纂志》尚在天宝家未取回，而阁下云已还邺架，殊茫然。今晨着小孙到天宝家取各种碑，则《于纂》在也。方拟呈上，而尊纪来，并《广武将军》《司马元兴》缴还(惟《廿九字》尚未照讫)。《道安禅师》甚欲石印，此时力不足，亦暂还，容后议。此复筱珊同年大人。

守敬顿首

初九日

《方舆省览》已带来，明日呈。[②]

致缪荃孙(之十五)[③]

杨守敬

筱珊仁兄同年阁下：

《广武将军碑》记张介侯，《养素斋集》中言是张蚝之孙，尊处当有介侯集，祈检之。或是张石洲《殷斋集》中说。客中无书，老年善忘，可哂也。又误书大名之“孙”为“荪”。此由座旁适有《国粹学报》作“荪”，遂信手书之，罪过罪过。捍郑考是王产，必有详说。如果确当改题，亦祈致书捍郑，以其稿告我。天宝斋石印局甚迟滞，连日往催，今拟再促之。

① 钱伯城、郭群一整理，顾廷龙校阅:《艺风堂友朋书札》(下册)之第十八函，上海人民出版社2018年版，第827页。

② 此书函作于宣统元年六月初九日(1909年7月25日)，时在家自行研究、著述。

③ 此书函见于钱伯城、郭群一整理，顾廷龙校阅:《艺风堂友朋书札》(下册)之第十六函，上海人民出版社2018年版，第826页。

俟竣事，而后请付《二十九字》及《高植墓志》。此致，即颂晨安，不庄。

弟守敬顿首

廿一日①

致缪荃孙(之十六)②

杨守敬

筱翁老兄同年大人阁下：

顷天宝斋将石印二十四石全数交来，三股分派，并宣纸及印工每股七十二元，祈即付之（其细账可查）。此番所印，据同人云，《广武将军碑》并阴，卖价可二元，《廿九字》卖价可四角，其余并每种各二角。若果然，则二百分可达千元，恐未能也，容细商定价。肠病仍未全愈，并以闻。即颂暑安，不庄。

弟守敬顿首

六月廿二③

致缪荃孙(之十七)④

杨守敬

筱珊老兄同年大人阁下：

客岁拜别，倏逾年余。比维动履绥和，著述日富为颂。守敬老耄日

① 此书函作于宣统元年六月二十一日(1909 年 8 月 6 日)，时在家自行研究、著述。

② 此书函见于钱伯城、郭群一整理，顾廷龙校阅：《艺风堂友朋书札》(下册)之第十五函，上海人民出版社 2018 年版，第 826 页。

③ 此书函作于宣统元年六月二十二日(1909 年 8 月 7 日)，时在家自行研究、著述。

④ 钱伯城、郭群一整理，顾廷龙校阅：《艺风堂友朋书札》(下册)之第七函，上海人民出版社 2018 年版，第 821—822 页。

臻，精力衰颓。《水经注疏》尚力写成净本，谨以《要删补遗》即《北魏地形志图》二书呈览祈为是政。(《历史舆地详图》刻至隋代为止，余实无力全刻。友人有劝集股者，未知有信者否？)尊处当有新刊书，祈赐我为盼。敝处所刻书多不能销售，唯《留真谱》颇有嗜之者。前年托丁秉衡将丁氏古板为影摹一叶，迄未付我。兹闻喻春峰言，贵局亦拟刻之。果尔，则勿庸重叠为之，如欲缓办，则请嘱饶杏舫写之(不如每叶写全，但如拙刻《留真谱》式可也)。如喻春峰肯写，亦所至盼。前年借去《寒山子集》，闻在陶子林处，祈饬还为荷。即颂道安，不庄。

守敬顿首

七月廿四日①

寄缪筱山②

杨守敬

筱山老兄同年大人阁下：

得手教，当即以尊旨告之翰臣，惟此君之好金石始萌芽，尚未有此愿力。而守敬窃有呈者，尊藏海内希有之本，固有《艺风碑目》可考，然非专门金石家所能洞悉，则何如普示天下学者，或石印，或双钩(费皆敝处任之)，必有题跋溯所从来，声价必当愈增。即如莫氏之唐本《说文》，若非子偲先生刻之木，徐子静肯以千五百金购之乎？前年在金陵署中见墨本，则又赠价三千金矣，此其明证也。又如罗叔韫所得珍本亦多，以付石印，而获值更丰。如以为不谬，守敬当褰裳从校订之役。此复，即颂刻安，不庄。

弟守敬顿首

四月二日③

---

① 此书函作于宣统三年七月二十四日(1911年9月16日)，时在家自行研究、著述。

② 此书函见于刘信芳整理：《杨守敬函稿》，《东南文化》1991年第Z1期；今此书函不见收入《杨守敬集》和《杨守敬题跋书信遗稿》中。缪筱山即缪荃孙。

③ 此书函作于民国元年四月初二日(1912年5月18日)，时寓居上海。

致谭献函(之一)[①]

杨守敬

仲修先生座右：

月前闻经心讲席得先生俛就，无任欣慰。此间失学久矣，不有通儒提引，何以偕之大道？不独鄙衷私愿，得以时聆教言也。前年沪上之别，约为西湖之游，后得手示相招，并荷许君益斋悬榻以待，感何可言。适因岁暮，迫欲归黄，故未赴约，此愿未知何日得偿。

顷得手书，询及卷子本《左传》，此不过前年略举一二，其实敬所得惊人秘笈更仆难数（有古钞《文选》三十卷，是李崇贤未注以前本，绝非从六臣本钞出，先生信之否）。即以经部论之，亦远出山井鼎之上，盖山井鼎所据，不过其足利学旧本。敬则遍得见其国中古籍，虽其内府枫山官库之藏，亦借出传录之（其详见拙撰《访书志》）。故每经有古钞数通，或有至廿余通者，即如此，《左传》亦山井鼎所未闻也。（《七经考文》只六经有古钞本，《左传》无古钞本，所据兴国宋椠耳，敬亦得之。）其中异同之迹，使人心悸，多与陆氏《释文》所称一本合，盖六朝旧笈也。其有《释文》不载，为唐《石经》、宋椠本所夺误者，不可殚述。今第举一二大者，如《昭公廿七年传》："夫鄢将师矫子之命，以灭三族。三族，国之良也。"今各本不叠"三族"二字，得不谓是《唐石经》以下之脱文乎？又如《庄十九年传》："鬻拳可谓爱君矣。"注："楚臣能尽其忠爱，所以兴。"各本"楚"下

---

① 此书函原件藏国家博物馆，今收入钱基博整理之《复堂师友手札菁华》（人民文学出版社2015年版）；此书函今不见收入《杨守敬集》和《杨守敬题跋书信遗稿》中。谭献（1832—1901），原名廷献，一作献纶，字仲修，号复堂。浙江仁和（今杭州市）人。同治六年（1867）举人，选秀水县教谕；后纳赀为县令，历官安徽歙县、全椒、合肥、宿松等县知县。晚年辞官归隐，锐意著述。其间，曾应湖广总督张之洞之聘，主讲经心书院，年余辞归。工诗文骈体，尤工词。著有《复堂类稿》（亦作《复堂类集》）21卷、《复堂词》3卷、《复堂词录》10卷、《复堂文集》、《复堂文续集》、《复堂诗续》、《复堂日记》、《复堂日记补录》等。另选辑有清人词为《箧中词》6卷、《箧中词续集》4卷等。

无“臣”字，尚可通乎？又如《隐九年传》：“衷戎师。”注：“以过二伏兵。”各本“过”作“遇”，山井鼎所见兴国本亦作“遇”，旁注别本作“过”，盖校者据此本耳。而阮氏《校刊记》非之，窃谓此一字千金也。盖祝聃引戎师超过二伏兵，至后伏兵，后伏兵起，戎还走，二伏兵御其前，后伏兵击其中，祝聃返逐其后。故《注》云：“前、后、中三处受敌。”衷戎师之情景如绘。若初即已遇见二伏兵，戎师不斗即还走矣，安得更随祝聃至后伏兵处乎？此得不谓宋椠以下妄改乎？至如何义门所举“死而赐谥”，古刻多然，此类不足称说矣。

承谕当谋精椠，以饷来学，此敬六年来耿耿于心而不释者。尝欲合所得诸钩本及北宋椠本为《七经古注》，精刊传世，又即子、史、集部择其尤者，次第入木，尚可数倍于《古逸丛书》也。唯兹事体大，此间真知笃好，绝不可得，口焦唇干，卒无应者。迩来湘师莅此，未知正事之暇，尚留意此事否？若得成此盛举，亦不负敬海外一行也。又闻许益斋泥古而有力，何不以此怂恿之？来书称益斋重刻《唐文粹》，嘱敬题端，已如命书就，但闻此书苏州书局早已刻成，未知益斋所据何本？抑与《英华》及各专集本互勘乎？敬所藏有宋椠本（缺首五卷）、明嘉靖间徐焴刻本、明晋藩本。宋椠刻虽不精，然误字最少，徐本即从之出（此本已售去）。晋藩本颇有误字，亦有足订宋本处，未知益斋尚欲参校否？敬以为，方今古籍之无校本而急需重刻者甚多，苏局本纵不精，似无庸再刻。此类而推，何不移此费，刻《宋文鉴》《元文类》乎？（又闻苏局已刻《宋文鉴》）然此亦局外人语，想益斋必有说也。

敬在海外，竭力收书，亦知牙签万轴，非措大所能消受，拟著一《访书志》，而后其书可散。奈志大愿奢，必欲每书通校一过，用是稽迟日月；加以人事牵率，久不脱稿，迫不及待。所藏精本颇有为有力者负去，然至奇至要之书，尚多在箧中。再拟屏弃一切，专力此书，或能成之。自谓此书若成，亦经籍中一大关键，不第敬一家之私藏也。唯年来精力耗竭，才逾五十，须发皓然，便如六七十岁人。膝下豚儿，皆不能继志，无足助我，搜讨者以蒲柳之姿为五官之用，其可得乎？前因藏书十余万卷，学斋至不能容，于黄郡城北，卜筑一地，起楼为庋阁之所。此地距赤壁数十武，为一城之胜，颜之曰：“邻苏园”，即因坡公题临皋亭、承天寺语为联，曰：“重门洞开林峦坌入，积水空明藻荇交横。”自谓山水有灵，今昔同情，惟未得当代坡公一证斯语。

闻筱珊编修不日到此，何不携手同游？ 使吾园亦千古乎？ 宣纸今《隶篇》一部，价六竿，祈转致雪渔为荷。 王益吾司成刻《续经解》，敬未能购得，每部价若干？ 想书院中必有此书，祈饬钞胥先以目录示我。 又闻湘师在粤东刻书不少，亦祈示知为荷。 即请著安，不庄。

愿学杨守敬顿首

十八日①

致谭献函(之二)②

杨守敬

仲修先生座右：

前月奉上一函，谅已收览。 昨日手民陶子麟来，携刻《文官词林》式样，葆初甚为嘉许，已嘱将六卷全刻之，大约将来次第可成一丛书，但未能刻巨部耳。 陶君手艺为鄂中之冠，诚实可靠，子用、小珊诸公皆赏识之，不待敬之揄扬。 渠因近日生意冷淡，闻《省志》发刻在即，唯求台端于诸当道处吹嘘之，即不能以全书尽畀，分任亦可。

前月小珊信来，备道尊旨，称日本唯医书、佛经有秘笈，其他多盗窃作伪，远不如中土云云。 夫以日本医书、佛经为最多，此诚能道其肯綮，至其他概以作伪屏之，则稍过。 敬前读尊著《日记》中述钱竹汀先生言，以《群书治要》为伪书。 然王怀祖亦当代大儒，其《读书杂志》所取数百条，皆与中土古书相吻合。 至严铁桥所辑子部书，多有全篇取之此书者，此岂可凭空杜撰？ 此书卷子原本尚存其东京枫山官库，敬尝借出，每卷影模数行，已刻成一卷（未印行，容当寄上）。 古雅绝伦，断非后人所能伪造。 又如皇侃《义疏》，以释文照之多不合，亦有疑之者。 不知古人“义疏”与“经注”别行，唐人尚尔，岂有皇氏先有合并之本。 敬所见日本古钞《皇

---

① 此书函作于光绪十六年闰二月十八日(1890 年 4 月 7 日)，时在黄冈县教谕任上。

② 此书函原件藏国家博物馆，今收入钱基博整理之《复堂师友手札菁华》(人民文学出版社 2015 年版)；此书函今不见收入《杨守敬集》和《杨守敬题跋书信遗稿》中。

疏》多系元明以下之本，盖亦效中土南宋注疏本合并之，故有以疏就经注者，此自日本人学浅之故。今全书具在，平心读之，果伪书乎？至《孝经》、《孔氏传》，此自是隋唐所称，伪本流传于彼，亦非彼能臆造。其他若慧琳之《一切经音义》、杨上善之《太素经》等类，绝世瑰宝，指不胜屈。敬固欲为《日本访书志》以告学者，奈独学无侣，久未能成书，用此耿耿耳。秋后拟晋省垣，借近光颜，谨聆清诲，幸不鄙弃为祷！即请著安，不庄。

愿学杨守敬顿首①

《周易正义》跋②

杨守敬

案阮氏《校刊记》无《周易》单疏本，所据唯钱遵王校本。然钱氏与注疏本合校，遂不能识别。盖《易》单疏种子已绝，余于日本则得古钞本数通，此其一也。此本旧有“新宫城藏书”正书印记，相其字体装式，当在数百年以前从古卷子本传录。如“乾卦·用九”下，此本标题“彖曰大哉至咸宁”，盖释经毕然后释注，钱校本同。自十行本以每节、每段分属，大改旧第，闵、监、毛因之。不有此本，何以证钱本之是而十行本之非乎？至其中之间有与钱校不同而独是者，则尤足宝贵。乃重录以遗筱珊同年，其有以教我。光绪庚寅嘉平月，宜都杨守敬记。③

① 此书函作于光绪十六年(1890年)三月间，时在黄冈县教谕任上。

② 此题跋见于韩锐:《杨守敬题跋本诸经单疏四种的特殊价值》,《图书馆杂志》2019年第5期(总第337期);此四种单疏影印本诸经，今藏复旦大学图书馆，不见收入《杨守敬集》和《杨守敬题跋书信遗稿》中。

③ 此跋作于光绪十六年(1890年)十二月间，时在黄冈县教谕任上。

《尚书正义》跋[①]

杨守敬

北宋椠本《尚书正义》，原本藏日本枫山官库。余曾借出，用西洋法影照之，拟刻，未成。携归以视德化李君木斋，欣然许为重镌。乃以照本付之，顾久未闻鸠工，想已成画饼。余又得近藤正齐（案："近藤正齐"为"近藤正斋"之误）影钞本，亦求古楼中物。钞手虽未精，然行款不失，盖影摹也。按山井鼎《七经孟子考文》所称《尚书》宋校，亦注疏合刊本（此本肥后熊本重刊，其原宋本，今亦为守敬所得，唯残一册尔）。此单疏本山井鼎亦未之见，无论中土久绝传本也。筱珊同年属为重录，因记其原起如此。光绪庚寅嘉平月，宜都杨守敬记。[②]

《礼记正义》跋[③]

杨守敬

右《礼记·曲礼正义》卷子本残卷，日本狩谷望之所藏，余得之森立之。顾立之《访古志》未载，盖其作《访古志》时尚未见此本也。日本所存单疏，《易》《书》有全部，《左传》有残本，然皆从折叠本传摹。独此为

① 此题跋见于韩锐：《杨守敬题跋本诸经单疏四种的特殊价值》，《图书馆杂志》2019年第5期（总第337期）；此四种单疏影印本诸经，今藏复旦大学图书馆，不见收入《杨守敬集》和《杨守敬题跋书信遗稿》中。

② 此跋作于光绪十六年（1890年）十二月间，时在黄冈县教谕任上。

③ 此题跋见于韩锐：《杨守敬题跋本诸经单疏四种的特殊价值》，《图书馆杂志》2019年第5期（总第337期）；此四种单疏影印本诸经，今藏复旦大学图书馆，不见收入《杨守敬集》和《杨守敬题跋书信遗稿》中。

卷轴之旧，相传为唐代之笔。此从狩谷本影摹，字体尚未绝俗，想见原本之高古。其中文字固有钞手夺误之处，而其有足订今本之误者，绝非宋本所可及。特重录一通，以贻筱珊，知不河汉余言。光绪庚寅嘉平月，宜都杨守敬记。①

《春秋正义》跋②

杨守敬

此《左传》单疏，仅存卷四至卷九，共六卷。狩谷望之求古楼本，卷面有狩谷亲题签并硃书“增井正明寺藏本”。按森立之《访古志》称求古（楼）藏单疏卅六卷全本，系常陆国久慈郡增井村万秀山正明寺所藏，近藤正齐（斋）借钞，此五（案：当为“六”字之误）卷亦题正明寺本。盖求古楼既藏正齐（斋）全本，又收得此残帙也。阮氏《校刊记》载宋庆元间吴兴沈中宾刊注疏本卅六卷，称为第一善本，而岂料北宋单疏本尚存人间。此本分卷悉与沈本合，而足订俗本之处，较沈本尤胜之。惜正齐（斋）本未之见，想正明寺原全本当无恙。寄语筱珊，以告近之使东者留心访之。光绪庚寅嘉平月，宜都杨守敬记。③

① 此跋作于光绪十六年(1890年)十二月间，时在黄冈县教谕任上。

② 此题跋见于韩锐:《杨守敬题跋本诸经单疏四种的特殊价值》,《图书馆杂志》2019年第5期(总第337期);此四种单疏影印本诸经，今藏复旦大学图书馆，不见收入《杨守敬集》和《杨守敬题跋书信遗稿》中。

③ 此跋作于光绪十六年(1890年)十二月间，时在黄冈县教谕任上。

与杨寿昌书(之一)[①]

杨守敬

葆翁父台大人阁下：

启者持青金石人陈君子康拟回省在即，未之尊处欲备之否？ 去年所呈法帖各种，除收到十种外，祈捡付还。 缘其中多系全部摘出者，恐久而遗失也。《三希堂》能否交来？ 属程生先为钩摹，惟严观察之本既贵重（恐有损坏），或即以黄太尊本钩之，惟尊裁。 筱珊书价刻下能否垫出并示之。 即请升安，不庄。 治晚守敬顿首。 二十六日。（“鹄亭”二字之纸式亦祈早掷下。）[②]

与杨寿昌书(之二)[③]

杨守敬

葆初父台宗兄大人阁下：

来示谨悉。 营防口之屋，敝处以重价得之。 缘近日人争买此地，以为铁路堆栈之用也。 去年即有人以千串相买，我未允之；今估得五百六十串，未免大吃亏，然至今未闻由何人议价，颇闻间壁酒馆，较敝处之屋既矮

① 此书函见于赵平:《杨守敬书法艺术研究》,湖北人民出版社 2011 年 8 月版,第 49—50 页。杨寿昌,生卒年不详,字葆初,四川成都人。光绪年间曾为张之洞幕僚,后出任黄冈知县多年,与杨守敬往来密切。杨寿昌景仰同乡前贤,酷嗜苏书,曾委托杨守敬精心选刻《景苏园帖》六卷。

② 此书函作于光绪十七年正月二十六日(1891 年 3 月 6 日),时在黄冈县教谕任上。

③ 此书函见于赵平:《杨守敬书法艺术研究》,湖北人民出版社 2011 年 8 月版,第 50 页。

且小（不及我屋一半），亦估价五百串。岂传闻之误与？且俟打听清楚再议，暂且不领钱文。至于劝业场对过之房价，估计一千二三百串，是并砖瓦在内耶？抑只屋架耶？若只屋架，则敝处不愿受之，亦俟明日到该处一看，再奉商如何？此复即颂勋安，不庄，宗弟守敬顿首。初十日。①

致汪康年(之一)②

杨守敬

穰卿仁兄阁下：

日前得手书并收到书籍等件。黄州之地，除府县外，无人购书，现在府考高太尊不得闲购书，而葆初又无闲钱，到处问讯，只有人要廿史一部，而未见书，又不肯先付银，祈将已印成之十九史寄来为妙。至《振绮堂丛书》，从前子用与敝处兑换者尚未销出，容当缴还。此致，即请道安，不庄。弟守敬顿首。十四日。③

---

① 此书函作于光绪十七年十一月初十日(1891 年 12 月 10 日)，时在黄冈县教谕任上。

② 此书函见于上海图书馆编：《汪康年师友书札》(3)之第二函，上海书店出版社 2017 年 1 月版，第 2168—2169 页。汪康年(1860—1911)，初名灏年，字梁卿；后改名康年，字穰卿；中年号毅伯，晚年号恢伯、醒醉生。浙江钱塘(今杭州市)人。光绪十六年(1890 年)入张之洞幕，兼两湖书院史学斋分教。二十年(1894 年)进士。受维新思想影响，愤励变法图存，欲化愚弱为明强。二十一年(1895 年)，应邀赴上海参加“强学会”。次年，与黄遵宪创办《时务报》，自任经理，延梁启超主编。曾著文宣传资产阶级民权思想。后改办《昌言报》，不久停刊。二十三年(1897 年)，与友人创办《农会报》。二十四年(1898 年)，在上海创办《时务日报》，旋易名《中外日报》，以洋务派的立场，从表面标榜维新转向反对维新。戊戌政变后，攻击康梁为要犯，并将矛头对准革命派。二十七年(1901 年)，《辛丑条约》签订后，俄军久驻奉天(今沈阳)不撤，他愤然通电中外，慷慨力争。三十年(1904 年)入京，任内阁中书。三十三年(1907 年)，在京创办《京报》，任社长兼总编辑。宣统二年(1910 年)，又在北京创办《刍言报》，因宣传立宪保皇言论，到辛亥革命爆发前夕停刊。辛亥革命爆发，避居天津。不久病逝。著有《汪穰卿遗著》《汪穰卿笔记》等。

③ 此书函作于光绪十九年十月十四日(1893 年 11 月 21 日)，时在黄冈县教谕任上。

致汪康年(之二)[①]

杨守敬

穰卿大兄大人阁下：

前日递上一函，谅已收览。昨日又为售得廿四史股票一纸，唯皆欲见书而后兑银，信到时能速将十九史二部寄来，则易集事，或再能售数部亦未可知。前寄来《振绮堂丛书》多是散叶，此地安能售之。另单仍缴上，其单已留下，如有要者再奉闻。《咸淳临安志》敝处留一部，其价容寄上，不敢承赐也。社耆（案：汪康年之弟洛年之字）已抵鄂否？念念。正月能来此为妙。二月院考后，敬拟回荆州，恐两相左也。此致，即请道安不庄。弟杨守敬顿首。

再，《满洲源流考》《西域图志》二种股票，而箱中寄来之书有《源流考》二十部，却无《西域图志》，想是检出时有误。兹仅留《源流考》一部，祈再寄《西域志》一部来，即无人要，敬亦自留之。

惺吾再顿首[②]

致汪康年(之三)[③]

杨守敬

穰卿大兄大人阁下：

客腊先后呈二函，谅已收览。而十九史未得寄下，想岁暮事烦，且无

① 此书函见于上海图书馆编：《汪康年师友书札》(3)之第三函，上海书店出版社2017年版，第2169页。

② 此书函作于光绪十九年(1893年)十一月间，时在黄冈县教谕任上。

③ 此书函见于上海图书馆编：《汪康年师友书札》(3)之第四函，上海书店出版社2017年版，第2170页。

便人故耶？ 兹启者：前言购买廿四史股票二分，一系刘芳洲少尉同寅，一系本府刑席赵仲韬兄。 顷因芳洲兄因公晋省，特诚拜谒，使敬为先容。 如十九史尚有存余，即银书两交，尤为至便。 所有赵君书一分亦祈交芳洲兄一并携来，其价自当随时付上。 又《悉昙字记》《黄帝内经明堂》二种已经刻成样本呈览，余《帝范》一种不日亦可竣工。 此等仿宋，向来连板片、写工每百字二百四十文，前已详告。《古京遗文》一种尚在子麟处，如子麟无闲工刻此，即付来一并刻之亦可。 此间所有刻费或即以赵君书价填抵，或各归各款，均维尊裁。

令弟已抵鄂否？ 何日来黄？ 念念。 春初感冒风寒，未出门十余日，近始豁然，并附以闻。 即颂撰安，并贺新喜。

弟守敬顿首

正月十五日①

致汪康年(之四)②

杨守敬

穰卿大兄阁下：

顷闻陈伯严之公子于本月廿一日完婚，书院中各同事具有公分送礼，皆系执事经手，祈插入弟名一分，其金若干，即当呈缴。 顺颂刻安，不庄。

弟守敬顿首

十五日③

① 此书函作于光绪二十年正月十五日(1894 年 2 月 20 日)，时在黄冈县教谕任上。

② 此书函见于上海图书馆编:《汪康年师友书札》(3)，上海书店出版社 2017 年版，第 2171 页。

③ 此书函作于光绪二十年十一月十五日(1894 年 12 月 11 日)，时在黄冈县教谕任上。

致汪康年(之五)[①]

杨守敬

穰卿仁兄世大人阁下：

昨辱枉顾，事冗尚未能走答，幸原谅。史票二纸并十一史两分缴还（本二分，而君信来只一分，误也）。顷者有新贵毛君应廷适见此书，意欲照原票三十二元购一部，未知可否？如可，祈即将全书付来，另加水脚二元，如要五十二元则作罢论。拙藏书目一时未能检，《广韵》及《礼部韵略》，前已言明，非百金不可，祈转致前途。拙刻各种，尊处既欲得之，且以书相易，自无不可。唯《振绮堂丛书》前曾与子用令叔相交易，刻下尚未售完，不欲再得也。前者《满洲源流考》股票已为代售一部，可扣除三元（原股票呈缴），存记可也。弟亦拟十五日回黄，明年正月再来也。此复，即问刻安。穰卿仁兄大人阁下。守敬顿首。

再，今春黄冈县典史刘芳洲为黄州刑席赵仲韬代买廿四史一部，其银系刘君亲交尊处，当时只得十九史（闻系黄纸，我未知其详），余五史未交。兹赵君信来，言欲他往。此书据贵纪言已成，现亦有书，可即交下，以便转致，至恳至恳。[②]

---

① 此书函见于上海图书馆编：《汪康年师友书札》(3)，上海书店出版社 2017 年版，第 2172 页。

② 此书函作于光绪二十年(1894 年)十二月间，时在黄冈县教谕任上。

致汪康年(之六)[①]

杨守敬

江公若必欲知敝藏大略，俟稍缓开单呈览，大约医书、佛书最备（有宋椠佛经全藏，约六千余本）。此复，即颂晨安。守敬上。穰卿仁兄世大人。

得示谨悉，携来钞本无多，兹检得《泰定养生主论》一部，定价五两。若《玉篇》《广韵》等元本，此处尚有数部，未知欲一见否（其书约与昨送同，而板片不同）？附呈《留真谱》一册，此中亦有日本内府所藏，未为敬所得者，然所有亦不止此，大约此不过四之一耳。祈转呈江公一阅，仍掷还，缘此处只此一本。

守敬再顿首[②]

致汪康年(之七)[③]

杨守敬

穰卿大兄阁下：

前得手书敬悉，因送府县考忙碌，遂迟作答，想□原也。《历代沿革图》，以无书手未成。《隋书地理志考证》，已付钞胥写样，大约□□必上梓。

---

① 此书函见于上海图书馆编：《汪康年师友书札》(3)之第九函，上海书店出版社2017年版，第2173页。

② 此书函作于光绪二十一年(1895年)五月间，时在黄冈县教谕任上。

③ 此书函见于上海图书馆编：《汪康年师友书札》(3)之第十函，上海书店出版社2017年版，第2173—2174页。

前年彭君仲韬转托刘君芳洲（黄冈县典史）在尊处买廿四史股票，当由刘君在省与阁下面交洋银，如约已取书十余种（尊处必有账，闻是十九种，然未确），其余未取。兹前途以股票嘱守敬为取全书，务祈□□发付。缘此股票系鸥客（案：汪康年之弟洛年之号）寄存守敬处，因怂恿买之，故今日向守敬索书也。

江学使欲购之书有回信否？海氛甚恶，藏数十万卷，不知何处度阁无忧，此中关系，非守敬一人私好也。考试毕，必入省面罄一切。顺颂□安，不庄。

弟守敬顿首

杨守敬收到洋银四十元，《唐均》一册，《义山诗》二册。①

致汪康年（之八）②

杨守敬

穰卿大兄阁下：

久不晤，歉甚。前者陶西园来沪与守敬相见只两次，厥后访之，则已回会稽。念从前西园曾赠我墨本数件，无以报之，谨以《隋书地理志考证》一部，伏祈为转寄会稽为荷，千万勿忘。又《墨子闲诂》祈买一部，即付来手，如有书随即付价。

守敬在此耽搁三月，笔墨事亦颇有所获，因天热不能不暂回黄州，秋后仍拟来此，常川可见面也。鸥客在宜昌，我意不以为然，何不招之来此，久久自然推广有益也。此上，即请近好，不庄。

世弟守敬顿首

廿六日③

---

① 此书函作于光绪二十一年（1895年）六月间，时在黄冈县教谕任上。

② 此书函见于上海图书馆编：《汪康年师友书札》（3），上海书店出版社2017年版，第2168页。

③ 此书函作于光绪二十三年四月二十六日（1897年5月27日），时在黄冈县教谕任上。

致汪康年(之九)[①]

杨守敬

穰卿大兄世大人阁下：

前月下旬令弟来敝处，适值学宪临黄，弟日不暇给，以是多有简慢。《咸淳临安志》既承赐赠，即亦不辞，无以为报。因令弟好敝处所藏之《红楼梦图咏》《画史汇传》及汉碑等件，聊以将意。本日夜送黄冈场，而令弟坚欲起程，竟不得送行为歉。至所属卖之廿四史票，须十九史寄来方可与人议之。《明堂经》《帝范》《悉昙字记》均刻成，封面亦书就，唯有题跋未刻，拟俟刻成将板片送上交陶子麟，已与令弟详言之矣。忙极作此，不庄。祈原亮，即请道安。

世愚弟守敬顿首

十三日[②]

致汪康年(之十)[③]

杨守敬

穰卿仁兄阁下：

连日为修造事仍不得出门，有疏问讯，慊甚。前日承为贵友取各种书

---

① 此书函见于上海图书馆编:《汪康年师友书札》(3)之第五函,上海书店出版社2017年版,第2170—2171页。

② 此书函作于光绪二十三年九月十三日(1897年10月8日),时在黄冈县教谕任上。

③ 此书函见于上海图书馆编:《汪康年师友书札》(3)之第六函,上海书店出版社2017年版,第2171页。

帖，未知有合意者否？如留，祈将价掷下，缘有要需也。此上，即请刻安，不庄。

弟守敬顿首

十二日①

致华世芳(之一)②

杨守敬

华二老爷（自强学堂）：

弟即晨返黄。前欠《孟法师碑》二本，兹呈上，祈查收。所嘱书匾额，容在黄书寄。倚装此上。即颂若溪仁兄日安。

弟杨守敬顿首

廿一日③

① 此书函作于光绪二十五年二月十二日（1899年3月23日），时在黄冈县教谕任上。

② 此书函见于贺宏亮：《新见三十五通杨守敬信札考释》，《中国书法》2016年第3期，第29页；今不见收入《杨守敬集》和《杨守敬题跋书信遗稿》中。华世芳（1854—1905），字若溪，号蕢斋，江苏金匮（今无锡市）人。华蘅芳之弟。拔贡。少即喜爱数学。25岁时曾为其兄和傅雅兰合译之《代数难题解》作校核。光绪二十年（1894年），入武昌自强学堂任教。二十二年（1896年）主讲常州龙城书院和江阴南菁书院。三十一年（1905年）任上海南洋公学总教习，旋任北京商部高等实业学堂教员。因积劳成疾，卒于学舍。著有《近代畴人著述记》《答数界限》《连分数学》《勾股三角》等。

③ 此书函作于光绪二十年十月二十一日（1894年11月18日），时在黄冈县教谕任上。

致华世芳(之二)[1]

杨守敬

得示谨悉。连日为房子事，竟无须臾暇。票三串钱一元俱收到。前嘱书各件，尚未毕工，罪甚罪甚。拟在明后两日，合今日两联并缴上，当无再误也。此复。若溪仁兄刻安。

弟守敬顿首[2]

致华世芳(之三)[3]

杨守敬

若溪仁兄阁下：

邵二泉册子，前途索价甚昂，已还之矣。赵味辛轴似可减少，然恐非四竿不能得也。送上拙刻书数部，另单祈查收（有锜青馆一部，是原书所未载者，依类呈览）。汀老嘱书，联纸未佳，故别书一联奉赠。日内拟过江勾留十余日再面谈也。此上，即送著著安，不庄。

弟守敬顿首

再，所呈书价单，皆原售之价，尊处代友购取，如欲稍为末减，未为不可，唯“楷法”，现托梁节庵已售出五十余部，皆是四串，如有参差，恐有不便，祈酌之。

守敬再拜[4]

---

① 此书函见于贺宏亮:《新见三十五通杨守敬信札考释》,《中国书法》2016年第3期,第29页;今不见收入《杨守敬集》和《杨守敬题跋书信遗稿》中。

② 此书函作于光绪二十年(1894年)十一月间,时在黄冈县教谕任上。

③ 此书函见于贺宏亮:《新见三十五通杨守敬书札考释》,《中国书法》2016年第3期,第29页;今不见收入《杨守敬集》和《杨守敬题跋书信遗稿》中。

④ 此书函作于光绪二十一年(1895年)二月间,时在黄冈县教谕任上。

致华世芳(之四)[①]

杨守敬

若溪二兄阁下:

嘱书各件，均讫。唯可于百忙中作此，五乖毕至，不足当一粲也。小册纸既过生，仅得十幅，然不足存也。返棹在何日，当图一聚谈也。此上。即请著安，不庄。

弟守敬顿首

廿四日

致华世芳(之五)[②]

杨守敬

得示并润金六元收到，谢谢。集帖二册呈上，工价每册一元。拙书墓志容检赠。即复。若溪先生刻安。

弟守敬顿首[③]

① 此书函见于贺宏亮:《新见三十五通杨守敬书札考释》,《中国书法》2016年第3期,第29页;今不见收入《杨守敬集》和《杨守敬题跋书信遗稿》中。

② 此书函见于贺宏亮:《新见三十五通杨守敬书札考释》,《中国书法》2016年第3期,第29页;今不见收入《杨守敬集》和《杨守敬题跋书信遗稿》中。

③ 此书函作于光绪二十一年(1895年)四月间,时在黄冈县教谕任上。

致华世芳(之六)[①]

杨守敬

帖价贰串收到。付上集帖一册，书谱二册，祈查收。西清札记是陶君所刻，然恐未有印本。俟问，再复。此请若溪二兄刻安。

弟守敬顿首

初八日[②]

致华世芳(之七)[③]

杨守敬

得示谨悉。并领到两次给书价四十七串正，《寰宇贞石图》二部籍呈。《孟法师碑》此间适无，此书须于黄州寄来。嘱书斋额，自书如命。拟于二十四日过江，于敝亲处勾留十余日。再晋省垣，返黄则尚未有定期也。此复。若溪二兄晚安。

第守敬顿首

廿二日[④]

① 此书函见于贺宏亮:《新见三十五通杨守敬信札考释》,《中国书法》2016 年第 3 期,第 29 页;今不见收入《杨守敬集》和《杨守敬题跋书信遗稿》中。

② 此书函作于光绪二十一年六月初八日(1895 年 7 月 29 日),时在黄冈县教谕任上。

③ 此书函见于贺宏亮:《新见三十五通杨守敬信札考释》,《中国书法》2016 年第 3 期,第 29 页;今不见收入《杨守敬集》和《杨守敬题跋书信遗稿》中。

④ 此书函作于光绪二十一年七月二十二日(1895 年 9 月 10 日),时在黄冈县教谕任上。

致王秉恩[①]

杨守敬

雪岑观察大人阁下：

顷守敬他出归来，先后得两手书，敬悉。唐人之集，本朝著录家所得宋本，无过四十种，江氏从何处得如此之多，守敬初即疑是明徐献忠所刻唐人百种本。（守敬藏有书棚本李咸用《批沙集》，其字体与此迥不侔，行款似亦异。《留真谱》中已刻之。）当是书贾撤去徐献忠序文以充宋本，而建霞所见未博，不能辨也。（守敬有徐书全部，容日取来对校，方知不谬。）此书及《士礼居续跋》（今晚当细阅之）明日缴还。医心方可影抄，然价不廉，大约每百字须廿余文，似不合算也。石印古碑原本七元，今加装裱又费七元，故合为十两。此书敝处已无多，如无人购之，祈掷还。刻下抄书者只一人，书虽不多，然不能过速。如必欲求速，仍带回黄州，如何如何。大抵敝处古医术为世不经见者，不下数百种，如欲抄，须早图之。（容日以目录奉上。）缘柯慎庵颇欲尽买敝处医籍也。匆匆草复，不恭。祈原亮。即颂道安。不庄。

守敬顿首

初四日[②]

---

① 此书函见于贺宏亮：《新见三十五通杨守敬信札考释》，《中国书法》2016 年第 3 期，第 26 页；今不见收入《杨守敬集》和《杨守敬题跋书信遗稿》中。王秉恩（1845—1928），字雪澂，亦作雪岑、雪澄、雪城、雪丞、雪尘，又字息存，号茶龛，别署息尘庵主，晚号华阳真逸；室名元尚居、明耻堂、野知厂、强学簃、养云馆。华阳（今四川双流）人。同治十二年（1873 年）举人。颇为张之洞赏识，曾入成都尊经书院。后入张之洞幕府多年，协助张氏创办广雅书局并被推举为提调，刻有《广雅丛书》，数量多，价值高、甚实用。张氏督湖广，亦随往，主持汉口商务局。后曾官广东提法使、广东按察使。入民国，寓居上海，与叶昌炽、缪荃孙等往来密切。工诗文，善书法、通目录、精校勘，富收藏。著有《养云馆诗存》《息尘庵诗稿》《彊教宧杂著》《读书随笔》《公牍稿》《王雪澂日记》等；又与罗文彬合撰有《平黔纪略》（二十卷）；另校勘有《古景汇函》《方言》等数十种。

② 此书函作于光绪二十一年十二月初四日（1896 年 1 月 18 日），时在黄冈县教谕任上。

致梁鼎芬(之一)[①]

杨守敬

节庵□□阁下：守敬辱承关注，使先母灵柩安抵里门，莫大之赐，铭感不忘。今春二月，始将葬后事宜料理清楚，拟赴省垣泣诣督辕叩谢。惊闻令弟衍若之丧，深为扼腕。念仁兄黑头□□，不能坐食，今又失一臂。不□为鹡鸰痛也。本拟住留省垣，俟衍若柩至，一为临奠。又因小婿黄□先赴上海期近，以过二月即不能入西学馆也，乃与之同趁舟而下。讵方抵沪上，而大儿已病故。宜都里借道远，亦不克回。即于上海卖字数月，至六月朔始返黄州，而家中大小疾病，相仍已成痼疾。今不得已，使小婿携三人赴省就医，借问起居万福。至贱体虽未大病，而衰颓之至。又念平生手稿，多未卒稿，急欲董理一番。而隋书地志，前刻忽遽，谬误实多，又校出更多近万字，挖补挤填，亦非易易。老而好学，炳烛之明。今病乃思学，庸有济乎？仁兄闻之，当为发一噱也。家中食指既多，而旧所典田又为横逆夺去，今尚在黄冈县讼。葆初大令深为不平，奈其狡诈倔强，□亦不啻□□锡也。即颂著安。并贺节喜。

制弟守敬顿首

八月十七日

再，厨子余生，曾在湘潭陈禹处处，又在唐兰生太守处当过，今赋闲在

① 此书函见于贺宏亮：《新见三十五通杨守敬信札考释》，《中国书法》2016年第3期，第27页；今不见收入《杨守敬集》和《杨守敬题跋书信遗稿》中。梁鼎芬(1859—1919)，字星海，一字心海，又字伯烈，号节庵，又号夕庵，别号不回山民、藏山、夕厂、冬厂、病翁、葵霜、鹿翁、清士、痛夫等；室名有耻堂、葵霜阁、栖凤楼、抗愤堂等。世称“节庵先生”。光绪三年(1877年)举人，六年(1880年)进士，授翰林院编修，历官知州、知府、道员、按察使、布政使等。甲午战争时期，因弹劾李鸿章误国，被朝廷降五级调用，名震朝野。后受张之洞聘，先后主讲广雅书院、钟山书院和两湖书院。后重新起用，出任湖北汉阳、武昌知府，湖北按察使等职。辛亥革命后，以遗老自居，被废帝溥仪召为毓庆宫行走，成为帝师。1917年曾参与张勋复辟。卒后谥“文忠”。工诗词，善书法。著有《梁节庵先生诗》《款红楼词》等。

家。闻尊处厨房需人，可否试用之。如不需人，祈转荐他处。

守敬再拜①

致梁鼎芬(之二)②

杨守敬

节庵廉访大人钧座：

昨既得手谕，欲再购拙撰各书，另单呈览，书价恳即照单掷下。缘小儿在江苏被债累累，时有信来，欲济燃眉。至于书价，只算纸工颜料，本无一毫板利，想熟知之。《要删》初印，系以元太低，故色黑，近以东洋纸印之，故色白。然其价相若也。若嫌前次纸黑，可以换之。汉地志图，仅存十六部，照尊单缺二部，想不妨也。新刻《匡喆刻经颂》贰部，亦佳玩也，故赋呈。即颂勋安。不庄。

守敬顿首

十五日

再，守敬前日专诚拜谒，有多少衷曲不能自决，故欲求教指示。而缘悭未得进见。今略陈颠末，故恳拨冗一听之。缘小儿不克绍我箕裘，而志在作官。渠意以为，吾家食指浩繁（通计不下百人），一旦无我，则立见失败，欲及我之生，别谋生计。此子素喜应酬，亲友之怂恿者多，守敬以为是或一道，捐款则皆挪借而来，及候补江苏。江苏三年，亦颇为上游所器使。前年海运委员，及去年宝苏制钱局署藩，陆申甫粮运所委也。今年查办□□工艺局及泰兴命案事署员，朱竹石所委也。奈时运不济，在他人视为优差者，小儿一接手，则无不赔累，即如宝苏制钱，只三月已亏折二千余金，不得已，禀明将局拆销。濮□泉方伯尝对余称，小儿□部，今虽得有房捐局总文案，而每月四十金不敷其家用（盖其家眷在苏也）。自捐官及候

① 此书函作于光绪二十三年八月十七日(1897 年 9 月 13 日)，时在黄冈县教谕任上。

② 此书函见于贺宏亮：《新见三十五通杨守敬书札考释》，《中国书法》2016 年第 3 期，第 27—28 页；今不见收入《杨守敬集》和《杨守敬题跋书信遗稿》中。

补所亏欠者，几及万金，催追至急，无可摒挡。自去岁守敬将房屋卖与公家者，已有三处，价三千余串，只可敷衍其利钱。因是，守敬焦灼之极。昨得霍山一缺，本无出山之意，而小儿来信言其债限，别无清理之途。闻此缺颇清简，自然之利也有四五千金，一二年间，似可偿其夙负。然守敬须发如此，何堪见人，此所为半月以来踌躇不决也。□□守敬献策曰，守敬与端午师亦有一日之雅，今督江南，何患无地已处小儿。然守敬实难不避誉儿之嫌。因思守敬素蒙阁下雅□，或因爱屋及乌之义，为小儿吹嘘生□之，则感荷靡既矣。即颂。①

致梁鼎芬(之三)②

杨守敬

节庵廉访大人阁下:

昨得示嘱检《水经注图》等书，另单呈见，近已决策不出。唯小儿在江苏拮据万分，无可摒挡，所有此次书价及前次《古逸丛书》零本，又前年画轴价，如蒙一并掷下，虽未足济其涸辙，亦可救其燃眉。想爱我者当格外体恤也。荣行何日，并示知。即颂升安。不庄。

守敬顿首

十月四日③

① 此书函作于光绪三十二年八月十五日(1906年10月2日)，时任勤成学堂总教长。

② 此书函见于贺宏亮:《新见三十五通杨守敬信札考释》,《中国书法》2016年第3期，第28页;今不见收入《杨守敬集》和《杨守敬题跋书信遗稿》中。

③ 此书函作于光绪三十二年十月初四日(1906年11月19日)，时任勤成学堂总教长。

寄梁鼎芬(之四)[①]

杨守敬

节庵仁弟足下：

昨承关注，问守敬归鄂之期，并希年内言归，以谋文聚，甚感甚感。守敬自去八月仓皇逃沪，全家星散，陆续来沪，借卖字为活。今春使小儿等返鄂，所藏书籍幸无大损；而财产罄尽，欲归不得。入夏以来，患腹泻，经缠两月，近始稍愈。然时止时发，无论求书者已成弩末，而精力衰颓，亦不能久坐握笔，故于吾弟亦不能时时问讯。前蒙徐愿丞言吾弟头晕之疾已愈，而甘翰臣又云往谒外出，知健康如常，甚慰甚慰。守敬因小儿等归鄂，已难以自给，所有书籍欲搬来沪上，择尤而卖；所居颇隘，不能多容，况今日市面贱旧书者，已如星风；仍置鄂中，即无虞再有扰乱，亦徒饱蠹鱼。刻下正拟移居稍大之屋，择尤运来卖之，以为日用之资。而此间人满为患，赁租不易，刻下尚在踌躇，不能自决。然《水经注疏》未脱稿，尚与熊君昕夕整理，如赵台卿複壁著书，绝不以流离困苦缀业。倘如天之福，再能留两年，或当蒇事。

昨日得柯巽庵讣，为作挽联一通云："我邀刊郦，公嗜岐黄，传古深情均未了；公逝汉皋，我栖沪渎，如今残喘抑何之。"并跋云："巽庵公创医馆，刻《太平圣惠方》《圣济总录》，守敬为《历史舆地详图》及《水经注疏》，均未蒇事。公今年六十八，守敬今年七十四，而公已先去，异乡不得一临，忍此终古，怅怅何言。所谓既悲逝者，亦行自虑也。愚兄杨守敬拜挽。"守敬素不联语，吾弟所知也，有不安处，祈改正为荷。即颂近安，不庄。

愚兄守敬顿首[②]

---

① 此书函见于刘信芳整理:《杨守敬函稿》,《东南文化》1991 年第 5 期;因此书函不见收入《杨守敬集》和《杨守敬题跋书信遗稿》中。

② 此书函作于民国元年(1912 年)十二月间,时寓居上海。

致梁鼎芬(之五)[①]

杨守敬

节庵仁弟足下：

贵恙当已痊愈。顷闻缪筱翁不日七十寿辰，敝处拟制一联为祝，而未能作联辞，弟所知也。恳为我捉刀，是所至盼。特着小孙诣府，立待撰就掷下。恃爱不情，唯原谅。即请大安。不庄。

兄守敬顿首。[②]

寄慎庵(之一)[③]

杨守敬

慎庵廉访大人阁下：

前得来示，久稽裁答，以刻书伊始，选工不易，加以校对《本草》，日

① 此书函见于贺宏亮:《新见三十五通杨守敬信札考释》,《中国书法》2016 年第 3 期,第 28 页;此书函今不见收入《杨守敬集》和《杨守敬题跋书信遗稿》中。

② 此书函作于民国二年(1913 年)七月下旬,时寓居上海。

③ 此书函见于刘信芳整理:《杨守敬函稿》,《东南文化》1992 年第 Z1 期;此书函今不见收入《杨守敬集》和《杨守敬题跋书信遗稿》中。慎庵即柯逢时(1845—1912),又名益敏,字懋修,号钦臣,亦号逊(巽)庵,别号息园;藏书室曰"柯家山馆""息园"。湖北武昌金牛(今属大冶市)人。少家贫,寄读舅父家。同治八年(1869 年)中举人,光绪九年(1883 年)取进士,选庶吉士。后历任翰林院编修、陕西学政、国史馆协修兼会典馆协修、会典馆绘图处帮总纂、庶常馆教习、江西按察使、湖南布政使、江西布政使、江西巡抚、广西巡抚兼兵部侍郎、贵州巡抚等职。三十一年(1905 年),奉旨管理八省土膏统税事宜。三十三年(1907 年),加尚书衔,专任各省土药统税大臣兼总理各国事务大臣。辛亥革命前,授浙江巡抚,未赴任,居武昌。后见革命形势发展迅速,遂积极动员绅商组织武昌保安社,任社长。平生喜著书、藏书、刻书。曾购得江西裘文达家所藏《四库全书》未进呈钞本元、明小集八百余种;死后,日本人以二十万元贿赂其家属,将其购走。又曾刻印《武昌医学馆丛书》八种九十六卷。曾参与纂修《湖北通志》《应山县志》等;并主修《武昌县志》二十八卷。

无宁晷。来札刻《七经》，幡天际地，老不可言。固也不知刻《本草》尤为烦扰，一则湖北工人所刻仿宋书字体多整齐者，此《大观本草》则以圆润为主，故虽有能者，亦不得不另授笔法，故每一页刻成，必修改，或竟弃之，而易工重刻，月余来始有端绪。二则此书为唐慎微所撰，而及身未尝雕板，至大观政和始两刻。继为《本草》，大费校订。而刻字好手又不易得，计陶子麟（子麟事多，且尔来疲倦），不过刻得十余纸，其余皆李子其鸠合黄叔、李组及汉阳帮人刻之。由今计之，今年恐未能刻成《本草》。经书亦不过一二种，明年未必通能刻成。阁下固以求精不求速为要，而守敬则竞竞以速为贵者，一则守敬老，恐不及竣事；二则校对人与刻工人不同，只可计年月，不可论书字多少。若为时太久，则所费多。所幸守敬今年虽仍充两湖分教，而湘帅以守敬年稍大，不欲我劳，故今年未曾上堂，而得一意为阁下校书。所以不辞劳瘁者，而守敬在日本收书，本拟归家刻之，乃久呼将伯，无助之者。今得阁下发愿为之，守敬之素愿偿矣。

此书成自宋刻上木，而同人皆谓是焚琴煮鹤（刘幼丹粮储亦去然），乃以元本入木，然元本只存半部，余半部仍不能不影写，而写费亦略得买书之半。计此书叁拾一卷，壹大箧，论值当三数百金，敢请阁下裁之。此后半即以宋本上木，抑影写上木（影写有高手，能与宋刻无二），而仍存此宋本在天地间乎？祈速示知。至于刻费，与陶子麟、李子其细商，非每字二文半不可，连板写在内，而校对工钱不与焉。现在倩有校书者四人，一熊固之（名会贞，并校《七经》及翻检各书，每年贰佰金，伙食在外），二黄逖先（兼翻阅各医书，并誊写札记，每年一佰金，伙食在外），其余二人则死对各本异同者（每年五十金，连伙食不及百金），守敬则总其成。计此医书宋元之外，有明刻本二通，朝鲜古刻本二通（皆一一校对，有札记），《七经》则合数十通校之（《论语》最多古本，故从《论语》刻起），非此四人之力能办。所幸守敬十余年间，自校、倩人校，皆各批于书眉，此时唯合订于一本耳。惟其中去取则大费踌躇。然自陆德明以来，校订此事者项背相望，守敬虽非经学名家，然亦尝涉猎于此，尚不至变乱黑白。若惧后人之口实，则无论守敬；自汉唐石经（汉石经“竟与之”，脱“与”字，唐石经有通人不观之说），及宋刻九经三传，已不能无脱误。以近事论之，若阮文达之《十三经校刊记》，当时即来翁覃溪非议。近日谭仲修《日记》，且疵江西注疏本为某篇注文为孙氏所乱，恐正文亦多非贾氏原本，即宋本亦未可据（注中所引《毛诗疏》实为陆玑书，前疑非陆者误）。此时重刻，自非遍校所引各书互证不可，不得以他书改本书为嫌也。

阁下试以此书校本寄来，且缓刻，俟守敬通校一过，再定从违何如？丁秉衡虽好学，恐尚未能办此。《圣惠方》已写得十余册，而来札欲寄豫章，谓此间有能校此书者。但卷某篇茫无津涯，亦有漏者。然辑古地理书，几书不可没也，幸勿忘之。颇闻汉口皮头店不得利，已减去五六千之本。据陶子林言，大抵我辈读书人不可做买卖，一动手便亏本，弟尝之屡矣。本不想言无干事，然恐于阁下大局有关，故不避嫌而言之，恐当早有处之也。[1]

寄慎庵(之二)[2]

杨守敬

慎庵都转仁兄大人阁下：

前月得手谕，雒诵再四，妮古之怀如昨：真所谓风雨如晦，鸡鸣不已者，钦佩何似。守敬自日本携古书归，满拟择尤墨诸板，以饷学者，而口焦唇干，卒无应者。仅杨葆初刻两种（《脉经》《樊川集》），而缄秘不印行，令人愤懑。何意来书阗阗于此，乃知真知笃好，固自不同也。方拟专人携所有秘籍下扬，而风鹤频惊，又使人前却，何斯道之多艰乎！陶子林为阁下物色经理书籍人，非他，即守敬之外孙（亦即子麟之姨妹夫），此子废学，由守敬而颖悟默识，颇多才艺（装璜、毡拓、钩摹皆能之）。守敬近日邀枝江熊固之为绘《水经注图》，其伸缩謄真，皆赖士麟，此图若成，汪梅村之书可摧烧之矣，盖其谬误不堪指摘也。实不能舍之去（以所绘一纸呈览），而子麟以为得阁下赏识，他日当有口饭吃也，守敬亦以为然。已约子麟同行，而子麟事烦掣手，且有戒心，又不能即行。前承允许三儿赴扬差使，感荷无既，亦以时局暂止。鄙人复有一女婿黄志孚，广东东莞人（年26岁，黄家驹之长子，家驹更名萼，三十未进士，由刑部主事改官洋县知

---

① 此书函作于光绪二十六年(1900年)五月间，时在两湖书院任教。

② 此书函见于刘信芳整理：《杨守敬函稿》，《东南文化》1992年第Z1期；此书函今不见收入《杨守敬集》和《杨守敬题跋书信遗稿》中。

县，现已告罢而未回籍，与阁下乡榜同年，想相识也），其天分本可传吾学，以其父欲以学西洋文字语言，故于中土书未能博览。然其文笔亦自条达，留守敬处数年，金石文字颇得通晓，能篆书，又学张廉卿楷书，几乱真（若以之校《关中金石记》，当能之），未识尊处需用西洋文字语言者否？即无可用，以之为书记，亦似能胜任（但未习官场四六款式）。意欲为三儿捐官者，转以嘱之小婿，因其父罢官，宦囊萧索，不能食故也。如以为可，守敬将使其与许士麟先谒台端，看其质地如何，而后决谋官之计。

来谕又云（为）我刻书，高谊可感。然守敬撰述虽多，脱稿者少（大抵一二年间皆可成），似不如就阁下所欲刻者先之。来谕求《齐民要术》，意若守敬有难割之隐，岂知守敬但得有重刻古书之人，方将顷筐倒箧以赠之，况阁下素交乎。又言向常熟瞿氏借医籍，此勿庸也，读铁琴铜剑楼医类，远不及守敬之多且奇，而阁下未之知耶？故以所藏医书目录及拟刻目录呈览，俟阁下检定，即嘱小婿外孙赉到。守敬刻下极力整理旧稿，以《水经注疏》为第一义（八十卷，图八卷），次则《历代经籍考》四十卷，略仿《经义考》例，唯不录其序跋，至唐而止。《古诗存》二百卷，以《古诗纪》为底本，而各注所出书，又注其误，补其缺，以配严铁桥之《上古三代秦汉六朝文》，惟卷轶浩繁，自念此生必无力书付之梓。就三书唯《古诗存》易于复校，得一二耐劳之士，数月便可成书。阁下如以撰为不徒，即以奉赠何如？

又有商者，隋唐以前古书十亡八九，章宗源辑本既散佚，守敬尝欲重辑之。兹事体大，苦无襄助之人。若以阁下之力，能得数人分撰（唯《十三经注疏》《文选注》颇难，其他类书，一钞胥之力也），使守敬之总其事，则阮文达之《经籍纂诂》、李申耆之《地志韵编》未足骇也（此事在他人非开局办之不成，守敬目（为）不甚难，唯刻资不易耳）。守敬不恪，于刻书校书似有一日之长（《古逸丛书》成之一人之手，期以一年之力，此亦从未所有者），唯道途悬远，往复函商，殊不易易，诚如阁下所云。守敬不自量，能为我于扬州谋一书院，则将褰裳从之，缘既可了夙愿，而书院必有高才同好者助我，尤费省而功速。但时势如此，正未知如何收拾，乃复为此呆语，非阁下夙契，何可孟浪言之。拉杂琐削，有渎观听，唯亮察不庄。

小弟守敬顿首。

六月九日①

---

① 此书函作于光绪二十六年六月初九日(1900 年 7 月 5 日)，时在两湖书院任教。

寄慎庵(之三)①

杨守敬

慎庵老兄左右：

前嘱以《仁斋直指》影钞本及《妇人良方》全部呈览。守敬因所藏医书有一种二、三通者，其中有上驷、中驷、下驷之分，而其中源流多未载明，兹将《仁斋直指》影钞宋本计六册，四百六十二页；《妇人良方》九册，五百七十八页，日本亦视为异书者，故传录亦多。又熊宗立补遗本二种，尊处既有此书，兹亦呈上，以视与尊藏是同一本否。又《仁斋直指》明刊本□册，明刊本虽未足奇，然近来藏家皆只有此本，且有日本人以宋元本校录，固亦呈览。观此诸跋，足知守敬在日本兼收并蓄，不惜金钱，虽残本亦不轻舍，以其非弃之物也。不然则陆氏之书，近日又何以十万金购之。如以为可，并留。容日当异（议）各本开价（照旧买账开价。其稍折开亦可，惟不能过减少焉），大抵如大本《仁斋直指》以为上驷，明刻本为下驷，小号《妇人良方》亦上驷，其辗转传钞者为下驷。

前日所呈《直指方》各种九册，来札谓缺《医学真经》一种，此种叶数无多。合订于《直指方》中。如果无之，此书敝藏尚有一部，可以补钞。来札谓如不可让，则影钞，窃以此书有副本，故照上驷价百两售之，非不可让也。以为可留则留之，否则还之。缘尊处已有此书，似无容复钞。必一一借钞，则敝处异本医书不下百种，穷年累月不能尽，恐守敬之年不能待也。精力衰颓，亦不耐发收之烦也，为谅之。

如何如何，唯裁察。②

① 此书函见于刘信芳整理：《杨守敬函稿》，《东南文化》1992年第Z1期；今此书函不见收入《杨守敬集》和《杨守敬题跋书信遗稿》中。

② 此书函作于宣统二年(1910年)八月中下旬，时在家自行研究、著述。

致沈曾植(之一)[①]

杨守敬

子培仁兄执事:

客岁所嘱钞之件，因一时未得写手，故迟迟。今已一律书成，又嘱检金文拓本，兹以三百廿纸奉呈。前求墨翰，竟未寄下。若不肯作擘窠书，即为书册页或卷子皆所愿也。若竟成虚愿，则抱恨终古矣。慎庵刻《大观本草》，已动工，兹以样子呈，虽不如东洋刻手，然以相去不远。《留真谱》或可系叶。《访书志》亦成八册，大约四五月间可印，届时再以闻。匆匆草此，即颂著安。不庄。

弟守敬顿首[②]

致沈曾植(之二)[③]

杨守敬

子培方伯大人阁下:

前嘱检书付石印，既思敝处所存古书，非今时所急，而石印每次须千分，成本过重，似不妨仍以木刻为便，如何如何？祈示知，以便开单呈览。敝处近又刻成《西晋地理图》，其《东晋南宋南齐图》，不日亦可成。兹因同县袁鸿钧巡司赴皖之便，先以西晋一图呈政。袁君在皖听鼓有年，困苦

① 此书函见于贺宏亮:《新见三十五通杨守敬信札考释》,《中国书法》2016年第3期,第26页;此书函今不见收入《杨守敬集》和《杨守敬题跋书信遗稿》中。

② 此书函作于光绪二十七年(1901年)二月间,时在两湖书院任教。

③ 此书函见于贺宏亮:《新见三十五通杨守敬信札考释》,《中国书法》2016年第3期,第26页;此书函今不见收入《杨守敬集》和《杨守敬题跋书信遗稿》中。

之至，守敬细查此人，诚实勿妄言，询之乡人，亦无闲言，可否以寻常例差试之。伏维尊裁。即颂钧安。不庄。

守敬顿首

九月晦日[1]

致山本竞山(之一)[2]

杨守敬

皇甫碑丞然本，拟价一百五十元。小本争座位，拟价一百四十元。此帖实宋拓，守敬三十年前曾以一本售于贵国人，价二百余元，实不及此本，可校对之。余清斋帖，此本前日问尊意，减为一百六十元。从前以一部售于足下者百元，实不及此部，此帖为明代集帖之冠，足下精鉴，想不以守敬为譽言也。阳历二月十一日，守敬顿首。[3]

---

① 此书函作于宣统元年九月三十日(1909 年 11 月 12 日)，时在家自行研究、著述。

② 此书函见于関西大学博物馆编《山本竞山□書□学问》，游文舍 2018 年版，第 58 页；此书函今不见收入《杨守敬集》和《杨守敬题跋书信遗稿》中。山本竞山(1863—1934)，名由定、繇定，幼名卯三朗，通称卯兵卫，号竞山、聋风等。日本岐阜县人。幼时从神谷简斋习书法，后师从日下部鸣鹤。被称之为"鸣鹤门下四天王书法家"。明治 35 年(1902)至中国拜访杨守敬。曾前后至中国游学 7 次，与吴昌硕、顾麟士、杨守敬、刘鹗等名士交往甚密。后以泰东书院、日本美术学会、东方书道院、关西书道会等团体的顾问和审查员身份活跃于日本书坛，成为日本近代书法史上的重要人物。著有《昭和元年敕语》《临兰亭二种》《竞山学古》等。

③ 此书函作于光绪二十九年正月十四日(1903 年 2 月 11 日)，时在两湖书院任教。

致山本竞山(之二)[①]

杨守敬

竞山先生足下：

三月二十五日接到手札并洋银四十八元，以作书字润金，其邻苏园帖二部，姬氏墓志，云未收到。别单尚要隶篇五部，楷法二部，望堂初集二部，二集二部，晦明轩稿一部，旋由四月初九日分为参包交邮局寄上，并有拙信一函，已由四月十六日得邮局回条。而尊处至今无回信，不知何故，特再申明，请速赐回音，是为至感。杨守敬顿首，五月二十六日。潘孺初先生临郑文公碑，尚在武昌，未检出，大约再一月可携来。[②]

致邹王宾(之一)[③]

杨守敬

凤威大兄足下：

嘱书之件，前日已由太古洋行寄上，何以至今未收到。兹再信知，如

① 此书函见于关西大学博物馆编《山本竞山□書□学问》，日本游文舍2018年版，第58页；此书函今不见收入《杨守敬集》和《杨守敬题跋书信遗稿》中。

② 此书函作于民国元年五月二十六日(1912年7月10日)，时寓居上海。

③ 此书函见于贺宏亮：《新见三十五通杨守敬信札考释》，《中国书法》2016年第3期，第28页；此书函今不见收入《杨守敬集》和《杨守敬题跋书信遗稿》中。邹王宾，生卒年不详，字凤威，一字慕飞，号云松仙馆主人，晚号琴剑山人、佩兰生、江山风月闲人。湖北夏口人。弱冠即究心艺事，凡琴诗、书画、篆刻、星算，至老不衰，尤长于书与墨兰。生平游幕最久，历鄂、皖、吴越、湘、赣、燕赵、鲁、豫，多识海内名人，所至喜搜奇访古，收藏金石。曾为不少名人鬻书、画作过代理商。民国年间辑有《松禅老人遗墨》，由中华书局发行。

尚未收到，祈速示信来，以便追查。此复。即颂近佳。不庄。

守敬顿首[①]

致邹王宾(之二)[②]

杨守敬

凤威大兄足下：

祈将前日所见之铜镜三枚携来，有人欲购之。如不得闲，即付小价带来，以便前途一阅。此颂刻佳。不庄。

守敬顿首

十八日[③]

致邹王宾(之三)[④]

杨守敬

承赐折扇，大有翁书意。不意足下书竟能至此，可畏也。价单已分致友朋矣。

守敬再拜[⑤]

---

① 此书函作于光绪二十九年(1903年)二月间，时为勤成学堂总教长。

② 此书函见于贺宏亮：《新见三十五通杨守敬信札考释》，《中国书法》2016年第3期，第28页；此书函今不见收入《杨守敬集》和《杨守敬题跋书信遗稿》中。

③ 此书函作于光绪二十九年五月十八日(1903年6月13日)，时为勤成学堂总教长。

④ 此书函见于贺宏亮：《新见三十五通杨守敬信札考释》，《中国书法》2016年第3期，第28页；此书函今不见收入《杨守敬集》和《杨守敬题跋书信遗稿》中。

⑤ 此书函作于光绪二十九年(1903年)五月间，时为勤成学堂总教长。

致邹王宾(之四)[①]

杨守敬

凤威大兄足下：

守敬于前日到沪，寓洋行街潮州会馆对门太古源联发行内。客岁所嘱书各件，前已寄上，想均收到。从前尊处欲购家刻各种书，兹并携来，价目单一纸奉上，可照单来取也。此外别有所嘱，也祈速示。缘守敬在沪不久即返鄂。如足下得闲来鄂一晤，尤妙。缘守敬欲重印《寰宇贞石图》，得足下指引工人，或与足下同办此事，亦所愿也。匆匆草此，即颂近佳。不庄。再，旧印元公、姬氏两墓志，每纸二角。

守敬顿首

四月八日[②]

致邹王宾(之五)[③]

杨守敬

凤威大兄足下：

前由邮局寄到嘱书各件，兹因小儿蔚光（字秋圃）返苏之便带上（小儿以知县候补江苏，现充藩署筹款处文案），想可照原单查收也。所领购金石丛书（四十余册）全部，原价贰拾元，可即将书价付小儿处。彼必能寄到

① 此书函见于贺宏亮:《新见三十五通杨守敬信札考释》,《中国书法》2016 年第 3 期,第 28 页;此书函今不见收入《杨守敬集》和《杨守敬题跋书信遗稿》中。

② 此书函作于光绪三十年四月初八日(1904 年 5 月 22 日),时为勤成学堂总教长。

③ 此书函见于贺宏亮:《新见三十五通杨守敬信札考释》,《中国书法》2016 年第 3 期,第 28 页;今此书函不见收入《杨守敬集》和《杨守敬题跋书信遗稿》中。

尊处也。别有地图各书(《水经注图》,每部四元)。如贵友好之,亦可购取也。并附以闻。即颂道安。不庄。

杨守敬顿首①

致邹王宾(之六)②

杨守敬

凤威大兄足下:

顷小儿已来沪上,不日到金陵候差,令郎之楹联二副,已带来,兹寄上,祈查收。《寰宇贞石图》已留一部,在联发号内,贵友如欲之,可以银交之,即可得也。至于足下馆事,已商小儿,小儿甚欣慰,但彼意足下有家眷随行,恐非十金所能敷用。此亦过虑之言,总俟得差后再议可也。即问刻佳。不庄。

守敬顿首

廿六日③

致邹王宾(之七)④

杨守敬

凤威大兄足下:

连日各处嘱书之件甚多,又拟数日后返鄂,而足下之件适至,本拟璧

① 此书函作于光绪三十年(1904年)八月间,时为勤成学堂总教长。

② 此书函见于贺宏亮:《新见三十五通杨守敬信札考释》,《中国书法》2016年第3期,第28页;今此书函不见收入《杨守敬集》和《杨守敬题跋书信遗稿》中。

③ 此书函作于光绪三十一年四月二十六日(1905年5月29日),时为勤成学堂总教长。

④ 此书函见于贺宏亮:《新见三十五通杨守敬信札考释》,《中国书法》2016年第3期,第29页;今此书函不见收入《杨守敬集》和《杨守敬题跋书信遗稿》中。

还，念远道寄来，乃以旧存所书易之。惟与来札不符。然如孙衣令、吴康甫之作，只可覆酱瓿，实不足以相抵也。来札又以前跋松禅老人书未署凤威书家为嫌，此大谬也。本是推重松禅之书，忽又推足下书，是为叠床架屋，必贻笑方家。故不为也。又如来书前辈、后学之称，亦非分际所宜。足下久佐官幕，岂并此不知也耶。又如足下书法有进步，前函已及之，此事自有公论也。亦不待鄙人之标榜也。价单前已另书之，此时至忙，不及作也。此复。即颂刻佳。不庄。

守敬顿首

四月廿八日

令郎二联，小儿来沪必检出奉上。《寰宇贞石图》已留一部在联发号，足下如以二十元来，彼即付之。跋松禅册原纸墨浸，故易之。然仍慑而不能佳也。可勿庸补印，以藏吾拙，守敬再拜。①

致邹王宾(之八)②

杨守敬

凤威大兄足下：

昨日又接得足下发来信……（中间有缺页）四十年前守敬于京师已得全分，而蓄汉碑者，见宋人题名，皆弃之不收，以收入字藏中者比比皆是。又若前次□□□之五幅，此直是小儿戏价，今加倍还□□□□□□□□□□故不付，足下以为尚可装潢张之壁间乎？此次所寄□□书，亦未能免俗。恽冰之画，足下以为真迹乎？若明知其假以欺老人，亦为不怒。故一并仍付还。至于旧印章，则其未见。又来札云，以一元付底下人磨墨（由邮局寄），已无有。转问之寄信人，彼言信封面并未写明有洋银事，亦无从追问。总之，足下寒士，与我同病，断不有体贴之情。因鄙人刻下实无间时

① 此书函作于光绪三十一年四月二十八日(1905年5月31日)，时为勤成学堂总教长。

② 此书函见于贺宏亮：《新见三十五通杨守敬信札考释》，《中国书法》2016年第3期，第29页；今此书函不见于《杨守敬集》和《杨守敬题跋书信遗稿》中。

应酬足下，故不觉言之过直，祈原（谅）之。小儿已经过沪，即搭轮向金陵。前言馆事，仍祈足下自酌。先以信告我。即颂近佳。不庄。

守敬顿首

四月晦日①

致陈曾寿(之一)②

杨守敬

仁先世大兄足下启者：

余亲朱璇甫（潭霖）去岁以误药暴病卒。其子锡𫘧情殷向学，企承先志，美才也。昨星胎庶常来言，已恳足下补入方言学堂，甚欣甚慰。笃念故交，栽培后学，两得之。锡𫘧现住敝处。补录有期，祈示一信为荷。即颂道安。不庄。

守敬顿首

初八日③

① 此书函作于光绪三十一年四月三十日(1905年6月2日)，时为勤成学堂总教长。

② 此书函见于贺宏亮:《新见三十五通杨守敬信札考释》,《中国书法》2016年第3期,第25页;今此书函不见收入《苍虬阁诗集》中。陈曾寿(1878—1949),字仁先,又字耐寂、复志、焦庵,号苍虬。湖北蕲水(今浠水县)人。陈沆曾孙。光绪二十九年(1903年)进士,官刑部主事。次年,应经济特科试,列高等。张之洞聘为幕僚,襄赞新政。后由学部主事累迁员外郎、郎中。宣统三年(1911年)升广东监察御史。辛亥革命后,筑室杭州南湖奉母以居。民国十九年(1930年)应溥仪聘赴天津,任婉容师。二十一年(1932年)赴东北出任溥仪"内廷局长""近侍处长"等职。晚年迁居北京、上海。工诗,与陈三立、陈衍齐名,称"海内三陈"。著有《苍虬阁诗》《苍虬阁集》等。2009年1月,上海古籍出版社出版有《苍虬阁诗集》。

③ 此书函作于光绪三十年十一月初八日(1904年12月14日),时为勤成学堂总教长。

致陈曾寿(之二)[①]

杨守敬

仁先大兄足下：

昨承邀未能赴，谢谢。所疑三条，唯首一条颇浅，然亦由《通典纪要》未分别言之。第二条实由变迁，此与郁水、汝水间。今人知汝水下流，非古之汝水下流。而不知郁水（白水）之上流，非古之上流。足下能疑及此，可谓善读《水经注》矣。至于江夏、武昌二郡之废置，其说颇长，兹谨疏其大略如此。足下由此而精进之，他日不难为地学名家。惜余《水经注图》及《水经注疏要删》均未出书，不能于足下有启发焉（《水经注图》已刻成，现已印样本，俟数日可装订成。《水经注疏要删》亦刻成一半，大约七八月间可出书，兹先付《水经注图》六叶，可按图核之）。并附以闻。伏暑远行，固非少年所计，然何不俟秋凉耶？唯珍摄不一。

守敬顿首

廿日挥汗[②]

致陈曾寿(之三)[③]

杨守敬

《水经注要删》一部奉赠，此书不启俗眼惊。计非我仁先无能知其程

① 此书函见于贺宏亮：《新见三十五通杨守敬信札考释》，《中国书法》2016年第3期，第25页；今此书函不见收入《苍虬阁诗集》中。

② 此书函作于光绪三十一年五月二十日(1905年6月22日)，时为勤成学堂总教长。

③ 此函札见于贺宏亮：《新见三十五通杨守敬信札考释》，《中国书法》2016年第3期，第25页；今此函札不见收入《苍虬阁诗集》中。

度也。《山谷集》二部取来（每部六两），如前途必欲四部，当为再取之。缘贵记一手亦不能携四部也。此致。即颂晨安。不庄。

守敬顿首

十三日①

致朱之榛(之一)②

杨守敬

……蔚光本是分宁，因去年奉陆申甫方伯委办制钱局差使到苏，及卸差使，即需次于苏。今既在帡幪之下，伏恳钧裁栽培之，似较为直接。勿任盼切。即颂勋安。不庄。

杨守敬谨禀

嘉平月十三③

① 此书函作于光绪三十一年十月十三日(1905年11月9日)，时为勤成学堂总教长。

② 此书函见于贺宏亮:《新见三十五通杨守敬信札考释》，《中国书法》2016年第3期，第28页；今此书函不见收入《杨守敬集》和《杨守敬题跋书信遗稿》中。朱之榛(1840—1909)，字仲蕃，号竹石，浙江平湖人。同治间以父荫出仕，补苏州府总捕同知。后叙海运劳绩，晋升道员。官江苏四十年，长期管理苏沪厘金，深得地方大吏赏识。曾多次署理江苏按察使、布政使，并在苏州创办存古学堂。晚年授淮扬海河务兵备道，未到任而卒。工诗文。编辑刊刻有《新安先集》(二十卷)、《宝赤汇编》(含《锡麟宝训》《达生篇》《产宝》《福幼编》《保婴易知录》《小儿药证直诀》《童蒙训》七种)等。

③ 此书函作于光绪三十一年十二月十三日(1906年1月7日)，时为勤成学堂总教长。

寄朱之榛(之二)[①]

杨守敬

竹石廉访先生大人阁下:

光绪甲申，守敬由日本还，过苏州，谒潘伯寅尚书、李梅生廉访，即闻先生大名。尔时急于归棹，未得晋接，深以为歉。二十年来，逖听先生，综核名实，蜚声茂苑，钦佩无似。

前年小儿蔚光学仕江宁，本拟通尺素于左右，嫌于冒昧，迹近干求，故而中止。及前日小儿寄来手谕，并赐《新安先集》等书，推挹过甚，不啻龙门之奖，为之欣慰不置。守敬弱冠，酷嗜金石文字，读椒堂先生《集古款识》叙文，宏博伟丽，叹未曾有;后又得建卿先生古钱拓本，深以不得两先生著述为恨。今者四十年前之夙愿以偿，快何如耶!

来札以德化高先生、归安杨先生为询。杨先生之书翰，高先生之诗词，守敬皆所夙慕，而未得谋面。高先生之《陶堂集》早已锓之，而杨先生之著述，则未寓目，想必有刊本，可物色否? 小儿拙钝，未克绍箕裘，乃蒙先生推爱屋及乌之义，屡荷栽培，铭感不忘。拟亲自到苏鸣谢，先此布闻。外《禹贡本义》一册,《隋书地理志》六册呈览。即颂勋安，不庄。

守敬顿首[②]

① 此书函见于刘信芳整理:《杨守敬函稿》,《东南文化》1991 年第 5 期;今此书函不见收入《杨守敬集》和《杨守敬题跋书信遗稿》中。

② 此书函作于光绪三十二年(1906 年)十月间,时为勤成学堂总教长。

寄周树模[1]

杨守敬

少朴提学大人阁下:

拜别以来，倏逾五载，欣悉阁下提学江苏，又闻奉使各国考求政治，卓著勋猷，为吾楚光宠。此后帝心简在为国柱石，固意中事也。守敬少不如人，倏忽已老，情同颜驷。惟所撰书近已次第付梓，已刻成有《水经注图》及《要删》二种，今以呈览。其《水经注疏》尚待董理也。小儿蔚光，不克绍我箕裘，以知县候补江苏，现充房捐局文案。倘因刊梓之谊，爱屋及乌之义，时在训诲，实为至感。今冬明春，拟到苏一游，晋谒台端，借聆教言。先此布闻。即颂勋安，不庄。

乡愚弟守敬顿首[2]

---

① 此书函见于刘信芳整理:《杨守敬函稿》,《东南文化》1991年第5期;今此书函不见收入《杨守敬集》和《杨守敬题跋书信遗稿》中。周树模(1860—1925),字少朴,号沈斋,一号孝甄,晚年自号泊园老人。湖北天门人。光绪十五年(1889年)进士,授翰林院编修。历任广东、山西乡试副主考、会试同考官。曾先后主两湖书院、经心书院、江汉书院、蒙泉书院讲席。三十一年(1905年)偕五大臣出洋考察政治。次年,任江苏提学使。三十三年(1907年)任奉天左参赞。次年,擢升黑龙江巡抚。辛亥革命后,避居沪上,与清遗老们相唱和。民国三年(1914年),出任北京政府平政院院长。晚年居京城,与樊增祥、左绍佐相唱和,称“楚中三老”。工诗文,尤工诗。亦善书法。著有《沈观诗文集》《谏垣奏稿》《抚江奏稿》等。

② 此书函作于光绪三十二年(1906年)八月间,时为勤成学堂总教长。

寄王先谦(之一)[①]

杨守敬

益吾祭酒仁兄同年大人阁下：

不相见近三十年，前日忽得来书，欣喜无量。守敬自海东归来，株守黄冈教官十余年。自惟富贵功名，此生无分，颇思以一知半解表见于世。而志大才疏，力小任重，倏忽发丝齿落，而所撰之书半未脱稿。加以时势变迁，旧学荒芜，风雨如晦，纵鸡鸣不已，正如大示哀壹平无冠无人问候，而独行踽踽，亦足伤矣。

昨岁于友人处得见尊著《汉书补注》，体大思精，班椽功臣，真堪移赠。回忆前于都中告我此举，深叹此事落落难合，不意有志竟成，使我心悸。又闻有《淮南子》校本，求见可否？并赐我一部。枉撰稿本，卷帙最矩者《古诗存》二百卷，盖因严铁桥有古文辑本，欲以古诗配之，其稿已成，尚待复校耳，然已为究办矣。拙撰《水经注疏》八十卷，虽亦有稿本，但系各录于书眉及行间，几八九部，计汇钞而条理之，甚不易易。而能为我助者，只熊固之一人，脱稿尚在明后年。然一息尚存，此志不懈；又恐岁不我与，已刻成《要删》及图，今以呈览，可以知其志矣。

承示为我刻《水经注疏》，高义薄云，感何可言。惟此书既未写净本，碍难刻期蒇事。且守敬素不能文，亦拟脱稿就正有道，而后付梓。但未知

① 此书函见于刘信芳整理：《杨守敬函稿》，《东南文化》1991年第5期；今此书函未见收入《杨守敬集》和《杨守敬题跋书信遗稿》中。王先谦（1842—1917），字益吾，号葵园，晚号葵园老人，时人称之为"葵园先生"。湖南长沙人。同治四年（1865年）进士。历官翰林院编修、侍讲、国子监祭酒、江苏学政等职。光绪十五年辞官回籍，历主集贤讲舍、城南书院、岳麓书院。为湖南的大豪绅，对戊戌变法持敌对态度，与叶德辉等极力攻击、破坏湖南维新运动。1907年受朝廷嘉奖，赏内阁学士衔后，思想更加保守、顽固。1911年武昌起义爆发后，改名遁，迁居平江乡间，闭门著书，从事古籍的编校、刊印。学问淹博。工诗文，通经史，富收藏。著有《虚受堂文集》《虚受堂诗集》《续古文辞类纂》《汉书补注》《荀子集解》《三家诗义集疏》《十朝东华录》等。

命竟何如耳。若能得大序以张之，使海内知守敬有此书，纵此身不能墨诸板，或不致终霾耳。此时但为存古而言，则《古诗存》成书较易，倘借大力上木，亦好古者所乐闻也。唯守敬所撰之书，除已刻外，尚不下十余种，而皆未脱稿，精力已衰，襄助无人。而南皮宫保本派守敬为存古学长，但其宗旨仍新旧参合，且楚北士人，早无师承。新既不□，亦无旧之可言。更有商者，守敬自日本归来，所携颇多中土佚节，即拟将唐以前古书不存者，无论经史子集，尽为钞辑。而兹事体大，非寒素所能，然耿耿于怀。念吾书所藏散失后，他日即有欲为之者，而苦于无从借手，亦终古之恨也。颇闻湘中多好学之士，若能招集泥古者十余人，分书排纂，每成一书，皆署其人之名，当有兴趣者。数年后必有可观。经部、集部，前人所得粗备，然不能无遗漏；子、史两部，始造端乎？此书若成，亦国粹之巨典也。

闻常熟中丞颇有存古之志，以格于部议，不果。但小筹款项，开一私局，使守敬为识途之马，而吾书之未成皆可借以速成，尤没世之感也。若以为不缪，他日再当详为条例奉闻。守敬自入秋以来，常患腹泻，故久稽裁答，今始稍愈，力疾书此不宜。借唯谅之，即颂著安。

计开：

《汉书地理志图》二册。《图说》未刊，有《历史舆图》稿本，今已付梓人者；《春秋列国图》《三国舆地图》及《三国郡县表》，其余尚未写净本。

《水经注图》二部。

《水经注疏要删》二部。

《禹贡本义》二部。

以上四种，各以一种呈庞中丞。

《日本访书志》一部。

《隋书地理志》一部，此书从（前）寄赠一部，多讹误，此再校本，仍不免有误也。

《晦明轩稿》一册，此中有已抽出三篇刻入《禹贡本义》。

《留真谱》一部。[1]

---

① 此书函作于光绪三十三年(1907年)九月间，时为存古学堂总教长。

寄王先谦(之二)[①]

杨守敬

益吾老兄同年左右：

久不相见，至今修函，如同隔世。彼此流离，□老不复归故乡，伤矣。辛亥八月，鄂城起事，守敬只身出城，子孙星散，逃至上海，卖字为活，幸今大总统知守敬藏书颇富，出示保护，得存三之二，而银钱则为守屋人罄尽。壬子之春，熊固之及儿孙辈陆续来沪，而长媳死于蕲水，长孙至今仍在黄州未集。幸《水经注疏》稿本十部埋于土中者，尚未全行靡乱，因是与熊君昕夕编纂，不啻赵台卿之著书屋壁。及稿成，仍觉从前所刊《要删》讹误遗漏均所不免。上虞罗叔韫见之，视为地理绝学，虽不敢当，而驳正全、赵、戴数百，终亦从无人揭其间奥者，亦一快也。忆前未脱稿时，阁下见《要删》刻本，大加激赏，欲为刊之思贤书屋。冬闻前平江舸钱徐书，言阁下避居平江，犹幸故人健在，而景况亦复萧索。思贤之约，此愿不遂矣。

去岁冬，守敬在沪得大总统以顾问相招，并允为刊《水经注疏》。念此书浩繁，已达二百数十万字，非有大力者不能鸠之，乃褰裳赴之。未几而青岛风云，国家经济困难，尚何能提及此事。而守敬眼花耳聋，朝不谋夕，所以忍死须臾，以此书未刻，死不瞑目。且京师刻工奇贵，现在只以此稿写成宋体净本，已达以前刻字之价。因思阁下所刻诸书，价廉而精，有旧友祁阳人陶德熏者，以前为刻《隋书地理志考证》，价亦至廉，乃作书嘱其物色永州人之能担任刻此书者来京与议之，以湖南刻字以永州为尤廉也。陶君遂因其友汪君启来都别有勾当，以函付守敬，言其人老成可靠。因将京城所刻式样一叶，嘱其归时与工人议之。据云永州刻价从前不过八文，今涨价不过十二文，吾意在京写净本，亦愿出金十二文，汪君谓然。

① 此书函见于刘信芳整理：《杨守敬函稿》，《东南文化》1991年第5期；今此书函不见收入《杨守敬集》和《杨守敬题跋书信遗稿》中。

但据叶德辉言，长沙今日刻价须千字一两有余，则二百余万或三百万，所费亦不赀。然勿论成不成，总求赐作一序以为光宠，使后世自阁下集见之，亦不朽矣。今因汪君以信回时函及，书托其交巡抚老友幼丹转呈。幼丹对守敬言，到湘时必以函达阁下，资以政治，刻下已进省否?

再守敬刻《要删》时，但觉戴袭赵，故力诋之。今细核之，乃觉全、赵、戴三家相袭。赵之袭戴，是梁氏兄弟所为；全之袭戴，乃王梓材及董沛（孟）之所为，均有破绽可寻。窃而论之，戴之学与脉水之功，终在全、赵之上；全之较为赵、戴所不见者有数条，王、董不能发明之，遂使林君疑其全伪，亦过也。

前年有自贵州来者，以庞公《读水经注小识》二册示守敬，脉水之功居多，诚有可领者。而优戴劣赵，亦以全为伪。其中与守敬《要删》十同七八，而扞（疑为“汙”）、汧二水，颇似窥见守敬《要删》者。而庞自序成于光绪甲辰，守敬问之贵州，则于庞为贵州巡抚时所刊。今守敬全稿成，为《要删》所未指明精微奥义，庞公亦未指出，守敬因不疑庞君之蹈袭。然守敬实未尝袭前人一事而不著自来者，敢以质之阁下。

今呈上《要删补遗》一部，未记此书阁下见之否？此已刊于十年前，其中亦有未惬处，又寄上《历代舆地沿革图》，共三十四册，前大半部分为守敬亲笔校刊，唐以下则改革后在湖北付梓。其时守敬眼已昏，不能校旧字，而熊固之又与守敬编《水经注》，无暇顾及此，因使固之之学生为之。又刻工贵而多讹，今不得已印以成书，此事恐非。（案：审信尾内容，似未完）①

---

① 此书函作于民国三年(1914 年)九月下旬，时寓居北京，出任总统府顾问和参政院参政。

致罗振玉(之一)[①]

杨守敬

叔韫仁兄阁下:

前日递一函力辞为作龟文叙非恪也。以守敬于金文虽好之而未致力，无所发明，固不如藏拙之得计也。转念足下书方成印寄我，不嘱他人作序而独嘱我，若坚辞未免有负雅意，乃拨冗拟一首，可存即存之，不可存弃之可也。此书是刻本抑石印，其中“北蒙”《读史正义》作“冢”，然《纪年》及《水经注》并作“蒙”，当校改之。

又足下既以殷墟非盘庚所都，则此书当题“殷墟贞卜文”，以别于北冢之殷，鄙见如是何如？前求《北魏防城考》未得，回示甚以为盼。《北魏地形图》谅已收到。余此文不足以增查，尊书特以重违尊意，故勉强为之。而吾求兄为作《水经注疏》(序)未得，甚盼。

即颂著安

守敬拜

八月四日。[②]

---

① 此书函见于胡振宇:《记杨守敬与罗振玉讨论甲骨文之信一帧》,《中国文化》1997年第十五、十六期,第84—85页;今此书函不见收入《杨守敬集》和《杨守敬题跋书信遗稿》中。罗振玉(1866—1940),字叔蕴、叔言,号雪堂,别署贞松老人。浙江上虞人。15岁中秀才。后曾两应乡试而不举。1890—1895年在家乡教私塾。1896年至上海创办“农学社”,次年创刊《农学报》。1898年创办“东文学社”。1900年应张之洞之聘,任湖北农局总理兼农务学堂监督。此后曾任南洋公学虹口分校校长、江苏师范学堂监督。1909年补参事官,兼京师大学堂农科监督。辛亥革命后,逃往日本,图谋复辟清朝。1924年应溥仪召,入值南书房。同年溥仪被冯玉祥驱逐出宫,他助溥仪逃入日本使馆;后又助溥仪逃到东北,勾结日本帝国主义,建立伪满洲国,出任“监察院”院长等职。生平搜集、整理、撰述甲骨、铜器、简牍、明器、佚节等考古资料图书,另编有《明吴门四君子书法》《贞松堂历代名人书法》《高昌壁画精华》《墨林星凤》等。

② 此书函作于宣统二年八月初四日(1910年9月7日),时在家自行研究、著述。

致罗振玉(之二)[①]

杨守敬

叔韫仁兄：

足下两次寄来大著并石刻拓本，感谢感谢！《萧玚》一志，足下未有副本，何可攘夺！然可补入《寰宇贞石图》，俟石印后再以奉缴。新出《齐郡王妃》等三志，守敬但见《齐郡王妃常氏》一志缩印本，真精绝，不在《张贵男》下。闻系武进董氏所得，奇货居之。然闻董氏欲购我《寒山诗集》影宋本，吾亦爱不忍割。如董君肯以三志赠我者，则《寒山诗集》可议让也。足下试为商之。

《唐六典》守敬所藏：一明正德本，一日本人校刻本，一扫叶山房本（此本不佳）。日本校刻本凡正德缺字皆补之，颇精。守敬在日本尝亦致力于此，于各史志中有异同互证者抄出之，亦可备参证。支阁二十余年，未尝省视。得足下提及，欲重刊此书，甚善甚善！今新法将数千年来制度尽行翻改，不知彼有深浅者。只欲（当）效法我古制而变其粗野。今以所校原本呈览。吾意行款仍照正德本。缺字依日本刻补之。其守敬所辑有可采者附于后。何如何如？（记中有作“明庆”者，守敬谓当作“显庆”。既检唐中宗讳“显”，则“明庆”不误。此等处仍求足下正之）但刻此书，似宜用木板精写刻之，不可以石印。如必欲刻，似应仍在鄂，嘱陶子麟刻之。唯近日刻工较前更贵，未知贵同人允否？如不刻，仍祈将原书付还，断不可迟留，缘校前甚费翻检，不欲轻弃也。

《书史会要》敝处有两写本，行款不同而互有长短，似是元本，有模糊处，形近致误者，然二本亦竟有不可通者。未知尊处所藏何本，似宜寄来与此二本互校，再以《墨池篇》等书校之，方可入木。大凡守敬在日本得旧钞本，每叶一角，影抄精者，每叶三角，次者二角。此二书，每部约二百

① 此书函见于郗志群：《杨守敬致罗振玉的一封信》，《文献》1998年第4期；今此书函不见收入《杨守敬集》和《杨守敬题跋书信遗稿》中。此书函今藏北京图书馆。

余叶，原以二十余元得之。如足下欲得之不刻，则以原抄赀付我（议定寄书），如欲刻之，则不须给我赀（亦不必寄书），缘传古我亦有同情也。

《悉昙字记》《帝范》《黄帝明堂经》三种本是二十年前汪穰卿嘱我刻者。当时仿宋每字三文。诚然！而写工及板片在外，故每字五文。今则刻工每字五文，写工、板片又在外矣。此书汇入《国学丛刻》中，甚善。以其板式甚小，与尊刻合也。通计三种五十五叶，共计一万九千一百五十七字，每字五文，当日之价应九十五千七百八十五文，合洋银七十六元。足下欲买之，即恳以洋银兑付（缘近日需款甚急），其板片由陶子麟汇交为便。又《帝范》与中土所传大异，守敬有校记，未刻。其稿当尚存，《悉昙字记》《黄帝明堂》，无不在行，未有题跋，唯足下补刻之。

伯斧所得《唐韵》，不能定为何人之书，故不敢附和，恐伯斧见之不悦。然实事求是，生平不肯假借，惟伯斧谅之。

伏侯所得《文选》，故是稀有，然亦未必千金之宝（吾有跋可阅之）。郎注《苏集》，日本有重刊本（非影宋，吾有之），未知其板尚存否？

伯斧拟刻之《王子安集》，已刻样子数行，甚精，当以附入《国学丛刻》。吾之北齐人书《左传》，去年在上海石印之，不佳，今已择良工木刻之，他日亦可附《国学丛刻》也。

吾与伯斧之题跋等，足下可拆开一阅，书此竟腕欲脱，足下当笑我痴也。

守敬所著书未刻者甚多，然必不能尽刻，非惟力不足，且日暮途远，断不能竣事。颇有劝我辑股者，吾鉴于周沅帆得股款而未成书，致遭嗤骂，故迟回未敢出。今时日已迫，急于成书，未知海内学者赞成否？足下交游最广，声誉最著，鼎力招来，或属可行。且守敬著书已有刻成者，人必信之，不同虚悬。惟经理之人恐贻后人累也。谨以质之足下，可否唯裁示！即颂著安，不庄。

守敬顿首

六月廿五日九钟

又：吾见足下《国学丛刻》宗旨，则吾所藏可汇入者甚多，匆匆不及缕述。有古钞《庄子》残卷子三卷，与宋板大有异同，匆论近刻也。如可汇入，当检出商之。惟守敬年老，精力衰颓，不能照料一切，为可憾也。

又：吾得朱竹垞《宋元人集本书目》一册，似可补入尊刻，容日检寄。

守敬昨日（廿三日）为田伏侯跋《文选》约千余字。昨日又为蒋伯斧书《唐韵》跋又千余字。今日为伯斧、伏侯作信，又为足下书信，精殚力竭，语无次第，草率不堪。缘伏侯限今日渡江，定于午前送各件去故也。

《水经注疏》仍未写定，缘《历史地志详图》已刻成大半，不欲中断。俟全成后，方以全力治《水经注疏》。惟日者言吾生命尽于今年，则《水经注》不能成书，此五百年大憾也。惟祈天鉴我忧，再假我数年，此书成，可瞑目矣。今以刻成北魏、西魏两图呈览，可知吾所刻地图，皆用力至勤，非苟而已也。张石洲《延昌地形志》残稿，为吾乡陈士可（此君亦吾两湖书院门生）所得，屡属其重抄一部，未得。兹以北魏、西魏二书由足下赠之，祈恳其速抄来以与吾书互证。其抄赀即由足下兑付为祷。①

寄罗振玉(之三)②

杨守敬

叔韫仁兄足下：

昨日得手简，并致缪筱翁函中洋银十四元，读悉知。以三次赐书并付浮沉，何缘悭也。武昌屋内之书仍未取出，缘有黎都督保护封条，而我守屋人遂生异心，借口谓非黎公命令不能揭封条。不得已上书黎公，而黎公又下参议，以为既经保护，不可取去售之外人。故守敬着小儿等四次入武昌取书，皆不效，势必守敬亲自回武昌方可揭封条。然武昌城中党派甚多，时有风潮，守敬既忧虑，尝有不寐之症，畏死不敢去。然书有数十万卷，碑帖字画又数十箱，即揭封条亦不能尽移出，盖力钱船钱数倍数十倍加于畴昔，而上海房屋租价亦较前加倍，则不移出亦未为失策，唯恐此后仍不免耳。城内房屋虽未毁，而城外别墅所贮医书、《经典释文》等板片及一切器具、楼地板、窗椟，拆毁一空，损失不下万金，断不能修补。唯所刻金石地理等书板片在城内者未毁，足下之《悉昙字记》等板亦未毁，此后尚未可知也。现已着两儿入城监之，已与守屋人大相冲突。乱时人心如斯，可慨

① 此书函作于宣统三年六月二十五日(1911 年 7 月 20 日)，时在家自行研究、著述。

② 此书函见于刘信芳整理:《杨守敬函稿》,《东南文化》1989 年第 Z1 期；今此书函未见收入《杨守敬集》和《杨守敬题跋书信遗稿》中。

也。此后能否揭封，只好听之而已。书生薄祐一至于此。

所著《历代地理详图》已刻成十之七八，若使不乱，今年当已全成。《水经注疏》八十卷稿已成，惟皆录于书眉，凡十部，未尝合成一部。此书尚待整理，计必一、二年方可毕上。拟于今年同熊固之督同写生成净本，每成一卷，即刻一卷。然余财产尽失，何能完此宏工！但守敬与熊固之数十年心血尽萃于斯，若不成死不瞑目。且后之人即得此十部稿本，亦断难排次，不弟如亭林之《肇域志》也。因欲集股成之，然集股之事已成弩末，况当此大难之后，谈何容易！惟守敬之书确已成稿，海内人士当已知之。且除《水经注疏》外，已刻成者已过一半，其未刻者亦可限日成之。计每册零买之价几达八九十元，以六折扣之，不过四十余元，而已可先得已刻之书三十余元，则预出者不过十余元，想购股者当信用此举，不致如邹阮帷之刻《寰球地图》也。

三十年前，蒙文昌潘孺初先生奖借，推守敬为地理绝学，其文已载之《要删》中。昨年又蒙足下证成其说，以比王怀祖、段茂堂、李壬叔，合之为三绝学，虽不敢当，然大贤之言信从必众。且日本于我书之未成者，亦每购之，知此邦学者或亦悯守敬此书当绝，续之会而共谋襄助成之也。今拟股单书目附上，如以为可，即恳为作一集股启，无任感戴。

嘱为条幅二十纸并呈，足下见之，知余颓唐之状也。仿单数纸，足下付博文时酌加折扣，使经手得微利，或可陆续索书也。

守敬此来全赖旧友甘君翰臣招呼，此人系怡和洋行栈房总办。足下前者来信，因守敬所寓在巷内，或致遗失，以后有信请书：

上海虹口公和祥账房交甘翰臣先生查收转交杨星吾，则必无失矣。

再，今日着人到日本邮政局，持足下函内汇票取银，则局中人云此系足下交银日本邮局存根，非汇票，不付银。别有大纸一张是汇票，而函中未付来。想是足下未知其有异，将大纸汇票留作存根，而误以此存根者寄来。想大纸汇票当仍在尊处，信到即速寄来。若无大纸汇票，亦即信来敝处，即以此小纸存根再寄还，以凭与该邮局换易。

昔日由田中君寄来《傅青主年谱》收到。即颂著安，不庄。

弟守敬顿首

三月廿二日①

① 此书函作于民国元年三月二十二日(1912 年 5 月 8 日)，时寓居上海。

寄罗振玉(之四)[①]

杨守敬

叔韫仁兄阁下：

久不通音，甚以为歉。比闻在日本西京筑宅，为汉代徐福、胜朝朱舜水，欣慕何似。守敬在沪卖字为活，倏逾两年，衰老颓唐，眼昏手弱，刻下并字亦不能多作。家中书籍，蒙黎副统告示保护；而付托非人，亦损失太半。惟择稍旧完整者卖之，以济不足。而问价者亦少，加之所得日本书大半有倭文，亦不投时好。而上海租房奇贵，堆积无处坐，然犹与熊君固之董理《水经注疏》，至再至三，觉从前所刻《要删》无次，犹孟浪也。有已写净十七册，余二十余册，合四十大册，定于今年蒇事。驳正全、赵、戴数百条，郦氏有审，亦当惊知己于千年矣。然力竭不能刻矣。拟集股刻之，然大市里卖平文冠，恐无人问价也。然此书不传，死不瞑目，阁下亦有以教我否?

《历代舆地详图》前岁已刻成，如能为治一叙，亦感其不朽。而乱后工价奇昂，不止三倍往昔。陶子麟亦顾攫钱，纯无感情，故所刊后半部，朱墨不能合套；而刻字之恶劣，犹其小焉者。今特以二部托日本岸田带上，祈为吹嘘之。缘此书前未刻成时，即有日本人零买之，不以不全为嫌也。今以全部以之，想如内曰虎者，当不鄙夷之也。又《水经注疏》则黄子鸿亦未能过，汪梅村则不足道也。

《帝范》《悉昙字记》《黄帝明堂》板片嘱陶森在家中取出交阁下，而彼未有回信，未知阁下嘱之刻板如何?《书史会要》从前在日本极力搜求，得两部，今已失一部，尚存一部，未知阁下在日本得之否?

前岁嘱书“罄室”二字，久未报命，慑而不敢下笔，今勉强□。

岸田君酷好书法，特嘱守敬介绍于阁下，恳祈多书各体，润笔求(酌)

---

① 此书函见于刘信芳整理:《杨守敬函稿》,《东南文化》1989 年第 Z1 期;今此书函不见收入《杨守敬集》和《杨守敬题跋书信遗稿》中。

减，然亦不敢过价廉也。①

寄罗振玉(之五)②

杨守敬

叔韫仁兄足下：

不拊是者几十年，今春只足下临上海，当即访之，则已登日轮，将解缆矣。匆匆话别，未尽所怀，颇以守敬赴都为歉，又深以《水经注疏》未授梓为恨事，不知守敬正以此疏力不能付刊，始有此行。

盖改革以来，家产荡尽，在上海卖字，谨敷日用。所余惟书籍，经黎副总统保护，得以稍存大半；而托付非人，亦损失四之一。来上海卖字，亦少遇问者。前岁以《历代地图》刻成，以二部一呈副总统，一呈大总统，以此为教科书，不为无益。祈饬学部发各省学堂，守敬因以得板而刊《水经注疏》，并无干禄出山之意。而副总统来信，言大总统见余书，有聘余为顾问之意，守敬趑趄答之。随又来信，殷勤催促，并许为我刊书，守敬仍以家事不能即行，俟料理清楚而后就道。乃不日又专人来沪迎接，并许为我搬书刻书，此与足下相见之前一日也。尔时非不欲拒绝，而自顾老耄，颠沛流离，仍以携熊君固之至上海日夜纂集稿本，几同台卿之复壁。为此四十年心血不忍湮没，使举世奉全、赵、戴为金科玉律，为不刊之典。又以卖字为活，力不能措资，而交游于此，道好之者少，而前途又所希望皆无，乃携小儿一入都，而仍留熊固之及小孩二人于上海，以守书写书。盖写成净本仅十七册，其余廿余册尚待固之校集也。及见大总统，即以参政相属，守敬力辞之，以为守敬素不习新政，从前又未做官，前曾选授霍山县知县，不赴任，足下所知也。随以图书馆自任，大总统即以馆长允之，而不知图书馆因无经费，已闭不能开。随许我搬书并为我刊书而退。及参政

① 此书函作于民国二年(1913年)十一月间，时寓居上海。

② 此书函见于刘信芳整理：《杨守敬函稿》，《东南文化》1989年第Z1期；今此书函不见收入《杨守敬集》和《杨守敬题跋书信遗稿》中。

令下，又恐吾坚辞，乃嘱其秘书夏寿康到寓力劝无辞。因念此参政如外国元老院之挂名各官，尚有闲，故勉就之。鲁齐敬修，不敢自拟，亦觉时势不同，用以自恕。而足下爱我过高，以不能效法靖节为憧，亦颇闻陈仁先亦同此意。

因忆前年初到上海，由日本山本竞中者，即劝我渡海，我欣欣欲动。及商之甘人古河，则言非有数万金不可（东）渡。足下能为朱舜水，是真世外桃源，为渊明所不能及者矣。今吾书托上海道尹经手，尚未搬来，而刻书之事尚未提及。在大总统故不惜计少经费，而学口口人则似视此为无用之物。计寄来书十部，除送人外，一部不能卖，其教长之程度可知矣。吾书自唐以下为乱后嘱门人所绘而刻成，而自隋以前则皆手订也。因思吾此书未刻成时，日本且购零本而去，今书已成，故于今春托岸田归国时携带二部寄足下，意必有争购之者，吾于见足下时亦提及之。及岸田复来上（海），则云已亲交足下，及至今无复音，岂鄙夷守敬，谓不足与言耶？岸田在上海开有杂货店，非乾没人者，收到请速寄信于北京西城南魏胡同为荷。

又前托岸田时并有“罄室”二大字，是足下所嘱也。又如念守敬苦衷，人虽不足称，而书可存，为作一序以示学者，尤一息不能忘也。

从前长沙王益吾见吾《要删》，即许为我刊此书，倘见我今日稿本，不知当如（何）赞赏，今渠在避居平江。当今能知吾书之程度，唯足下与益吾二人，此虞仲翔所言“青蝇作吊客”也。

足下前曰吾书为当今绝学，是海内公认，非足下一人私言，何其不酬也①。

① 此书函作于民国三年(1914年)闰五月间，时寓居北京，出任总统府顾问和参政院参政。

与寺西秀武书(之一)[①]

杨守敬

寺西先生阁下:

前承关注，为敝处藏书请黎都督出示保护，感谢感谢。既于本月初八九有示，令城内民人迁移出城，吾恐守屋人星散，故遣两儿自汉口过江入武昌城。幸守屋者尚有三人，而不能取一物出城，以门紧故也。

因有贵国人水野疏梅者，来上海拜守敬门下求学，其人甚诚笃，念吾书危险，盖民军故有保护，而官军未必同情。水野情愿赴汉口日本领事府，求其以公文致黎都督，挂日本旗，并取衣物银钱，则两方面皆有保护，即官军亦不敢动。水野当商之其友人安河内先生，亦以为可行，已于二十一日搭岳阳丸去矣。今日小儿回上海，据云与先生同船下驭。据小儿所说，则取物万难办到。但守敬请水野赴汉之要义，在挂贵国旗不在定取衣物，未知挂旗之事能否办到否？守敬意见，水野尽向安河内言之。安河内现住东亚同文书院内，可问而知也。

守敬据小儿言，先生寓丰阳旅馆，即亲往拜谒。及到丰阳馆，则馆中人云先生在东亚同文书院。本拟再谒，以道远路不熟，故以书达。守敬现寓虹口公和祥对门罗洽记巷内，如先生得闻来寓一晤，借领教言，不胜盼切。能早来更妙，或因事忙不能来，回示守敬，明日当拜谒。[②]

---

① 此书函见于(日)杉村邦彦:《杨守敬与寺西秀武书》,《书论》第三十五号特集——《与寺西秀武书》第一函。寺西秀武(1869—?),日本石川县人。陆军大学毕业。先后受袁世凯、张之洞之聘在保定陆军行营军官学校、湖广武昌陆军任职。武昌起义爆发后,黎元洪曾聘其为武昌军事顾问。在武昌起义期间,曾劝说黎元洪下令保护杨守敬留在武昌的藏书。

② 此书函作于宣统三年(1911 年)九月下旬,时寓居上海。

与寺西秀武书(之二)[①]

杨守敬

寺西先生阁下：

昨日承允同小儿赴汉口，并即住于尊寓，为谋取衣物等件，感谢感谢！但黎都督前既由阁下商办出示保护我家书籍，今复取出，是以两歧。故守敬致黎都督信，只言取衣物，其实内容不能无书。此番烦阁下取衣物，必恳阁下面商黎都督请发封条数十张交阁下，饬小儿贴于箱上，又必恳黎都督饬知城门口放行，不用开箱为妙，盖亦不能无少银钱故也。

一、黎都督既允发封条，而后嘱小儿进城，然必有日领事护照，并恳阁下派人护送进城。即在我家宿一夜，盖清检各物，不能即日出城也。次日仍请其人护送出城，而后妥也。

一、出城之时，必先定时刻，放小轮在城门口，以便出城上船渡江。

一、如取得什物出城，即于是日过江上大轮船，下赴上海，似不必到汉口起岸，勿用将箱搬于三井库中，盖上岸要脚力，下船又要脚力，守敬现在经济困难时，不能不打算节省也。

一、此次小儿随阁下赴汉口进城，亦派家丁一名同去，盖在城中检物装箱等事，不可太费时日，故加一人帮办，则速也。如停战不在展期，即嘱小儿原船回上海。若有变动，均恳维持一切。平静后以电报我，再着小儿上省。守敬与黎都督信，未写成，容小儿面交。再如停战只展三日，(似以展一期为可)则亦不必进城，缘检物不易，到黎都督请封条等事费周折故也。

即颂旅安，不庄。弟杨守敬顿首。初六日灯下。

如有要事此信中未及者，祈回示遵办。再守敬近日经济困难，此次小儿所携银元不能多备，所有出入保护人薪水，及小轮渡江船钱，倘有不敷，

① 此书函见于(日)杉村邦彦：《杨守敬与寺西秀武书》，《书论》第三十五号特集——《与寺西秀武书》第五函。

祈尊处垫出，他日在沪一并缴还。不情之请，伏维原谅。[①]

与寺西秀武书(之三)[②]

杨守敬

寺西先生阁下：

今日承携小儿上省，午时已将行李上船。顷刻忽得痧症，只得将行李仍取回，且俟阁下到省，将守敬与黎都督信递阅，看其感情如何，又看议和事如何。如可从容取衣物，祈以电来，再着小儿进省，似不为迟。此时纵急于取物，仍无把握也。且小儿胆怯，惊弓之鸟，不胜惶惑，维鉴原。弟守敬顿首。初七日灯下。[③]

与寺西秀武书(之四)[④]

杨守敬

寺西先生阁下：

昨日小儿忽得痧症，故将行李仍行取回，幸得良药而愈。顷贵纪来言阁下亦因船上人多未去，拟于今晚上船，仍问小儿去否。伏思小儿虽愈，而精神恍惚，且计日已止，停战之期方可到汉，实不欲其冒险。顷闻议和已有端绪，俟稍平静后容办理为妥。且屋中要紧之书亦非一二日所能检

① 此书函作于宣统三年十月初六日(1911年11月26日)，时寓居上海。

② 此书函见于(日)杉村邦彦：《杨守敬与寺西秀武书》，《书论》第三十五号特集——《与寺西秀武书》第三函。

③ 此书函作于宣统三年十月初七日(1911年11月27日)，时寓居上海。

④ 此书函见于(日)杉村邦彦：《杨守敬与寺西秀武书》，《书论》第三十五号特集——《与寺西秀武书》第七函。

出。小儿不到，守屋之人必不肯发书。纵发数十件，亦不知谁为贵贱，仓促之间，必不能分别，与其费大力取出不甚贵重之物，何如从容检理为妙。昨与阁下之信，及上黎都督一函，未曾起草，不复记忆。一旦得有和议之成，或官军退出汉口，即刻着小儿赴汉，仍携与阁下之信，及黎都督，由阁下指办。若再写信，诚恐迟延时日，有误时机。且恐与前信不符，而有遗漏。故恳将昨日与阁下信函及上黎都督二件一并掷交小价带回，以备他日临时携带妥便。即颂旅安，不庄。

弟杨守敬顿首

初八日①

与寺西秀武书(之五)②

杨守敬

寺西先生阁下：

顷着小儿祗仲及小婿李银（铭）卿于初五日夜十二钟搭联合轮船赴武昌取物，并携有致阁下信一函，嘱其先到（并携有嘱书四件）贵寓领教，而后进程。计程初九日必到城，初意并取书籍，既思前次黎公既经参议不许取书籍，此次取之恐生纠葛，则不如但取封条外之物件，其封条之物件不如不取，俟下次我归家自行向黎公接洽为妥。外致小儿等信一函，请即付小儿阅之，以作方针。如此信到时，小儿等正进城，敢请饬贵价送入城交小儿祗仲为荷。联合轮船尚未到，则信存尊处；联合到，小儿必面见阁下，可付之也。屡烦清神，勿任感荷。即颂刻安，不庄。

弟杨守敬顿首③

---

① 此书函作于宣统三年十月初八日(1911 年 11 月 28 日)，时寓居上海。

② 此书函见于(日)杉村邦彦：《杨守敬与寺西秀武书》，《书论》第三十五号特集——《与寺西秀武书》第二函。

③ 此书函作于宣统三年(1911 年)十一月上旬，时寓居上海。

与寺西秀武书(之六)[1]

杨守敬

寺西先生阁下：

和议不成，嘱小儿速归上海。请专足告之，勿贪多取书，冒险也。盖守敬嘱其阴历初七日即当取书出而以电告我。今至初八日而未有电来，故守敬甚恐之。昨日得手书，知承关注，谢谢！即颂刻安，不庄。

杨守敬顿首

十二月初八日[2]

与寺西秀武书(之七)[3]

杨守敬

寺西先生阁下：

办事次第：一、先生先以守敬与黎副总统函，亲面交黎总统，商办一切必要面交者，以守敬箱子多件，不能一一写于护照上，出城时，若要开箱检查则难保无参错处，故必求其封条粘于箱包上，言明不开箱。若非先生亲与商议，但凭贵价递去则不能明白周妥。若必要开箱检查则不必办。小儿等必须先生见黎后复可进城，大约须第二日晨刻。

一、必要贵国领事发护照三人，以便出入城门。又必要，贵国小轮先

① 此书函见于(日)杉村邦彦:《杨守敬与寺西秀武书》,《书论》第三十五号特集——《与寺西秀武书》第六函。

② 此书函作于宣统三年十二月初八日(1912年1月26日),时寓居上海。

③ 此书函见于(日)杉村邦彦:《杨守敬与寺西秀武书》,《书论》第三十五号特集——《与寺西秀武书》第八函。

议定出城日期时刻，以便小轮到城门直接。

一、守敬室内之书当移者，不在一处，仓卒间不能检出清楚，故必须间一日，方能出城。出城时非先生派人押解不可，或能请黎总统派一人押解，则城门渡口无留难矣。

一、取书出能直上轮船最妙，或暂放贮领事衙门，均由尊裁。若比时城门大松，渡江时有便民船，则先移出一次，再间一日移出一次，然必离停战期尚远方可。

一、此次移书虽要领事行公文照会，而其要紧事，总在先生与黎总统接洽周妥，而后可着小儿等进城。

一、领事府办公文，不能即日办成，大约必要以次日早晨，一同小儿等进城。

一、此次全仗先生劳心劳力，事后无以报，必著其能存此浩劫之余，全赖先生维持，以告天下后人，以为美谈。守敬再拜。正月十八日。小儿等三人，尊处如能暂住一二日，即在尊处住，以便随时指示。如不能，请择近处旅馆住之。①

与寺西秀武书(之八)②

杨守敬

寺西先生阁下：

前日小儿祗仲及小婿李银（铭）卿在武昌取书回，多蒙关注，并劳渡江数日亲送出城，感荷感荷。既惟只取得衣物等件，而书籍一未取去。兹复着小儿等赴武昌，略取书籍，拟不得写信于黎副总统，即由小儿等自由取之，但不知（按，此下缺文）……再，从前嘱守敬书各件已写成在敝处内，未送呈而事起，今闻小儿言，先生仍欲守敬在此书之，但嘱书多件，惟记有

① 此书函作于民国元年正月十八日(1912年3月6日)，时寓居上海。

② 此书函见于(日)杉村邦彦:《杨守敬与寺西秀武书》,《书论》第三十五号特集——《与寺西秀武书》第四函。

杜牧诗一首，及陋室铭册页，其余皆不记。请再开条件，守敬虽颠沛之余，又当竭力图之。敬请旅安，不庄。

弟杨守敬顿首

四月二十五日①

寄刘心源(之一)②

杨守敬

幼丹先生大人阁下：

前承函致黎副统，并指小儿见黎公，求其揭封条。当蒙黎公谕允并札示警局，而守屋人程冬甲犹复照要多人，不准揭封；经警局以黎公札示之，始退。次日又迭嚷说：守敬将书与外人，运动内务府饬沔阳来查。李君见是老人来看书，始释然。而程冬甲仍引其兄弟及外人盘踞我家，不准上楼清书，不交用账，并把守书门楼，不许我儿等出入。我本欲控告军政府，奈彼等凶暴，党羽众多，声言若告状便以武力相对付，只得忍之，而仍以每月十元及熊姓佃租十串作零用。而前日又有一信来上海，一派诬罔，勒索谢钱而不定数目，云一不回信即登报，或请当道理论。守敬答以必要交书交账而后可以议谢。而程冬甲即登报说我愿出捐万元，嘱小儿缴清。窃守敬空手出门，所存之银皆一一支付冬甲，耗去超半。守敬避于沪上，卖字

① 此书函作于民国元年四月二十五日(1912 年 6 月 10 日)，时寓居上海。

② 此书函见于刘信芳整理:《杨守敬函稿》,《东南文化》1991 年第 1 期；今此书函未见收入《杨守敬集》和《杨守敬题跋书信遗稿》中。刘心源(1848—1917)，谱名文申，学名嵩毓，字亚甫，号幼丹，又号冰若，别号夔叟、龙江先生等。湖北嘉鱼人。同治十二年(1873 年)举人，光绪二年(1876 年)进士，选庶吉士。历官翰林院编修、国史馆协修、江南道监察御史、夔州知府、成都知府、江西督粮道、江西按察使、广西按察使等职。三十一年(1905 年)辞官归乡。宣统二年(1910 年)任湖北商办铁路公司协理。辛亥革命后被举为湖北议会议长。1912 年出任湖北省民政长。1914 年任湖南巡按使。不久辞归。毕生精研金石文字，上十考辨鉴赏，擅长书法，各体具佳，尤以篆隶见长。亦能诗文。著有《奇觚室古文审》八卷、《奇觚室吉金文述》二十卷、《奇觚室乐石文述》四十卷、《凡诲书》十卷、《孙子事证》一卷、《游西山记》一卷、《川程坐游记》一卷等。

为活，通国皆知。小儿等回家□飧不继，安有万银出捐。幸于袁大总统通谕，不准勒捐，不然将使小儿等无以自白。今家中银钱供以罄尽，而程冬甲仍迭嚷陷害如此，乃信致左人照军政府，例自去年八月底起，每月以二十元给之，如不允即以熊姓所典房屋四百串与之，其所余三千余元巨款亦不追问。典屋是程冬甲经手，今废产与之，已是万不得已，闻其尚不允，则无法可以解决矣。只得仰恳尊宿将此情一一呈知黎副统，属小儿递呈。但其党羽众多，恐发表时彼知之，即以武力对付，小儿柔弱，恐有性命之忧。此必出其不备，即行拿办，方保无虞。又必属小儿暂住别处，以避凶暴。涕零书此，无任感荷。

（原编者按：书信至此，似已结束，而次页又有一段云：）

守屋人程冬甲之种种跋扈山横，几不许小儿进门，盖其欲霸占，想已闻知。自去年八月鄂城起义，守敬本不欲出走，及廿一日，时君悦皆来问讯，犹以不走告之。及是昔有军人行抢索钱，与以百元管住家。程冬甲力（劝），初出走，且力任守屋。守敬自去年走后，家中钱粮俱交程冬甲，至今年正月。

（原编者按：此段多涂改，字句亦不连续。）①

寄刘心源(之二)②

杨守敬

幼翁巡按钧鉴：

前日匆匆话别，未尽所怀，比闻莅湘一切措施，俱歌颂载道，老成谋国，迥异寻常。守敬眼昏耳聋，朝不谋夕。所为忍死须臾者，以《水经注疏》未刊耳。又值青岛风云，尚未知何日能偿斯愿。计吾书未脱稿时，王益吾同年见吾《要删》，大为激赏，许为代刊于思贤书局。今闻益吾尚避居

① 此书函作于民国元年(1912 年)二月间，时寓居上海。

② 此书函见于刘信芳整理：《杨守敬函稿》，《东南文化》1991 年第 Z1 期；今此书函不见收入《杨守敬集》和《杨守敬题跋书信遗稿》中。

平江，此愿不遂，然犹欲得一序以为光宠。今特修一函，伏祈转达。呈上钟鼎文一卷，古墓志二十余通，又《寰宇贞石图》三百余事，皆石印也。其中颇有罕见之志，惟哂存。

再有汪启者，安徽桐城人，随宦于湖南永州。近有差使在长沙，有事勾当来京，持有守敬旧友陶德熏函，与守敬相见。因询永州多刻字人，其价廉而精，汪君谓然。因思守敬所撰《水经注疏》，大总统虽允为我刻之，而当此青岛风潮，经济困难之时，守敬安可启齿？而永州刻价不及京城之半，守敬见其人诚笃，似可靠，乃与议刻之事，乃力任监刻。守敬乃以京都所刻样一叶，使其到湘与工人议之。惟刻书事必常与工人相见，汪君虽有屋在永州，而有长差在长沙省城，可否调其人到永州，使之就近督刊。若得刊之，亦先生所欲乐观其成也。持爱渎陈，惟裁察。①

寄鸣鹤(之一)②

杨守敬

鸣鹤先生阁下：

昨日文昌堂主人来沪，得手书并《一六先生碑》，感谢感谢。去岁八月，武昌事起，守敬仓皇出门，全家分散，久之始间关来上海，诚有如阁下所云，老令遭此乱离，何堪悲酸者。家中书籍虽经当事者保护，而守屋人跋扈非常，至今小儿等回鄂，尚未能携出，而财产则损失过半。城中兵多

① 此书函作于民国三年(1914年)十月上中旬，时寓居北京，出任总统府顾问和参政院参政。

② 此书函见于刘信芳整理：《杨守敬函稿》，《东南文化》1991年第5期；今此书函未见收入《杨守敬集》和《杨守敬题跋书信遗稿》中。鸣鹤即日下部东作(1838—1922)，字子旸，号鸣鹤，又号东屿、翠雨、野鹤、老鹤、鹤叟，别署兰石山房、墨皇室等。日本彦根城(滋贺县彦根市)人，为藩士之子。曾短暂出任明治政府官职，后辞官致力于书法研究。杨守敬赴日为使馆随员，曾拜杨氏为师学习中国文化及书法。曾来中国游历，与俞樾、吴大澂、吴昌硕等名流交谊甚深。为日本近代书道之父、鸣鹤流派的创始人、日本明治时代最著名的书法家之一。与中林梧竹、严谷一六并称为“明治三笔”。著有《荥阳郑氏碑》《论诗三十首》等。

饷绌，时虞哗溃，故守敬常羁滞沪上，借卖字为活。幸贵邦人夙闻阁下奖借，时以润金济我涸辙。

来书承飞檄四方，募集殷勤，不日一束寄来，无任感荷。又颇闻水野元直言，尊处为集有数百件，不日寄来。上海米珠薪桂，全家行给困（难），多多益善。唯忧患之余，精力衰颓，每日不胜多书。敢肯阁下先以有成议开单，陆续分数次寄来，事守敬从容应付，或不致多濡时日，有负雅意，想爱我不厌烦琐也。

《一六先生碑》的阁下大笔书丹，自足以千古，守敬得附附以待，何胜欣幸。盖守敬于篆书见闻非多，临池实少，如此巨额，实深怯（焉）。文昌主人返沪在即，匆匆草此，不尽欲言，即颂著安，不庄。①

寄鸣鹤(之二)②

杨守敬

鸣鹤先生：

阁下昨日晚挈轩返沪，借道枉书，已蒙收录不述。庚续书嘱，嫌复件误书六纸，随即换付。去年来札，有篆隶之属，守敬以久不习此，未应尊命。辱承贵邦人谬赏，坚欲守敬作之，间为应酬。沪上人见之，亦踵门来求，遂亦不觉手生，重理旧业。然年老笔弱，实不足存，徒以较行书费力润格有加。兹各以十数幅，如有嗜之者，留之，否则一掷还可也。③

---

① 此书函作于民国元年(1912年)春，时寓居上海。

② 此书函见于刘信芳整理：《杨守敬函稿》，《东南文化》1991年第5期；今此书函不见收入《杨守敬集》和《杨守敬题跋书信遗稿》中。

③ 此书函作于民国二年(1913年)正月间，时寓居上海。

寄黎元洪(之一)[1]

杨守敬

宋卿副统麾下：

前者捧读大教，慰诲殷勤，奖借过量，愧不敢当。感荷靡既。去年起义初，荷蒙关注敝藏书籍，特别出示保护，以至今年大致存留。因着小儿辈回家监守，满拟借薄有下产以求生活，而际此时艰，所在租户多不照常，经济困难，不得不借守敬在沪上卖字以为补苴。望八之年，回首故乡，竟同隔世。如天之福，犹得生入国门，俯伏阶下，得觐尊颜，表我微忱，无任祈祷。小儿辈更希庇荫，使守敬无后顾之忧尤为铭感。即颂勋安，不庄。[2]

---

① 此书函见于刘信芳整理:《杨守敬函稿》,《东南文化》1991 年第 Z1 期;今此书函不见收入《杨守敬集》和《杨守敬题跋书信遗稿》中。黎元洪(1864—1928),字宋卿,湖北黄陂人,人称“黎黄陂”。14 岁随父北上,寓居天津。光绪九年(1883 年)考入天津北洋水师学堂,毕业后派往北洋水师任职。中日甲午战争爆发,曾随舰队北援。二十一年(1895 年),至南京投奔张之洞效劳,深得张氏赏识,曾三赴日本考察军事、政治。次年,随张之洞回到家乡,协助张之洞编练新军。三十一年(1905 年),擢升第二镇第三协统领兼护该镇统制官。次年,任陆军暂编第二十一混成协协统领。武昌起义后,推为革命军湖北军政府都督。南京临时政府成立,当选为副总统。袁世凯去世后,曾两任大总统。晚年退出政坛,移居天津,投资实业。能诗文,工书法。

② 此书函作于民国元年(1912 年)十二月间,时寓居上海。

寄黎元洪(之二)[①]

杨守敬

宋卿副总统麾下:

民国成立，公为元勋，与大总统巩固国基，倍历艰辛，旋乾转坤，亘古未有。守敬前蒙保护藏书，至今闭户著书，得以备翻阅，皆公之赐。前岁又蒙札招回籍，倦鸟岂不恋旧枝，奈毛羽不丰，不能奋飞，至今犹濡滞沪上，卖字为活。

兹因《历代地图》告成，将呈麾下、大总统各一部，以为式样。意欲饬下各省学堂为地理教科之书，可以考求险要之因革，研究应变之方略，较之侈谈六合以外，而失之户庭之间，(犹)为有用，可否允许，伏维尊裁。

更有甚者，拙撰《水经注疏》一书，用力三十余年，稿凡四五易，来之沪上，犹复无间寒暑，董理再三，始有成稿。拟之台卿之复壁，殊为不啻。海内学者，颇以此事相推。观文昌潘君孺初先生三十年前识语，虽有过当，然亦必有所试。而卷帙浩烦(繁)，力不能刊。守敬今年七十有五，日月已迈，欲及身汗青无期；藏之名山，何如公诸天下。若云国粹，则吾岂敢。伏惟裁察，恭候勋安，不庄。

杨守敬顿首。[②]

① 此书函见于刘信芳整理:《杨守敬函稿》,《东南文化》1991 年第 Z1 期;今此书函不见收入《杨守敬集》和《杨守敬题跋书信遗稿》中。

② 此书函作于民国二年(1913 年)八月间,时寓居上海。

寄黎元洪(之三)[①]

杨守敬

副总统钧鉴：

昨由瀛台秘书郭君复初递到札示，推誉过当，并赐以刻资二百元。守敬何人，前蒙保护藏书，兹复赐以多金，何可当也。却之不恭，只领惭愧。

窃守敬不自量，前呈《历代舆图》及《水经注图》，欲以饬下各省为初学教科书，年老眼昏，未必毫无参错。惟《水经注图》则颇费经营，似足补黄子鸿之不传，汪梅村之图未足比拟也。来札谓所撰《（水经）注疏》相为表里者是也。而卷帙浩繁，力不能刊，伏恳吹嘘奖借，来为至感且不朽。[②]

寄季儒[③]

杨守敬

季儒先生足下：

前日得启者，辛亥之秋，鄂城兵起，守敬仓皇出城，间关至沪上栖息，儿孙分散，流离失所；满拟乱后归乡，凭宁至今，未闻宁止，产业荡尽，以卖字为活。所留遗者，书数万卷，书板数千，思庋阁无所。颇闻苏城空屋甚多，租经至廉，及到苏查勘，则皆有居人。介绍者引迅华府，则高屋广厦，不敢问价。据介绍者以三万元为则，已非力之所及。昨承来示，拟以

① 此书函见于刘信芳整理:《杨守敬函稿》,《东南文化》1991 年第 Z1 期;今此书函不见收入《杨守敬集》和《杨守敬题跋书信遗稿》中。

② 此书函作于民国二年(1913 年)十月间,时寓居上海。

③ 此书函见于刘信芳整理:《杨守敬函稿》,《东南文化》1991 年第 1 期;今此书函不见收入《杨守敬集》和《杨守敬题跋书信遗稿》中。季儒,生卒年及事迹均不详,待考。

四万余金，尤觉望洋而叹。但既承有上报之举，惟虑不以为唐突，拟邀同友人分析，即请详采平竖两图，转示同人，或有欲购者。惟屋既过大，来此者皆损失之余，恐不一家所就住；过不便宜，亦未敢唐突。

顾君鹤逸与有世交，可告近情，或有接洽之日。来札漫抑过甚，前者匆匆拜谒，未聆教言，旋即返沪，殊为歉疚。兹承示书札，又惠手写著作，感谢感谢。①

寄顾麟士②

杨守敬

鹤逸先生足下：

前者诣府拜谒，未领教言，匆匆留字，即蒙答书，慰诲殷勤，感谢感谢。即日返沪，满拟评报，而宁兵事起，遂尔延阁。

兹启者，当咸丰末年，先祖公先叔敬叔先生避乱至敝邑，曾僦居寒舍，屈今已五十余年。前日匆遽言三十余年者误也。及光绪甲申，守敬由日本归，迂道过苏，谒子山先生，犹康强如昔，而敬叔先生已不及见。曾蒙以所藏珍品见示，又赐我《怡园集帖》，惜未与足下接洽为恨。前年辛亥，武昌兵起，仓皇出城，间关至上海，以卖字为活。家产荡尽，所剩者书数十万卷，书板数千块而已。无处支阁，卖之亦不能骤尽。颇闻苏城空屋甚多，租购者至廉。及到苏履勘，则皆有居人。介绍者引入潘旧宅，则高屋广厦，不敢问价。介绍者以三万元为准，则亦非力所能及，已不复绍是想。而昨潘君来札，以四万五千元为拟，更觉望洋兴叹。缘守敬初与介绍

① 此书函作于民国二年(1913年)正月中下旬，时寓居上海。

② 此书函见于刘信芳整理：《杨守敬函稿》，《东南文化》1991年第1期；今此书函不见收入《杨守敬集》和《杨守敬题跋书信遗稿》中。顾麟士(1865—1930)，字鹤逸、谔一，自号西津、鹤庐、筠邻，别署西津渔父。藏书楼名“过云楼”。江苏元和(今苏州市)人。顾文彬之孙、顾廷烈之子。家学渊源，秉承先志，擅画山水，工书法，精鉴别，喜收藏，所藏书画富甲吴下。著有《过云楼书画记》《顾鹤逸山水册》《顾鹤逸仿宋元山水册》《顾西津仿古山水册》《鹤庐画赘》《鹤庐印存》等。

者谋，不过数千元，未及万元者，或可担任。潘君屋既过大，何敢唐突。但既蒙潘君不弃，情愿示以详图寄来，行将持示友人，或有愿得者。惟来此者皆损失之余，敢即告潘君，以至少不减之价若干，便转告。至守敬处，但得有三四十间广者，惟必要有空地谋置板片，是过大则必俟鄂城果已平定，将住宅售出始可议及也。拙撰数种拟觅妥人呈上，先此奉复，即问著安。

再，足下书法之美，冠绝海内，故友甘君翰臣见之，深为叹服，特嘱守敬介绍，欲求一小帧，约三尺长，宽一尺七八寸，以偿素怀。润笔若干，所不吝惜。足下若复赐一小帧，既为世宝，为留纪念。枉所撰书尚多未付刻者，拟先以数种呈览。俟觅妥人寄上。①

《伤寒论》题跋②

杨守敬

此影北宋本《伤寒论》，篇中多互见之文，以人命至重，古人不殚反覆叮咛，意至深远，《汉书·艺文志》是其前规。自金成无已作注解，将其重复者概删之，以后世遂无仲景完本。余乃于日本得此影钞，满拟归而刻之，奈真知者少，荏苒岁月，仍未遂苦心搜罗之愿。

癸丑端午，邻苏老人题。③

---

① 此书函作于民国二年(1913年)二月上旬，时寓居上海。

② 此题跋见于"国立中央图书馆"编《"国立中央图书馆"善本题跋真迹》，(台北)"国立中央图书馆"1982年刊本，第1150—1151页；今未见其收入《杨守敬集》和《杨守敬题跋书信遗稿》中。《伤寒论》为日本影钞本，十四卷，四册；后为浙江吴兴藏书家张均衡(1872—1927，字石铭，号适园主人)所收藏，但其《适园藏书志》中未见著录。

③ 此题跋作于民国二年五月初五日(1913年6月9日)，时寓居上海。

《经史证类大观本草》题跋[1]

杨守敬

(此书余别有详考，书于宗文本后)《本草》自神农以下，吴普、陶宏景、陈藏器、李英公，代有作者，原书皆不传，以唐慎微《大观》为备。政和本附入寇宗奭衍义，已非唐氏原书。此为南宋刊本，元宗文书院即从此出，序后有宗文书院木记，此本无之，是其证也。且此本为初印，无一叶残缺，尤可宝也。

癸丑五月，邻苏老人记。[2]

《附释音春秋左传注疏》题跋[3]

杨守敬

十行本《左传注疏》，存第一至十六，又二十二至三十六卷。世传十行本注疏多明正德间补刊，故凡补者即多讹字。此虽残缺之本，然除序文两叶是重刊，余俱原椠，可贵也。

守敬记。[4]

---

① 此题跋见于"国立中央图书馆"编《"国立中央图书馆"善本题跋真迹》,(台北)"国立中央图书馆"1982 年刊本,第 1215 页;今未见其收入《杨守敬集》和《杨守敬题跋书信遗稿》中。《经史证类大观本草》,元刊本,三十一卷,二十二册,后为张均衡所收藏,其《适园藏书志》中有著录。

② 此题跋作于民国二年(1913 年)五月间,时寓居上海。

③ 此题跋见于"国立中央图书馆"编《"国立中央图书馆"善本题跋真迹》,(台北)"国立中央图书馆"1982 年刊本;今未见其收入《杨守敬集》和《杨守敬题跋书信遗稿》中。《附释音春秋左传注疏》,明修元覆宋本,存三十卷,六册;后此书亦为张均衡所收藏,其《适园藏书志》中有著录。

④ 此题跋作于民国二年(1913 年)五月间,时寓居上海。

寄李盛铎[①]

杨守敬

木斋先生阁下：

沪上一别，倏经十余年。去岁由方君地山接一函，始略知行踽。今日傅君沅叔来沪，得悉僦居津沽，优游艺苑之场，时备皇华之选，欣慰欣慰。守敬则伏处荒郊，踽踽独行，惟日舆地自勖。

十余年前《隋书地理志》刻成，携之沪上，文芸阁见之，以为地学巨擘。其实粗涉乙部，未能深造也。厥后《水经注疏要删》出，罗叔韫见之，遂誉为绝学，且惭且愧。王益吾至愿出资授梓，其时《注疏》尚未脱稿也。守敬因益以自勖，是稿凡数易，方拟写成净本，会武昌事起，赖黎副统保护书籍，而托付非人，亦残失几半，家产则尽失。居沪以卖字为活，犹复与门人熊生会贞匪朝伊夕，校定再三，始觉全、赵仅有翻检之功，戴氏虽能脉水，而亦有不得郦氏之旨者数大端，其蹈袭全、赵尤其小焉者也。至于陈兰浦、汪梅村，尚未窥郦亭藩篱也。稿成而力不能刊矣，兹因《历史地图》告成，意欲由梁任公呈袁大总统、黎副总统，饬下各省学堂，吾书虽未必毫无遗恨，而隋唐以前皆有考订，正足补诸史书之缺者。梁、陈、齐、周四史无地志者，无论其钩稽之劳矣。至于《水经注疏》，虽不敢当叔韫过誉之鉴，而于郦亭奥旨，为自来治《水经》者未能得其端绪，剖别分明

① 此书函见于刘信芳整理：《杨守敬函稿》，《东南文化》1991 年第 Z1 期；今此书函不见收入《杨守敬集》和《杨守敬题跋书信遗稿》中。李盛铎（1859—1934），字义樵，又字椒微，号木斋，别号师子庵旧主人、师庵居士、麐嘉居士等。江西德化（今江西省九江市区）人。光绪五年（1879 年）举人，十五年（1889 年）进士。历官翰林院编修、国史馆协修、江南道监察御史等职。二十四年（1898 年）初，与康有为等发起组织“保国会”。后又投靠荣禄，诋毁“保国会”，得以自保。戊戌政变后，授驻日公使。回国后任顺天府丞。三十一年（1905 年）被派出洋考察宪政。次年回国后授山西按察使。辛亥革命爆发，擢升山西布政使兼护理巡抚。入民国，曾任大总统顾问、参政院参政、农商总长、参政院议长、国政商榷会会长等职。晚年寓居天津。工诗文，富藏书。著有《木犀轩藏书题证及书录》《木犀轩藏书目录》等，编纂有《德化县备考》。

者。旷然发蒙，亦一快也。此书不传，死不瞑目。阁下知我，故不惜为自任。

今益吾亦避居平江，久不通音问。或有怂恿集股成，然□□声希之作，恐亦非旦暮期矣。①

寄梁启超(之一)②

杨守敬

任公总长先生阁下：

沪上一别，倏忽十有六年。比闻著猷庭坚，无任欣慰。守敬伏处荒江，无著贤述。惟穷年矻矻钻研故纸，尤好地学。所撰有《隋书地理志考证》《历代舆地详图》及《水经注疏》，皆创作也。《隋志》早已付梓，《历代舆地详图》雕镌方成，而《水经注疏》卷轶浩繁，力不能刊矣。守敬不才，谬承海内学者依次事相属，意欲由阁下以《历代舆地详图》呈之大总统、副总统各一部，以为式样流移，饬下各省学堂，以为研究险夷之变迁，因应随时之方略，较之为侈言六合之外，冒昧门阀之间者，似犹为翔实。

至于《水经注疏》，用力三十余年，稿凡四五易，迩来寓居沪上，卖字为活，流（移）跋尾，犹复挑灯伏案，董理再三，拟之台卿复壁著书，犹为不啻。此书不传，使全、赵、戴举世奉为科律，恐郦亭抱歉千古矣。守敬

---

① 此书函作于民国二年(1913年)六月间，时寓居上海。

② 此书函见于刘信芳整理：《杨守敬函稿》，《东南文化》1991年第Z1期；今此书函不见收入《杨守敬集》和《杨守敬题跋书信遗稿》中。梁启超(1873—1929)，字卓如，号任公，别署饮冰室主人。广东新会人。光绪十五年(1889年)中举人。十七年(1891年)入万木草堂，从康有为学。二十一年(1895年)入京，与康有为发动“公车上书”，主张变法图强。并主编《时务报》，主讲长沙时务学堂，宣传维新变法思想。变法失败，潜居国外，在日本创办《清议报》《新民丛报》等，坚持改良维新立场。辛亥革命后回国，曾任北洋政府司法总长、财政总长等职。1916年支持蔡锷组织护国军讨袁。晚年退出政坛，进入清华研究院，潜心学术。学识渊博，著述宏富，涉及政治、经济、哲学、历史、教育、文学艺术、语言文字等。尤其是所创新文体，风行海内外，是“诗界革命”“文界革命”“小说界革命”和“戏曲改良”的主要倡导者。著述编为《饮冰室合集》。

今年七十有五，桑榆已晚，行将就木，足下知我，不惜齿颊余论玉成此书，死且不朽矣。狂瞽之言，唯裁察。[①]

寄梁启超(之二)[②]

杨守敬

任公总长阁下：

昨日由副总统府中秘书郭复初，知守敬前函已由阁下转递副总统，并赠以刻《水经注疏》贰佰元。函中亦及别有一份呈大总统，知已由阁下转呈矣。兹复呈旧刻《隋书地理志考证》一部，此书刻成已逾二十年，前因傅沅叔箧中，未便多携，故遗之，兹因郭君入都附上。其《历代舆图》及《水经注图》去腊只由鄂省寄来二部，且印刷不精，现拟改良稍缓再呈。附上楹联一通，年老眼昏，不足以登大雅之堂，唯哂存。《水经注图》若以为可存，赐之序文，借重文学，感且不朽。[③]

① 此书函作于民国二年(1913年)八月中旬，时寓居上海。

② 此书函见于刘信芳整理：《杨守敬函稿》，《东南文化》1991年第Z1期；今此书函不见收入《杨守敬集》和《杨守敬题跋书信遗稿》中。

③ 此书函作于民国二年(1913年)十一月中旬，时寓居上海。

寄饶汉祥[①]

杨守敬

宓僧先生阁下：

属在下风，未领高教。两年来读通电诸作，萍海感动，文章有灵，于斯可验。屈宋而后，乃见此人。守敬钻研故纸，绝少新知，唯于地学抗心孤往，别寻蹊径，独寻堂奥，不为尘封，创为历史地图，沿革灿然，关塞险要，间亦附之，补苴罅漏，亦有微劳。窃不自量，欲为各省学堂地学阶梯，较之侈谈六合之外，而冒昧户阈之前者，似为有用。惟年老眼昏，未必毫无参错。而《水经注》一图，则蚁穿九曲，非初得章步者所能雌黄。然无《注疏》以经纬之，则郦亭之精微仍属阴霾。不免思绝株守，用是当候疏之。稿凡数易，凡二百数十万言，日月已迈，杀青无日，深恐易世过后，遗恨未有。阁下议政之暇，祈为我序而张之，使后得吾遗稿者，知此为杨某之书，感且不朽。

兹呈上《水经注疏要删》二部，其中亦多有非要者，所评赵、戴亦不中肯，不慊予怀。然可借知吾《注疏》之大略。又《隋书地理志考证》一部，则二十年前所刊，亦不过效《晋书地理志补正》而已。又呈上楹联一通，老衰眼昏，颓唐不足存留，惟哂存。即颂勋安，不庄。

弟守敬顿首[②]

---

① 此书函见于刘信芳整理:《杨守敬函稿》,《东南文化》1991 年第 Z1 期;今此书函不见收入《杨守敬集》和《杨守敬题跋书信遗稿》中。饶汉祥(1883—1927),字瑟僧,一作宓僧,又字羼提,号质含先生。湖北广济(今湖北省武穴市)人。少聪慧,16 岁中县案首,20 岁中举人。曾报考京师大学堂,名列第二,未赴读。与居正、郭泰祺、刘文岛、张导民称“广济五杰”。1905 年赴日,入政法大学。同年加入同盟会。1907 年回国,赴福建视学。武昌起义后回鄂,先后任都督府秘书长、湖北省内务司长、民政长、参政院参政等职。黎元洪继任总统,任为总统府秘书长兼侨务局总裁。黎元洪下野后,客居天津。1927 年归隐,同年病逝于乡里。

② 此书函作于民国二年(1913 年)九月中旬,时寓居上海。

致杨晟函(之一)[①]

杨守敬

小川宗兄足下:

昨呈一函，今商之政界中人，乃知是书生之见。大总统一日万机，何暇计及此区区之事。足下担任一方外交，为总统所倚重，亦不必以此事琐渎。自今以往，搬书之事，唯足下裁夺施行，不以昨函为意。外呈上屏四幅、联一对，因前日款疑有误，故补书之。皮蛋一篓，祈携至上海交甘翰臣兄查收为荷。外有致翰臣信，明日呈上。何日成行，祈示知。拟走送，并告何时在寓为祷。

守敬顿首

闰月初五日。[②]

---

① 此书函见于贺宏亮:《新见三十五通杨守敬信札考释》,《中国书法》2016年第3期,第23页;今此书函不见收入《杨守敬集》和《杨守敬题跋书信遗稿》中。杨晟(1867—?),字少川,广州驻防汉军正红旗舒存佐领下人。1877年留学日本,1882年回国,入广东同文馆。1886年取秀才,1889年以县丞用。1890年转入京师同文馆德文馆。1892年捐笔帖式,后曾官总理衙门候补主事、候补员外郎等职。1895年留学德国,习法律和军事。1899年回国后历任官书局翻译官兼京师大学堂教习、山东候补道、帮办山东军务兼洋务委员、铁路矿务处提调、山东巡警事务总理、出使德国大臣、两江督练公所军事参议官等职。入民国,历任山东巡警道、山东都督府内部司司长、沪海道尹兼外交部特派江苏交涉员、陆海军大元帅统率办事处军事参议官、中国红十字会驻沪副会长、中国红十字会副会长等职。1928年免职后从商。

② 此书函作于民国三年闰五月初五日(1914年6月27日),时寓居北京,出任总统府顾问和参政院参政。

致杨晟函(之二)[①]

杨守敬

小川宗兄足下：

昨日专着小孙晋谒，不遇为怅。留下皮蛋一篓，烦足下汇入行囊带至上海交甘翰臣兄查收为感。再此，番蒙足下待守敬如骨肉，铭感无似。守敬因有肺腑之言欲与足下商之。盖守敬所得参政薪水五百元，而房租及日用已需三百元，而上海亦需百余元，湖北老家且须接济，不得不思营业，为儿孙谋生活计。前由上海带来二千余元，已为屯煤用去，颇得厚利。而此地屯煤利固厚，而开煤之利则有对本。现在有一煤洞可卖得，不过四千元，再加数万元开凿之费，则每年可得对本。因思守敬有四千余元存甘翰臣处，意欲取之来都，以作资本。前已信致翰臣，劝其专人来都调查之，以为与守敬合伙之计，而翰臣以鞭长莫（及）辞之，其实不信开矿有如此厚利也。不知守敬已查之至确。盖敝乡龚君质夫，已开有一洞，以三人合伙，每人不过数万元，今年春开成，刻下已获利五千元，通计今年当得万元。前日席上，吾已略为足下言之。若得足下合伙，则其利不可限量矣。然此非足下调查至确，未可轻易从事，而足下公事旁午，未能从容料理。今商之足下，如足下肯信鄙言，约定某日某时来敝寓细商一切。或因归期在即不得来，则约定时日，守敬来一决之。若以此事难凭如翰臣之说，则守敬另作一信之翰臣，由足下递去即持守敬所存于翰臣处之四千余元，由足下兑汇来都，将独为之。盖此之厚利，是近日出现，都中官场已有知之者，今日颇争趋之。如胡千之、陈毅是也。惟诸人皆少本钱，不过以数百元试之。然此时不先谋之，俟他日有大力者笼断之，则吾辈无如何矣。此上，即候回示。

守敬顿首

---

① 此书函见于贺宏亮:《新见三十五通杨守敬信札考释》,《中国书法》2016 年第 3 期,第 23—24 页;今此书函不见收入《杨守敬集》和《杨守敬题跋书信遗稿》中。

廿八日

今日雨，恐雨不能面。明后日定时当可。或来敝处住一宵，则无不谐矣。[1]

致杨晟函(之三)[2]

杨守敬

小川宗兄足下：

昨日守敬亲往贵寓拜谒，不遇为怅。归后又以电话告贵寓，说敝处有要事相商，嘱其俟阁下归，转告今日何时来敝寓。今晨六时，又以电话询之，则云尚未起。又告以俟阁下起时，告以何时来敝寓。及七时，又打电话问之，则云六时已出门去矣。然则六时回电云未起者，旁人谬言也。前日得上海来信言，轮船装书到天津甚不容易，此非招行守敬之胡千之与阁下面议清楚妥帖不能办。兹特一面邀请阁下来敝寓，一面邀请胡千之来敝处，双方议妥为要。再守敬拟在敝寓请阁下与贵处乐君小酌（借识观其宝藏），并邀胡千之同席，以便接洽，请问何日何时得闲，或以电告为妥。阁下为我事担心劳力，千万勿辞，使我不安。如一二日间能来，则幸甚幸甚。

守敬顿首

廿三日[3]

① 此书函作于民国三年闰五月二十八日(1914 年 7 月 20 日)，时寓居北京，出任总统府顾问和参政院参政。

② 此书函见于贺宏亮：《新见三十五通杨守敬信札考释》，《中国书法》2016 年第 3 期，第 24 页；今此书函不见收入《杨守敬集》和《杨守敬题跋书信遗稿》中。

③ 此书函作于民国三年六月二十三日(1914 年 8 月 14 日)，时寓居北京，出任总统府顾问和参政院参政。

寄赵尔巽[1]

杨守敬

次珊总裁钧鉴:

前日承札，以清史馆名誉纂修下属，守敬老耄，何敢当此虚誉。伏念公前督鄂时，守敬充存古学堂总教，仅得于开馆时一面，未得常领教诲。守敬于史学虽常涉猎，未跻三长。

窃有门人熊会贞者，古地理为专，凡守敬所撰地理书，大半经其襄助。二十年前刻有《隋书地理志考证》，近刻《水经注要删》，则明据会贞之名。至于《历代舆地图》《水经注疏》，则稿成未刊，亦贯穿历代而成。大总统许为刊之，尚未鸠工。

会贞今年五十有五，精力尚健，若以《清史地理志》属之，必能胜任。此人闭户潜修，不求闻达，故罕知之者。然其书俱在，敢以呈之左右，伏祈一为浏览，而后知其程度，无俟守敬之揄扬也。如蒙采摭，以示守敬，即当进谒以道其生平及其所学之至。

冒昧呈。[2]

---

① 此书函见于刘信芳整理:《杨守敬函稿》,《东南文化》1992 年第 Z1 期;今此书函不见收入《杨守敬集》和《杨守敬题跋书信遗稿》中。赵尔巽(1844—1927),亦名次山,字公镶,号次珊,又号无补。汉军正蓝旗人。同治十三年(1874 年)进士,历官翰林院编修,安徽、陕西按察使,甘肃、新疆、山西布政使,湖南巡抚,户部尚书,盛京将军,湖广、四川总督等职。宣统三年(1911 年)改任东三省总督。入民国,退居青岛。清史馆成立,聘为馆长,主持编纂《清史稿》。段祺瑞执政,出任善后会议议长,临时参议院议长。《清史稿》完成,卒于京师。

② 此书函作于民国三年(1914 年)六月间,时寓居北京,出任总统府顾问和参政院参政。

寄段祺瑞[①]

杨守敬

芝泉总长钧鉴：

久抑徽猷，未聆教言。慊悉前日札示，传鸿宾谋差事，不胜惊异。此人素未谋面，亦无函呈，尊左右有笔迹可核。属为转致，无久待，敝处亦查无其人住地。想穷困已极，无路干逑，故出此策。既经执事辞退，似不必深究。惟此后如有呈执事之函，倘非守敬亲笔及图章，皆可不照。谨以奉闻，即颂近祺。[②]

① 此书函见于刘信芳整理:《杨守敬函稿》,《东南文化》1992年第Z1期;今此书函不见收入《杨守敬集》和《杨守敬题跋书信遗稿》中。段祺瑞(1865—1936),字芝泉,安徽合肥人。1885年考入天津武备学堂。1889年赴德国学习军事。次年回国。1896年协助袁世凯在天津小站练兵,任炮兵队统带兼炮兵学堂总办。此后相继任北洋军政司参谋处总办、练兵处军令司正使、统制、提督等职。1911年武昌起义爆发,任第二军军统,驰往湖北镇压,署湖广总督。1912—1916年,先后任袁世凯政府陆军总长、参谋总长、国务总理等职。袁死后,任国务总理兼陆军总长,投靠日本,把持北京政府实权,推行武力统一政策。第一次世界大战期间,向日本大量借款购买军火,扩大私人实力。1920年直皖战争战败下台。1924年第二次直奉战争后,出任中华民国临时执政。1925年召开"善后会议",抵制孙中山主张召开的"国民会议"。1926年屠杀北京爱国学生,造成"三一八"惨案;旋被冯玉祥驱赶下台,寓居天津。1933年被蒋介石迎往上海,任国民政府委员。1936年病逝。

② 此书函作于民国三年(1914年)六月间,时寓居北京,出任总统府顾问和参政院参政。

寄□吾[①]

杨守敬

□吾仁兄足下：

昨日畅谈快甚，前见张菊生[②]先生，蔼然可亲，然于守敬生平，似未尽知者。《古逸丛书》为守敬一人校刊，张君未详也。守敬年二十即好舆地之学，壬戌计偕入都，始嗜金石文字，庚辰至日本，又致力目录。此三端者，皆自信不随人作计，而于舆地尤始终不倦。十余年前刻《隋书地理志考证》，罗君叔韫见之，叹为地理绝学，其实尚非守敬之极致也。《历代舆图》稿成已近十年，因《水经注图》未成，其于州郡之位置，尚未能自信。今《水经注图》成，则滨带水道之州郡，确凿可据，故次第刻成《春秋列国图》《汉志图》《三国疆域图》，而守敬之财力竭矣。缘尚有《水经注疏》未

① 此书函见于刘信芳整理：《杨守敬函稿》，《东南文化》1992 年第 Z1 期；今此书函不见收入《杨守敬集》中。关于“□吾”指的是谁，一直未有确论。据贺宏亮先生在其《新见三十五通杨守敬信札考释》中考证，“□吾”可能指的是清末目录学家、藏书家、图书馆学家孙毓修。孙毓修(1871—1922)，字星如，一字恂如，号留庵，自署小渌天主人，江苏无锡人。清末秀才。后累试不中，遂放弃科举，改学英文及各种西学。早年执教南菁书院，得到缪荃孙指教，于目录学根底甚深。1907 年进入上海商务印书馆编译所，甚得张元济赏识。次年，经手购得各藏家书甚多，故在编译所设图书馆，世称“涵芬楼”，任负责人。1919 年主持影印《四部丛刊》。著有《永乐大典考》《事略》《江南阅书记》《四部丛刊书录》《中英文字比较论》《中国雕版源流考》等。

② 张元济(1867—1959)，字筱斋，号菊生，浙江海盐人。光绪十八年(1892 年)进士，选庶吉士，曾任刑部主事、总理各国事务衙门章京。中日甲午战争后，常与文廷式、黄绍箕、陈炽、汪大燮、徐世昌、沈曾植、沈曾桐等人至北京陶然亭聚会，议论朝政，提倡西学，筹商救国之策。戊戌政变后被革职，从事教育工作，出任南洋公学译书院院长、南洋公学校长。光绪二十七年(1901 年)投资商务印书馆，并主持该馆编译工作。先后任该馆编译所所长、商务印书馆经理、监理、董事长。他推出严复翻译的《天演论》、林纾翻译的《茶花女》等大批外国学术、文学名著，产生了广泛深远的影响。新中国成立后，任上海文史馆馆长，继任商务印书馆董事长，直至去世。著有《校史随笔》《中华民族的人格》《涵芬楼烬余书录》等。

脱稿也，今得菊生先生代我刻板，又补以编辑之费，诚所心愿。但著书之难，非身历者未易知其甘苦，而地理尤难。即如陈兰浦、江梅村，皆以地理名家，而自守敬观之，多所漏误。此二先生极平生之力以各成一书，尚未免有识之讪笑，何况通历代而为图。此非贯穿全史，精过巧历者不难。

守敬自惟所撰之书未必毫无遗误，而不知而作，庶乎免矣。自信必传，故于富贵或名，皆敝屣置之。选得霍山实缺，亦不往。江湖两督皆以学务任之，亦不就。湖北存古学堂虽奏充总教长，其实未办事也。只此全史地图，汪穰卿开口，报馆愿为刻之，前年陈伯严亦力任集股，而守敬皆力拒之，可知其非为利矣。但今日以未成净本各图计之，每一代断非叁佰两所能成，而不敢多拟者，使有版权费至巨，不免趑趄，故减少其费。守敬力不能自刊板，有人补助我太半，亦愿为平秋之业，固不惜此牺牲性命也。昨议以已成之三种，《三国图》已刻成，未印，不计，照每种叁百金之费，已有九百金，再加以刻木板费，已千余金。以素不相知之人，倏尔先与我千金，势必多踌躇。因思携来之书，尚有数百卷，可将其书作抵，或竟照价码折扣而卖于商务馆，均可。至千金之费，亦勿庸全付千金，但照我所现有之书值先给，俟归后，将所印存之书及板一并付之，而后以价全付。至编辑之费，每一代成，寄来即以三百金付之，不可有失误，亦不可有翻悔。此番似当立约。计每代书板之叶数，大约以《汉志图》为增减，至少者《春秋列国图》，至多者《元地志图》，皆以叁百金计算。至于已成之板，每开无论字之稀密，均二元，其论说及校刊札记每字一文二毫计算。此只算刻字之价，至于写价，板质价，未计也。

前言全书告成以两年计者，约略之辞。守敬年已七十，恐一旦委朝露，不及待也。如守敬及生不成，门生熊固之亦能任此。今细思之，以十人之力，限两月成一代，已觉逼促，然其中亦有易成者，两相拼剂，或多雇数人，亦可能之。此自是守敬责任，盖一代不及见成，亦守敬之遗恨，勿待他人之捉撕也。前日已持各书数种，请菊生先生携去，想吾书程度，菊生先生已悉，如以为然，即示我订日定夺。速示，好早作归计也。

附录

致杨守敬[①]

端　方[②]

邻苏老人左右：

光绪二十三年春，山西托克托城北蒙人得一方石，其质晶莹如玉，其状如晷仪，其文第一至六十九，其篆体雷塘中殿《群臣上酬》之间，群臣上酬，自愧弇陋，徒钦其宝，莫名其器，非博识多闻之君子莫能辨此，特拓此拓本奉鉴。望为建初玉卷（券）跋，考释精确，拜服拜服……邻苏老人，方顿首。廿四日。[③]

---

① 此书函今藏中国近代史遗址博物馆，转引自周敏珏《端方与杨守敬金石交游考述》，《中国书法》2019年第17期。

② 端方(1861—1911)，托忒克氏，字午桥，号匋斋。满洲正白旗(在今内蒙古自治区锡林郭勒盟南郊)人。由荫生中举，后历任工部主事、直隶霸昌道、陕西按察使、陕西布政使、护理陕西巡抚。光绪二十六年(1900年)八国联军进攻北京，慈禧太后与光绪皇帝逃至西安，他拱卫周备，深得宠信，不久擢升湖北巡抚，署理湖广总督。三十年(1904年)调任江苏巡抚，摄两江总督。三十一年(1905年)与载泽等出国考察政治，次年归国，上《欧美政治要义》，建议预备立宪，以抵制民主革命运动。同年任两江总督，逮捕革命党人甚急。宣统元年(1909年)移督直隶，不久因在东陵拍摄慈禧葬仪被监国摄政王载沣免职。三年(1911年)重新起用为川汉、粤汉铁路督办大臣；旋率鄂军入川，途中为义军所杀。谥号“忠敏”。著有《端忠敏公奏稿》、《匋斋吉金录》八卷、《匋斋吉金录续》二卷、《匋斋藏石记》四十四卷等。

③ 此书函作于光绪二十九年十一月二十四日(1904年1月11日)，时为湖北巡抚。

致杨守敬[①]

罗振玉

惺吾先生大人有道：

昨畅聆大教，并拜尊著之赐，感谢无既。又承允赐《贞元释教录》及石印《董美人墓志》《悉昙字记》等书，百朋之锡，尤为感泐。兹遣力走领，祈捡赐为荷。石印《毛公鼎》拓本一纸，又拙书书题坿呈，求哂存。肃此敬申，虔叩道安。后学罗（制）振玉再拜上。初八日。[②]

致杨守敬函[③]

柯逢时

手示并医籍六种照单收到，医馆拟多购各书，如肯慨让，以后请开值，以免多费笔墨也。如不愿让，即无容开示。前掷来之景钞《仁斋直指》，实缺《医学真经》，余书繙过，未见，请借补钞，亦无不可。今日乞早临，面罄一切。衹请学海我兄大人道安。逢时顿首。初七日。[④]

① 此书函见于上海书画出版社编：《罗振玉手札》，上海书画出版社2007年版，第1页。

② 此书函作于光绪三十三年七月初八日（1907年8月16日），时任学部学务观察。

③ 此书函今藏湖北省博物馆，转引自刘信芳整理之《杨守敬函稿·寄慎庵之二》（《东南文化》1992年第Z1期）“注释”。

④ 此书函作于宣统二年八月初七日（1910年9月10日），时任土药统税大臣兼总理各国事务大臣。

致杨守敬函①

袁世凯

惺吾先生有道：

梁任公转交手书并历代地图、水经注图两帙，高文古谊，如获至宝。比来欧化东渐，旧学寖替，国基新定，庠序未遑，正是延访名贤，培养正气。何幸灵光巍然，不吝远教，出其生平精力，飨遗当世，历史形势，阖然明朗，诚教师之规臬，地舆之指南也。注疏与图相表里，亟应刊刻成书。兹助板资银洋贰千元，用表微当，而速观成，伏希哂存是幸。迩来眠食，令似早春，多寒当秋，为道保重。书此，即请著安。②

致杨守敬函③

黎元洪

惺吾先生有道：

前书一函，由郭秘书太祺转交，谅登讫室。顷蒙大总统拟延台端，藉重顾问，嘱为致意劝驾等语。当此国基始定，礼乐未兴，端赖硕彦名儒，润色鸿业。先生学足专家，意存经世，老成硕望，海内灵光，既蒙当道特邀之知，其仰为国求贤之义，应恳翩然命驾，树厥风声，矜式国人，兴起来

① 此书函被收入孔昭信所编之《还读轩笔记》中，得以保存至今；《还读选笔记》今藏于湖北省宜都市档案馆；今此书函未见收录于《杨守敬集》附录中。

② 此书函作于民国二年(1913年)十二月中旬，时为中华民国大总统。

③ 此书函被收入孔昭信所编之《还读轩笔记》中，得以保存至今；《还读轩笔记》今藏于湖北省宜都市档案馆；今此书函未见收录于《杨守敬集》附录中。

哲。蒲轮在路，是所望于海滨大老者也。希将行期惠示为盼。①

致杨守敬函②

黎元洪

惺吾先生有道：

郭秘书转交手示，猥以区区，过蒙申谢。日昨袁总统复询尊驾何日光临，并嘱预备馆舍，借示景仰诚意。值此春雪初融，天气渐暖，定可扶杖北行，为京华光也。即颂撰安。③

致杨守敬函④

赵尔巽

惺吾先生阁下：

顷接来函，敬悉一是。附书五种，弟匆匆涉猎，具见言中有物，考证详明，罗二十省于心胸，萃九万里于指掌，崇论宏议，拜服拜服。惟弟宦游半生，学业荒落，管窥蠡测，非一览所能周，尚希将此书存于敝处，宽假时日，以便详细捧读，并请长于地学者同参考焉。

熊君闭户潜修，学有根柢，若肯襄助馆事，甚所欢迎。兹将聘熊君为名誉协修，聘书送呈台端，即希费神转达为荷。

---

① 此书函作于民国二年(1913年)十二月中旬，时任中华民国副总统兼湖北都督。

② 此书函被收入孔昭信所编之《还读轩笔记》中，得以保存至今；《还读轩笔记》今藏于湖北省宜都市档案馆；今此书函未见收录于《杨守敬集》附录中。

③ 此书函作于民国三年(1914年)二月上中旬，时任中华民国副总统兼湖北都督。

④ 此书函见于刘信芳整理：《杨守敬函稿》，《东南文化》1992年第Z1期；今此书函不见收入《杨守敬集》附录中。

专此布复，顺倾时绥。 愚弟赵尔巽拜启，九月五日。①

致孔昭信函②

杨佩兰③

昭信表弟鉴：

来函诵悉，佩兰在启秀已于暑假期前毕业，秋季将入女子第一师范，功课比较普通中校为深。 母亲及玉兰妹均好。 祖父寄居沪上，迭接大总统三函，请入京任参政，父亲恐年高不服水土，止其行。 三叔又思活动，力加赞助。 祖父老矣，此行定无成绩可言，不过落得一场热闹葬事耳。 闻周妹已分娩，希将母子照片寄下，因母亲思后家深切故也。 兹将大、副总统函摘录如下（略）。④

---

① 此书函作于民国三年九月初五日(1914 年 10 月 23 日)，时任清史馆馆长。

② 此书函被收入孔昭信所编之《还读轩笔记》中，得以保存至今;《还读轩笔记》今藏于湖北省宜都市档案馆。孔昭信(1895—1956)，又名孔任民，湖北宜都陆城人。早年曾入陆城师范学习。曾任小学教员，后以中医为业。1949 年后为陆城联合诊所医生。编著有《还读轩笔记》等。

③ 杨佩兰，生卒年不详，湖北宜都人。杨守敬次子杨必承之女，杨守敬的孙女。早年曾就学于武昌省立启秀女子高等小学、武昌省立第一女子师范学校。杨佩兰之母孔氏为孔昭信的姑母，孔昭信为杨佩兰的舅舅之子。

④ 此书函大约写于民国三年(1914 年)闰五月间，时杨佩兰刚从武昌省立启秀女子高等小学毕业，新学年开学即入武昌省立第一女子师范学校就读。

陈曾寿卷

《师二宗斋遗集》跋[①]

陈曾寿

炯之曩以先师遗稿委曾寿校录，将以付梓，遭世变未果。今惧佚失，先以诗古文词若干首付排印，等诸录副而已。先师之学，凡事思所以然，而归于求实，绝意于身后之名，著述甚少。偶有所作，亦散失少有存者。早年喜为词，旋悔而焚弃。晚年乃复偶为之。仁和谭仲修先生以词名家，先师和其感秋之作，乃大惊服，以为相知不尽也。曾寿发蒙于先师，顾从学日浅，同学朱强甫以所受转相传述，至今稍稍知为人之道者，仅此而已。今强甫亦逝，曾寿废落，不足以究宣师学万一。以世变之亟亟，人心之汩没，而不知所底。遗文坠绪之泯没，固已安之若命矣。然并世宿儒遗老，犹有知先师者，或览斯集，而慨然念近世之尚存斯诣，以自证慰于风雨晦冥之时。举世非之而不顾，遁世无闷而无所于悔，相遇犹旦暮也。

甲寅十月，弟子陈曾寿谨识。[②]

---

① 此跋见于湖北省人民政府文史研究馆/湖北省博物馆编《湖北文征》(第十三卷)，湖北人民出版社 2000 年版，第 57 页；今此跋不见收入《苍虬阁诗集》中。《师二宗斋遗集》是陈曾寿为其亡师关棠整理、刊行的遗著。关棠(1847—1896)，字季华，室名“师二宗斋”。直隶大兴(今北京市大兴区)人，祖籍湖北汉阳。光绪十一年(1885 年)举人，曾官罗田县教谕、荆州府教授，官至浙江知县。工诗、词、文。著有《师二宗斋遗集》《读易札记》《关季华先生尺牍》等，又曾参与编纂《湖北通志》。

② 此跋作于民国三年民国三年(1914 年)十月间，时寓居上海。

《海藏楼诗》诗评(三则)[①]

陈曾寿

人有恒言，视其诗，可以知其世。毋宁谓：观其诗，可以知其人耳。其人之志气性情，襟抱遭遇，皆于诗中见之。人之一生，由少而壮而老，所经历又不容已于言者。言之斯已矣，不贵多也。若无所为而强为之，累矣。且人之精神意气，发泄于盛年，既已成就，不必更添蛇足。昌黎病起泛舟诗，有无穷之慨味；东坡海外诗，另换一境地，诗亦换一面目，故佳。若二公晚年更作南山、秦州、八观等诗，则不类矣。后人不知此诣，年七八十，犹若与少年争胜者，殊可笑耳。故晚年之诗，着墨不多，神理内敛，皆其应得之象，不可以为疵也，但观其自立之地如何耳。少年之诗，贵有干将莫邪之利，芳香通体之美，回肠荡气，惘惘不甘之情。中年之诗，贵其精力弥满，波澜壮阔，惊心动魄，一字千金。晚年之诗，贵其枯而实腴，老而弥辣，秋景方中，天地正色。朱子谓：少陵中年夔州诸诗，极精严，晚年则横逆不可挡。此深于诗者也。海藏晚遇既异，可言者多，诗中大有事在，故精悍之气，不逊于前也。

---

① 诗评三则转引自谢永芳《陈曾寿年谱》,《词学》第35辑,第274—275页;今不见收入陈曾寿《苍虬阁诗集》附录中。《海藏楼诗》是郑孝胥的诗集,有五、八、十、十三卷等多种刊本。八卷本于1914年刊于武昌。郑孝胥(1860—1938),字苏堪,亦作苏庵、苏龛、苏戡,又字太夷,号海藏。福建闽侯人。光绪八年(1882年)中第一名举人。十一年(1885年)入李鸿章幕,由内阁中书改官同知。十七年(1891年),东渡日本,任清政府驻日使馆书记。次年,调任日筑领事,后升任神户、大阪总领事。二十年(1894年),甲午战争爆发,回国出任张之洞自强军监司。此后,历任总理各国事务衙门章京、京汉铁路南段总办兼汉口铁路学堂总监、广西边防大臣、安徽、广东按察使、湖南布政使等职。宣统三年(1911年),入盛宣怀幕府,积极主张铁路国有化政策。辛亥革命后,以遗老寓居上海,热衷复辟。民国十二年(1923年),投奔废帝溥仪,深得其赏识。九一八事变后,唆使溥仪至东北成立伪满洲国,任"国务总理"兼"文教部"总长等职,充当日本帝国主义的傀儡,成为汉奸。二十四年(1935年)失宠下台,卒于长春。工诗文,善书法,尤其是诗作和书法享有盛誉。著有《海藏楼诗》《郑孝胥日记》等。

东坡有云：三分作，七分读。特戏语耳。然吾闻海藏诵其所作，或间诵古人之诗，节奏抗烈，倍觉警动，开悟甚多。始知平昔于古人之诗，随意浏览，轻易忽略过去，埋没古人之精神为不少也。大约文字之由闻根人者，较由见根人者为深。凡人于所见之书，多不记忆，若听人说一故事，则终身不忘，此其验也。昔桓伊诵陈思王为臣良独难一篇，安石为之流涕。盖此等诗，若慷慨高歌，顿挫而出力，自然声情激烈，感动心脾。若徒目览，则减色矣。桐城家言：因声以求气。此至精之言也。读海藏集者当知此意。

少陵云：为人性癖耽佳句。诗虽以气格为上，佳句亦不可少者也，然必以真切为贵。作诗不外情、景、事三端。言情、言景、言事，必不可移之于他人、移之于他地、移之于他时，满题中之量，而又不溢出一分，恰到好处，意味有余，乃为真切。近世名家，或琳琅满目，然按之当时情事，不必定合，可以惊俗眼，非惬心贵当者也。诗意不足，或换一二新奇之字，遂以为佳，失之远矣。集中佳句，皆真切不可移者。此甚不易到之境，可与知者言也。海藏刊近诗若干卷见示，属随意书其所见于后，因书此数则，殊无当于高深也。①

《关季华先生赤牍》跋②

陈曾寿

仁和陈蓝洲先生以名儒为循吏，吾鄂士民，戴若父师。所与游皆一时贤俊，交吾先师汉阳夫子犹挚。今其哲嗣叔通同年，以所藏先师书札示炯之世弟，曾寿因得敬读一过。先师交友之笃，御下之仁，诱掖士类之悱恻挚厚，所谓尝一滴而知曹溪之水者。而蓝洲先生之为人，亦可想见矣。当

① 此诗评作于民国三年(1914 年)间，时寓居上海。

② 陈曾寿：《关季华先生赤牍·跋》，见于湖北省人民政府文史研究馆、湖北省博物馆编《湖北文征》(第十三卷)，湖北人民出版社 2000 年 10 月版，第 57—58 页；今此跋不见收入《苍虬阁诗集》附录中。《关季华先生赤牍》是好友陈叔通将其父蓝洲先生(即陈豪)与关棠先生的往来书函整理编辑而成。

时海宇无事，虽隐弊为识者所忧，而贤士大夫酬答之际，片言寸楮，皆足令人深玩。今乃如隔世而不可复睹，岂不痛哉。今叔通同年，既葆藏父执遗札如是，炯之见先人手迹，凄然霜露之感，敬付之石印，冀垂永久。乃益叹君子之泽，久而不替，为可敬也。

丙辰正月，弟子陈曾寿敬识。①

“水墨纸本《无量佛》书法成扇”题识②

陈曾寿

光颜巍巍，威神无极。如是炎明，无与等者。日月摩尼，珠光焰耀，皆悉隐蔽，犹如聚墨。如来颜容，超世无伦。正觉大音，响流十方。戒闻精进，三昧智慧，威德无侣，殊胜希有。深谛善念，诸佛法海，穷深尽奥，究其涯底。无明欲怒，世尊永无。人雄师子，神德无量。功勋广大，智慧深妙，光明威相，震动大千。

丙寅春二月，陈曾寿敬绘。③

① 此跋作于民国五年(1916年)正月间，时寓居上海。

② 《“水墨纸本〈无量佛〉书法成扇”题识》见于广东小雅斋拍卖有限公司“2018年春季艺术品拍卖会”——“清风徐来-扇子书画”专场拍卖品，编号:0031;此“无量佛书法成扇”为陈曾寿自制。

③ 此“无量佛书法成扇”自作于民国十五年(1926年)二月间，时居杭州南湖。

为蓝洲年丈画册题诗①

陈曾寿

高情寄翰墨，兴到一挥洒。持慰故人病，用意见奇雅。先生茂叔伦，风月照山野。贱子生恨迟，无由拜长者。

高侯我所贤，病革书报予。呻吟忧国语，娇女代翁书。至今一展示，如闻杜老吁。嗣祖固为福，不见沧海枯。

龂龂老泉集，风流被坡颍。和仲性豪疏，同叔特峻整。观君仲叔间，胜处差可并。怀贤存手泽，古道良不泯。——叔通仁兄同年奉其先德蓝洲年丈画册属题。

丙寅三月，陈曾寿。②

① 民国十五年(1926年)三月间，陈叔通为缅怀亡父，遂将亡父生前所绘之画编辑成册，然后遍请名流为画册题题识。当时应邀为此画册题识的有黄葆戉、陈衡恪、何维朴、宋伯鲁、陈曾寿等人。陈曾寿所题的三首诗未见收入《苍虬阁诗集》中。陈豪(1839—1910)，原名钟琦，字蓝洲，号迈庵，自称墨翁，晚号止庵、止庵老人，亦署怡园居士。室名“冬暄草堂”“冬烟草堂”。浙江仁和(今杭州市)人。陈叔通之父。同治九年(1870年)优贡生。光绪三年(1877年)知湖北房县，后又任湖北应城、蕲水、汉川知县多年，每到一地有惠政。后因母年老辞归。工诗文，善书画。其题画之诗，含情绵邈，天趣盎然；其书学苏轼，山水之画尤长花卉，意境超逸。著有《冬烟草堂遗诗》《冬暄草堂诗文集》。

② 这三首题诗作于民国五年(1926年)三月，时居杭州南湖。

为高贞伯水墨纸本山水书法成扇题识[①]

陈曾寿

东海云海空复空，群仙游戏光明中。荡摇万象生顷刻，岂有贝阙藏珠宫。心知所见皆幻影，敢以耳目烦神功。水冷天地闲为我，起蛰鞭鲛龙重楼。翠阜出霜晓异事，惊倒百岁翁人闲。有得皆力取世外，无物谁为雄率然。有请不我据信我，人厄非天穷潮阳。太守南迁归喜见，石□堆祝融自言。正直动山鬼岂知，造物哀龙钟伸眉。一笑岂易得，神之报汝亦已丰。斜阳万里孤鸟没，但见碧海浮青铜。新诗绮语亦安用，相与变灭随东风。

——贞伯仁兄雅正，苍虬陈曾寿。[②]

为天觉仁兄《梅花草庵图》题跋[③]

陈曾寿

热士趣要津，幽人媚空谷。窈窕姑射仙，宜伴高士躅。□□天机精，托兴在林麓。苏斋证墨缘，预写梅花屋。郭子为补图，笔妙耕烟续。沿

① 民国十八年(1929年)七月间，应好友高贞伯之邀，陈曾寿为其制作了山水书法成扇，并题写了这首七言古诗。今此诗未见收入《苍虬阁诗集》中。此山水书法成扇见于广东崇正拍卖有限公司“2016秋季文物艺术品拍卖会”——“润德堂书画藏珍”专场拍卖品，编号:184。

② 此“水墨纸本山水书法成扇题识”作于民国十八年(1929年)七月间，时居于上海。

③ 此为应好友天觉先生之邀，与赵叔孺携手，为其《梅花草庵图》所题。此题跋见于上海泓盛拍卖有限公司“2010秋季拍卖会”——“中国书画(一)暨名家小品”专场拍卖品，编号:0293。今未见此题跋收入《苍虬阁诗集》中。《梅花草庵图》，系朋友为天觉所画之图。天觉，生卒年及生平事迹不详，待考。

溪竹□□，压檐松谡谡。山寒閟芳踪，楼耸豁吟目。主人卧香海，得句必清馥。扰扰尘海中，自足山林福。嗟予别西泠，梦绕孤山曲。千春处士魂，呼之出□轴。昨得□□砚，画梅周背腹。意外惊喜并，聊可偿不足。何时世械轻，敝屣脱尘俗。结契霜雪姿，一笑获归宿。

庚午春二月，天觉仁兄以《梅花草庵图》属题，予新得戴文节公梅花砚，同结胜缘，喜而赋之，即祈鉴定。苍虬陈曾寿。①

石湖仙·题石帚(姜夔)集②

垂虹春缆，正云雪凄迷，低唱箫畔。倾倒石湖仙，赠轻盈、流传事艳。闲情微寄，可抵得、此生幽怨。魂断。想佩环、万里天远。江鸥旧盟好在，感侵寻、羁游已倦。水剩山残，一代飘零词卷。伴影阑干，忆人庭院。梦中都换。烟柳黯，西湖付与谁管。③

① 此题跋作于民国十九年(1930年)二月下旬，时居于上海。

② 陈曾寿《石湖仙·题石帚》，见于《烟沽渔唱》卷四第六十九集，《旧月簃词》未见收入，《苍虬阁诗集》亦未见收入。

③ 此词作于民国十九年(1930年)五月间的“须社”第六十九次社集，时在天津。

还京乐·须社同人燕集同赋[①]

陈曾寿

旧京梦，一去、经年索寞愁慵理。尽万千心事，浪凭过雁，鸾笺虚费。谢息机鸥侣。寥翔世外荒波委。任别远难洗，贮露铜仙清泪。　　莽风尘底。更何期、莲勺依随，剪纸魂归，中酒趣味。文章大块休休，换芳园、几番桃李。漫销凝、还检点尊前，伤心逝水。感取相怜切，酬吟应减憔悴。[②]

印楼仁兄大人暨德配余夫人五十双寿序[③]

陈曾寿

天因材而笃物，天赋之丰啬，恒视人所载之轻重，以为差其意量之远乎？人者，其福泽之加乎人者也。人躁而我恒静，人狭而我恒宽，人疾遽而我恒舒迟，人矜饰而我退葳，处乐有以自守，处约有以自得，此意量之不侔，而寿在乎其中矣。

---

① 陈曾寿《还京乐·须社同人燕集同赋》，见于《烟沽渔唱》卷四第七十二集，《旧月簃词》未见收入，《苍虬阁诗集》亦未见收入。“须社”是一个遗民特质较为突出的词社，民国十七年(1928年)五月下旬成立于天津，主要成员有郭宗熙、郭则沄、陈曾寿、查尔崇、李孺、章钰、周登皞、白廷夔、杨寿枏、林葆恒、王承垣、徐沅、陈实铭、周学渊、许钟璐、胡嗣瑗、李书勋、唐兰、陈恩澍、周伟等。

② 此词作于民国十九年(1930年)六月间的须社同人第七十二次雅集，时在天津。

③ 陈曾寿此寿序不见于其集中，今见于西泠印社拍卖有限公司“2018年秋季拍卖会”——“雪堂雅集：罗振玉、王国维的学术世界”专场拍卖品，编号：0657；又见于《雪堂雅集：罗振玉、王国维的学术世界》，华东师范大学出版社2018年版。

万子印楼，吾楚右族。幼从学于先大兄畏斋先生，相知甚早而踪迹阻隔，未得一见。顷岁避地相遇沪渎，浑浑乎初无异于众人也，落落乎亦无所加好习之。既久，淡而弥永，挹之而不穷其周于人也，用心甚微，力无不尽；而不居其迹习，于人世流品，险阻情伪，烛照无遗；而处之若忘，精明练达，□□若无能也，气沉而容□，和外而介中德。配余夫人有痼疾，卧床褥者十年，曾无妾媵之娱。脚子弟循循礼数，虽游学外国，能不染时习，求之近世，未见有纯至若斯人者也。以中道之不可见，人必有此所短也，而始显其长若印楼，吾当求其庇，类不可得；吾不敢谓无所阿好，然其意量则诚过人远矣。其所载厚重若此，其天之所丰，当何如耶？

今岁七月，印楼与其夫人同跻五十，因述印楼必得其寿之理如此，其许为知言否乎？

庚午七月初三日，世愚弟陈曾寿敬祝（钤印："陈曾寿印"、"苍虬"）。①

《姑苏杂咏》跋②

陈曾寿

《青丘集》当时行世者，有《吹台集》《江馆集》《凤台集》《娄江集》《姑苏杂咏》等编。自景泰初徐用理苍萃各编，刊为大全集，凡一千七百七十余首，称为完备。然自大全出而单行诸编遂渺不可得。兹获睹此帙，犹是洪武原刻，笔法镌工，犹具元代规范，至可珍玩。况校之后来刻本，字句迥不相侔。题下小注，亦景泰以后本所无；秘笈孤本，虽与宋元珍椠等量齐观可也。顷来都门，访沅叔先生于藏园长春室中，出此相示。展观移

① 此寿序作于民国十九年七月初三日（1930 年 8 月 26 日），时在上海准备携家人北迁。

② 陈曾寿《姑苏杂咏·跋》，见于湖北省人民政府文史研究馆/湖北省博物馆编《湖北文征》（第十三卷），湖北人民出版社 2000 年 10 月版，第 58 页；今此跋不见收入《苍虬阁诗集》中。《姑苏杂咏》为明洪武（1368—1398）年间刻本，是明初江苏长洲（今苏州市）著名诗人高启的诗集。

晷，粗考源委，题于卷首，以志眼福。同观者杨熊祥、徐仁钊。

庚午十月，陈曾寿书。①

声声慢·题清微道人空山听雨图②

陈曾寿

雾凝香雾，云湿疏钟，摊经人倦虚堂。薄润芳笺，含毫写入微茫。应怜种蕉身世，住寒山、消受清凉。听檐瀑，似澜翻千偈，齐赞空王。
谁赚采鸾妙迹，剩一层公案，故习难忘。异代漂苓，相逢珍比琳琅。情天劫余未老，便点衣、花雨何妨。漫轻拟，梦行云、巫峡断肠。③

风入松·咏寒钟④

陈曾寿

萧萧落叶满秋山。古寺夕阳边。山门一片荒鸦色，送寥音、霜杵流天。杳杳渐如残梦，沉沉都化空烟。　卧楼僧老不知年。相暖一青毡。难销火宅人间世，对趺跏、慵问犍莲。出手还成一击，龙钟漫笑枯禅。⑤

---

① 此跋文作于民国十九年(1930年)十月间，时寓居天津。

② 陈曾寿《声声慢·题清微道人空山听雨图》，见于《烟沽渔唱》卷五第八十七集，今《旧月簃词》未见收录，《苍虬阁诗集》亦未见收入。

③ 此词作于民国十九年(1930年)十一月间的须社同人第八十七次燕集，时寓居天津。

④ 陈曾寿《风入松·咏寒钟》，见于《烟沽渔唱》卷五第八十八集，《旧月簃词》未见收入，《苍虬阁诗集》亦未见收入。

⑤ 此词作于民国十九年(1930年)十二月上旬的须社同人第八十八次燕集，时寓居天津。

水龙吟·冰丝庵感旧[①]

陈曾寿

凭轩花木依然，无端幻出凄凉境。拳枝寒鸟，栖廊素雪，一时入定。壁画犹悬，案书未掩，穗帷风冷。剩铜炉残篆，香篝宿火，长相伴、生前影。　浩渺沧洲逸兴。佐谈锋、千岩万岭。狮峰踢雨，龙湫溅雪，芒鞋轻俊。湖海归来，园林胜事，佳晨觞咏。甚清吟未了，转头梦觉，示维摩病。[②]

《为范景文作书画合璧卷》题跋[③]

陈曾寿

独石孤松郁老苍，平生心折后倪黄。千秋环宝归姚李，光焰分腾万丈长。（义州李猛厂丈藏石斋松石长卷与此可称双绝）文山丝竹擅豪奢，玉汝楼居盛自夸。能担人间忠孝事，何妨无益遣生涯。

虞琴老兄属题，陈曾寿。[④]

---

① 陈曾寿《水龙吟·冰丝庵感旧》，见于《烟沽渔唱》卷五第九十集，《旧月簃词》未见收入，《苍虬阁诗集》亦未见收入。

② 此词作于民国十九年(1930年)十二月上旬的须社同人第九十次燕集，时寓居天津。

③ 陈曾寿应邀为好友姚景瀛所藏之《为范景文作书画合璧卷》题跋，见于西泠印社拍卖有限公司“2010年春季拍卖会”——“中国书画—古代作品”专场拍卖品，编号:0384；此诗似未收入《苍虬阁诗集》中。当时应邀题跋的尚有金蓉镜、陈三立、朱祖谋、余肇康、夏敬观、陈夔龙等名流。

④ 此题跋作于民国十九年(1930年)间。

浣溪沙·词龛夜谈,邈然隔世,追忆前踪,怆然同赋[①]

陈曾寿

黯淡秋窗落叶时。昏灯相对鬓成丝。剧谈月落不曾知。　　未转头时真似梦，如今梦影也迷离。情天容有隔生期。[②]

辛未冬十月十八夜作[③]

陈曾寿

冷月凄烟笼海津，绛云飞拥下天人。逍遥正则神灵接，际遇冬郎涕泪新。座近椒堂真似梦，恩涵沧海欲无身。仙凡荣菀都无择，断断惟思一个臣。[④]

---

① 陈曾寿《浣溪沙·词龛夜谈,邈然隔世,追忆前踪,怆然同赋》,见于《烟沽渔唱》卷六《集外词》,《旧月簃词》未见收入,《苍虬阁诗集》亦未见收入。此词是陈曾寿与好友郭则沄夜谈,回忆起好友李放在世时、众友朋在其家夜谈的情景,颇为感慨,遂应郭则沄之请,为其折扇绘制了一幅《词龛夜谈》图,并与好友各为此图所填之词。

② 此词作于民国二十一年(1932 年)三月间,时居于天津。

③ 此诗见于陈曾寿、陈曾植之《局外局中人记》,《苍虬阁诗集》附录一,第 446 页;今不见收入《苍虬阁诗》及《苍虬阁诗续集》中。

④ 此诗作于民国二十年十月十八日(1931 年 11 月 27 日)夜,时在自天津赴大连途中。

致胡嗣瑗(之一)[①]

陈曾寿

愔仲老兄同年左右：

前日郑、罗赴奉，今日返。坂垣旋来，此为第三次主张，仍属支离。而郑极附和。幸居停见理真切，尚未为所惑。惟情势太紧，危险万分。鄙人力薄，恐难支柱。兄如以居停为重，以个人所处为轻，当必投袂而起，或可免后日之责备也。[②]

致胡嗣瑗(之二)[③]

陈曾寿

愔仲仁兄同年左右：

自提出大总统后，上极力拒绝。旋派罗、郑、上角（溥仪身边的日本

---

① 此书函见于陈曾寿、陈曾植的《局外局中人记》，中国人民政治协商会议全国委员会《文史资料》研究委员会编：《文史资料选辑》(第十九辑)，中国文史出版社 1989 年 5 月版。《局外局中中人记》今已被收入《苍虬阁诗集》附录一，为方便后人编辑《陈曾寿集》，特从中将其抄录出来汇聚在一起。胡嗣瑗(1869—1949)，字晴初，别字琴初，号愔仲，别号自玉。贵州贵阳人。光绪二十九年(1903 年)进士，历官翰林院编修、天津北洋法政学堂总办、直隶总督陈夔龙的幕僚、江苏将军府咨议厅长等职。民国初年，曾任江苏金陵道尹、直隶、江苏都督冯国璋督军公署秘书长。张勋复辟，任为内阁左丞。1924 年起，北上追随废帝溥仪，并成为亲信。1932 年至长春，历任伪满洲国执政府秘书长、参议府参议等职，成为汉奸。1939 年辞官，寓居北平。精通史学，工诗词，善书法。著有《胡嗣瑗日记》等。

② 此书函作于民国二十一年正月二十一日(1932 年 2 月 26 日)，时在辽宁旅顺。

③ 此书函见于《局外局中人记》，中国人民政治协商会议全国委员会《文史资料》研究委员会编：《文史资料选辑》(第十九辑)，中国文史出版社 1989 年 5 月版。《局外局中中人记》今已被收入《苍虬阁诗集》附录一，为方便后人编辑《陈曾寿集》，特从中将其抄录出来汇聚在一起。

随从）赴奉晤坂垣，面尽一切。乃郑一味敷衍，不传本意，毫无结果。昨日坂（垣）自来，改为“执政”名目，避去“共和”字样。势在必行，加以威胁。寿与郑父子不免冲突。上不得已，乃允其暂行执政。俟议会议定国体，或为君主，再加审慎，度德量力，以定去就。若民主，则立即辞退。属其将此意宣言之。渠乃允诺。惟此局面，明是骗局。但不允则危机立见。其错在离天津，此后乃必至之果。叔言此时颇持正论，而已无及，但顿首自咎而已。上属以经过情形转告，属勿过懊恼。请即转告太傅（陈宝琛）。①

致三弟函(之一)②

陈曾寿

昨由几士带去日记二纸，想先收到。幼兰请假返津，可面述一切。上密谕：胡、陈二人为罗、郑等隔绝，朕心极不高兴。惟此时望忍耐不露声色，到临行时必断然密召从行。若此时与争执，恐其向日人造作种种阴谋，不可不防也。上于罗及郑垂已极恨之。于大郑尚未有辞。兄与愔仲只得暂住此间，静以待之而已。③

---

① 此书函作于民国二十一年正月二十二日(1932 年 2 月 27 日)，时在辽宁旅顺。

② 此书函见于陈曾寿、陈曾植《局外局中人记》，中国人民政治协商会议全国委员会《文史资料》研究委员会编:《文史资料选辑》(第十九辑)，中国文史出版社 1989 年版。《局外局中人记》今已被收入《苍虬阁诗集》附录一，为方便后人编辑《陈曾寿集》，特从中将其抄录出来汇聚在一起，后十九函亦同。

③ 此书函作于民国二十年十月二十七日(1931 年 12 月 6 日)，实在辽宁大连暂住。

致三弟函(之二)[①]

陈曾寿

强志弟阅：

今日到旅顺见上，说话甚多。总统一节，苏庵极力主张，且兴高采烈，以为指日上任矣。经坂垣到旅见面劝驾两次，上严词拒绝。坂心犹未死，大约尚有第三次。好在上意坚决，当不至落其圈套，而苏庵又扫兴矣。彊村得特谥“文直”，赏《陀罗经》被。上为寿租一小屋，拟廿九日搬去，与邸稍远耳。[②]

致三弟函(之三)[③]

陈曾寿

坂（垣）去后，尚无何动静。（兄）当随时留心，并随时进言，以绝其萌也。自玉（胡嗣瑗）不来（旅顺），似太拘执。从前当生日时，疏远者尚来，况最亲近者乎。弟可以此义规之。[④]

① 此书函见于陈曾寿、陈曾植《局外局中人记》，中国人民政治协商会议全国委员会《文史资料》研究委员会编：《文史资料选辑》（第十九辑），中国文史出版社 1989 年版。

② 此书函作于民国二十年十二月二十七日（1932 年 2 月 3 日），时在辽宁旅顺。

③ 此书函见于陈曾寿、陈曾植《局外局中人记》，中国人民政治协商会议全国委员会《文史资料》研究委员会编：《文史资料选辑》（第十九辑），中国文史出版社 1989 年版。

④ 此书函作于民国二十一年正月十二日（1932 年 2 月 17 日），时在辽宁旅顺。

致三弟函(之四)[①]

陈曾寿

日来公司（系伪满“共和国”的隐语）之说甚紧，居停（指溥仪）已派郑（孝胥）、罗（振玉）赴奉拒绝一切。好在意坚。惟以后麻烦，不易对付耳。可先告螺（指陈宝琛）、愔（指胡嗣瑗）。俟郑、罗返，再将详情函告也。[②]

致三弟函(之五)[③]

陈曾寿

新国家为一非驴非马之形式，然处于不得不允之地。现只争到宣言俟国体议出后，如为民主，则立时辞退；须地方应认，得一保障，在出台。后路茫茫，不知如何究竟也。现有召命晴初速来，缓一步再叫幼兰，弟先有以安慰之为要。史曾荐举廿人。上言随时召用。秘之。[④]

---

① 此书函见于陈曾寿、陈曾植《局外局中人记》，中国人民政治协商会议全国委员会《文史资料》研究委员会编：《文史资料选辑》（第十九辑），中国文史出版社 1989 年版。

② 此书函作于民国二十一年正月二十一日（1932 年 2 月 26 日），时在辽宁旅顺。

③ 此书函见于陈曾寿、陈曾植《局外局中人记》，中国人民政治协商会议全国委员会《文史资料》研究委员会编：《文史资料选辑》（第十九辑），中国文史出版社 1989 年版。

④ 此书函作于民国二十一年正月二十二日（1932 年 2 月 27 日），时在辽宁旅顺。

致三弟函(之六)[①]

陈曾寿

前信收到后，想可略知大概。此事之坏，全在郑热衷送礼。居停甚怒，尤怒其子，竟说到“非人类”。想以后不至再为所蒙。兹拟俟代表到后，先辞一回。再劝进，则发表宗旨。润（曹汝霖）务望必来，必第一席相待。[②]

致三弟函(之七)[③]

陈曾寿

愔仲（胡嗣瑗）来，得弟二函，均悉。早已申明不居名义，或尚可留，已蒙允矣。居停（溥仪）再三安慰，言：“我跟前无人，不可离开。汝切勿悲愤，徒伤身体。”当时情形，甚为凄惨。又何忍言去耶。[④]

① 此书函见于陈曾寿、陈曾植《局外局中人记》，中国人民政治协商会议全国委员会《文史资料》研究委员会编：《文史资料选辑》（第十九辑），中国文史出版社1989年版。

② 此书函作于民国二十一年正月二十九日（1932年3月5日），时在辽宁旅顺。

③ 此书函见于陈曾寿、陈曾植《局外局中人记》，中国人民政治协商会议全国委员会《文史资料》研究委员会编：《文史资料选辑》（第十九辑），中国文史出版社1989年版。

④ 此书函作于民国二十一年正月三十日（1932年3月6日），时在辽宁旅顺。

致三弟函(之八)[1]

陈曾寿

去郑事，兄与献皆痛切言之，主人并无异辞。言到时即当更动。未知是敷衍之言否？现有蔡法平者，与香椎、真崎、荒木诸人均有交情，来此间一次，代表香椎等来问主人，有何以为不便之处，可告知之。乃托蔡君详言一切。现得东京回信，言进行甚顺利。究系实情与否，尚待考查耳（六月廿三夕）。[2]

致三弟函(之九)[3]

陈曾寿

今日入见。所欲言者，已尽言之。稍有人处，只能尽力到此地步，以后不能再添蛇足矣。好在言时虽甚切直，而甚契上意。其详此时尚未便言之（廿五夕）。[4]

---

① 此书函见于陈曾寿、陈曾植《局外局中人记》，中国人民政治协商会议全国委员会《文史资料》研究委员会编：《文史资料选辑》(第十九辑)，中国文史出版社 1989 年版。

② 此书函作于民国二十一年六月二十三日(7 月 26 日)晚，时在吉林长春。

③ 此书函见于陈曾寿、陈曾植《局外局中人记》，中国人民政治协商会议全国委员会《文史资料》研究委员会编：《文史资料选辑》(第十九辑)，中国文史出版社 1989 年版。

④ 此书函作于民国二十一年六月二十五日(7 月 28 日)晚，时在吉林长春。

致三弟函(之十)[①]

陈曾寿

昨发一函，书拟文字，已收到否？谥法极要紧，可作一篇，发明必须有谥之理。乙老（沈曾植）、贻重（陈毅，复辟时侍郎）、应补谥，亦可拟一折。望即为之。此外有所见，可随时写来。[②]

致三弟函(之十一)[③]

陈曾寿

前接信并拟文一篇，甚好。俟有可说话之机，则上也。此时尚有许多极大题目未解决。闻之徒然怄气，兄亦不过问也。[④]

① 此书函见于陈曾寿、陈曾植《局外局中人记》，中国人民政治协商会议全国委员会《文史资料》研究委员会编：《文史资料选辑》(第十九辑)，中国文史出版社1989年版。

② 此书函作于民国二十二年十一月十六日(1934年1月1日)，时在吉林长春。

③ 此书函见于陈曾寿、陈曾植《局外局中人记》，中国人民政治协商会议全国委员会《文史资料》研究委员会编：《文史资料选辑》(第十九辑)，中国文史出版社1989年版。

④ 此书函作于民国二十二年十二月初六日(1934年1月20日)，时在吉林长春。

致三弟函(之十二)[1]

陈曾寿

现此间极忌讳地雷之卦，不知何故。上又决不肯犯一字。此外怄气之事，不一而足。兄已上一奏，请以后置诸闲散。但未得报耳。[2]

致三弟函(之十三)[3]

陈曾寿

上示意辞去讲书之事。直云：“他日椒（指皇后婉容）必废，到不幸之时，于傅有碍，不如预先脱卸，此为保全之意，出于万不得已。”云云。兄遂上折辞去。不料椒以不能再见，痛哭连日，夕忽发狂疾，惨酷已极。此皆兄之罪过也。[4]

① 此书函见于陈曾寿、陈曾植《局外局中人记》，中国人民政治协商会议全国委员会《文史资料》研究委员会编：《文史资料选辑》（第十九辑），中国文史出版社1989年版。

② 此书函作于民国二十二年十二月二十三日（1934年2月6日），时在吉林长春。

③ 此书函见于陈曾寿、陈曾植《局外局中人记》，中国人民政治协商会议全国委员会《文史资料》研究委员会编：《文史资料选辑》（第十九辑），中国文史出版社1989年版。

④ 此书函作于民国二十三年十月初四日（1934年11月10日），时在吉林长春。

致三弟函(之十四)[①]

陈曾寿

强志弟览：

前由邮寄一函，不知沉浮否？ 兹因便更复言之。 上示意辞进讲事，兄遂具折辞去。 是日，椒传见被阻，痛哭连日，夜遂得狂疾，不识人矣。 不可一日更留。 然此时又不能径情直行，恐陷于负气之所为。 现将移椒于旅顺，托名养病，实断绝也。 拟隐忍至万寿后再行，不知中间更有波澜否？[②]

致三弟函(之十五)[③]

陈曾寿

椒事自友方（指日本军方）不平，声明拥护，已缓和下去。 大约仍须赴旅一行。 友方招待布置，极隆重也。[④]

① 此书函见于陈曾寿、陈曾植《局外局中人记》，中国人民政治协商会议全国委员会《文史资料》研究委员会编：《文史资料选辑》（第十九辑），中国文史出版社 1989 年版。

② 此书函作于民国二十三年十月初十日（1934 年 11 月 16 日），时在吉林长春。

③ 此书函见于陈曾寿、陈曾植《局外局中人记》，中国人民政治协商会议全国委员会《文史资料》研究委员会编：《文史资料选辑》（第十九辑），中国文史出版社 1989 年版。

④ 此书函作于民国二十三年十月十九日（1934 年 11 月 25 日），时在吉林长春。

致三弟函(之十六)[①]

陈曾寿

来书字字皆合我意，所见略同。 届时必当其可而后行也。[②]

致三弟函(之十七)[③]

陈曾寿

兄之行止，系去岁所定，不关现在之相待何如。 专以现在相待之情而言，则殊与从前无丝毫之异，说不到去字也。 曾有一次赐宴，丁卯（指许宝衡）故意不开兄名。 经居停（溥仪）亲笔加入，且申斥承事者之疏忽。见面时亦多慰藉之言，但不免稍有敷衍耳（此亦是向来脾气）。 所最可虑者，经此次友邦十分之捧（按，指赴日招待极隆重而言），恐启骄汰之心，性气更较前加长，待左右更苛耳。 惟上辞折后，若再强留，或逢怒，均不可知（若相待之意甚好，即不免逢怒，否则淡然置之矣）。 总以达其素志，不落痕迹为主。[④]

---

① 此书函见于陈曾寿、陈曾植《局外局中人记》，中国人民政治协商会议全国委员会《文史资料》研究委员会编:《文史资料选辑》(第十九辑)，中国文史出版社 1989 年版。

② 此书函作于民国二十三年十月二十日(1934 年 11 月 26 日)，时在吉林长春。

③ 此书函见于陈曾寿、陈曾植《局外局中人记》，中国人民政治协商会议全国委员会《文史资料》研究委员会编:《文史资料选辑》(第十九辑)，中国文史出版社 1989 年版。

④ 此书函作于民国二十四年四月十二日(1935 年 5 月 14 日)，时在吉林长春。

致三弟函(之十八)[①]

陈曾寿

昨上辞折，今晨召见，坚留。首言陵庙之重，非他人任。次言随从患难多年，不可中道离去。又言现在身旁无一相信人，万不可去。属以后再勿上折，无论如何总不使你去云云。辞意可谓恳至。寿几经审慎而后动，未便中止。再以婉言相渎耳。且感情好时，正是去的时候；待不好，则言去已迟矣。弟意以为然否？[②]

致三弟函(之十九)[③]

陈曾寿

今日又上第二折，上语意更为坚决，言不但此时不放走，以后永远不能走开。相从患难多年之人，若走开，天下其谓我何云云。看此情形，只得暂搁，俟有机会再说。人生竟不能自由以行其志，惟虱于此间，脾味实不能耐，如何如何？[④]

① 此书函见于陈曾寿、陈曾植《局外局中人记》，中国人民政治协商会议全国委员会《文史资料》研究委员会编：《文史资料选辑》(第十九辑)，中国文史出版社 1989 年版。

② 此书函作于民国二十四年四月十九日(1935 年 5 月 21 日)，时在吉林长春。

③ 此书函见于陈曾寿、陈曾植《局外局中人记》，中国人民政治协商会议全国委员会《文史资料》研究委员会编：《文史资料选辑》(第十九辑)，中国文史出版社 1989 年版。

④ 此书函作于民国二十四年四月二十四日(1935 年 5 月 26 日)，时在吉林长春。

致三弟函(之二十)[①]

陈曾寿

前日寄辞折二稿，已收到否？ 此时既不能言去，思及心疾，截（结）发之惨，时时不能安耳。 此后以何法脱身，无伤感情，而又不着痕迹，有何妙策，代我思之。[②]

繁冤一首[③]

陈曾寿

人间何处避繁冤，独愧屈子沉湘魂。 饕餮究奇难并世，去留生死总孤恩。 暂荧鬼火知旋灭，无道强梁岂久存。 永惜兰荃蒙雾露，海枯石烂与谁论。[④]

---

① 此书函见于陈曾寿、陈曾植《局外局中人记》，中国人民政治协商会议全国委员会《文史资料》研究委员会编：《文史资料选辑》(第十九辑)，中国文史出版社 1989 年版。

② 此书函作于民国二十四年五月初一日(6 月 1 日)，时在吉林长春。

③ 此诗见于陈曾寿、陈曾植《局外局中人记》，中国人民政治协商会议全国委员会《文史资料》研究委员会编：《文史资料选辑》(第十九辑)，中国文史出版社 1989 年版。此诗未收入《苍虬阁诗集》中。

④ 此诗作于民国二十一年(1932 年)二月上旬，时在辽宁大连。

竖子一首[①]

陈曾寿

戋戋颜胡厚，伥伥疾已沉。天公饶恶剧，竖子定何心。虽有馋朝策，其如后胜金。王明能受福，凄绝楚骚吟。[②]

奏稿(一)[③]

陈曾寿

奏为密规近日情势宜慎赴机宜，免误本谋，恭折仰祈圣鉴事：窃闻几（机）事不密则害成。所当暗中着着进行，不动声色，使人无从窥其际。待机会成熟，然后一举而起。故不动则已，动则必期于成。若事未实未稳，已显露于外，使风声四播，成为众矢之的，未有不败者也。今皇上安居天津，毫无举动，已远近传言，多所揣测。若果有大连之行，必将中外暄腾，指斥无所不至，则日本纵有此心，亦将阻而变计。彼时进既不能，退又不可，其为危险，岂堪设想？且事之进行，在人而不在地。苟机有可乘，在津同一接洽；若机无可图，赴连亦属罔济。且在津则暗中进行，而

① 此诗见于《局外局中人记》，中国人民政治协商会议全国委员会《文史资料》研究委员会编：《文史资料选辑》（第十九辑），中国文史出版社1989年版。此诗未收入《苍虬阁诗集》中。

② 此诗作于民国二十一年（1932年）二月上旬，时在辽宁大连。

③ 此奏稿见于《局外局中人记》，中国人民政治协商会议全国委员会《文史资料》研究委员会编：《文史资料选辑》（第十九辑），中国文史出版社1989年版。《局外局中人记》今已被收入《苍虬阁诗集》附录一，为方便后人编辑《陈曾寿集》，特从中将其抄录出来汇聚在一起，后八篇亦同。

易泯群疑；赴连则举世惊哗，而横生阻碍。在津则事虽不成，犹有余地以自处；赴连则事苟无着，即将悬寄而难归。事理昭然，有必至者。抑在今日局势未定，固当沉机以观变；即将来东省果有拥戴之诚，日本果有敦请皇上复位之举，亦当先察其来言者为何如人。若仅出于一部分军人之意，而非由其政府完全谅解，则歧异可虑变象难测。万一其政府未能同意，中道改计，将若之何？是则断不可冒万险以供其军人政府之尝试。若来者实由于其政府举动，然后探其真意所在。如其确出仗义扶助之诚，自不可失此良机；如其怀有利用欺诱之意，则朝鲜覆辙具在，岂可明知其为陷阱而甘蹈之？

应付之计，宜与明定约言，确有保障而后可往。大抵路、矿、商务之利，可以酌量许让。用人行政之权，必须完全自主。对外可与结攻守之同盟，内政必不容丝毫之干预。此当预定一坚决不移之宗旨，以为临事应付之根本者也。昔晋文公借秦力以反国，必有栾、郤、狐、先为之内主；楚昭王借秦兵以却吴，亦有子西等旧臣收合余烬，以为先驱。自古未有专恃外力，而可以立国者。此时局势，亦必东省士绅将帅先有拥戴归向之表示，而后日本有所凭借，以为其扶助之资。此其时机，似尚未至。今列强外相群集于日内瓦，欲藉国联局面施其调停。日本不肯开罪于列强，闻已提出条款大纲，若民国政府应允，即许退兵。在民国政府虽高唱不屈之论，实则色厉内荏，恐终出于屈服之途。日本苟偿所欲，必将借以收场。若交涉不能妥协，则或别有举动。此时形势犹徘徊歧路之间，万不可冒昧轻动，陷于进退维谷之地也。

观今日民国情形，南京与广东虽趋合并，而彼此仇恨已深，同处一堂，互相猜忌，其合必不能久。彼等此时若与日本决裂，立将崩溃。如允日本要求，则与其平日夸示国人者完全背驰，必将引起内乱，无以自立。日本即一时撤兵，仍将伺隙而动。故此时我之所某，即暂从缓动，以后机会甚多。若不察真相，轻于一试，一遭挫折，反永绝将来之望，而无以立足矣。

皇上天纵英明，饱经忧患，必能坚持定见，动合机宜，不致轻为所摇。臣愚见所及，是否有当，理合恭折密陈，伏祈圣鉴。谨奏。①

① 此奏稿作于民国二十年九月十四日(1931 年 10 月 24 日)，时在天津。

奏稿(二)[①]

陈曾寿

奏为速赴机宜，以策万全，恭折仰祈圣鉴事：今日本因列强反对而成僵局，不得不变动东三省局面以自解于列强，乃有此劝进之举，诚千载一时之机会。遇此机会而无以赴之，则以后更有伺机之可待？惟赴机若不得其宜，则其害有甚于失机者。今我所以自处之道，可两言而决：能与日本订约，酌让路、矿、商务之利，而用人行政之权，完全自主，则可以即动，否则万不可动。如是而已。现报纸暄腾，敌人疑忌，天津已有不能安处之势。欲动则恐受赚于日本，欲静又失此良机，进退两难。唯有请皇上密派重臣静赴日本，与其政府及元老西园寺等商洽，直接订约后，再赴沈阳，则万全而无失矣。臣愚昧之见，是否有当，伏祈圣鉴。

附片：系拟与日本议订约款大纲：一、用人行政之权，完全自主，日本不得干涉。二、训练新军如需用日本教练官时，由我自由聘雇；只司教练之事，不干涉统率调遣之权。三、两国订攻守同盟之约，无论对民国或俄国或欧美任何国有战事时，两国协同作战到底，利害共之。四、尊重历来已订条件，关于东三省铁路及一切悬案双方开诚商议，以共存共荣为主旨。

以上四条，大意如此。请上召陈宝琛、胡嗣瑗、郑孝胥等集议裁定。[②]

---

① 此奏稿见于《局外局中人记》，中国人民政治协商会议全国委员会《文史资料》研究委员会编：《文史资料选辑》(第十九辑)，中国文史出版社1989年版。

② 此奏稿作于民国二十年九月二十七日(1931年11月6日)，时在天津。

奏稿(三)[①]

陈曾寿

皇上圣鉴:

近者日军严守秘密，隔绝交通，此亦事所宜然。惟臣窃观皇上之左右随侍，可以自由召往，独于平时朝夕侍奉之臣屏之不得一面，此可知断非出于日人之意者也。日人诚爱护皇上，赞助皇上以成大业，决无冀其视听而蔽其耳目，望其动作而缚其手足之理。假使臣等为心怀他志、阻扰大计之人，则逐之可也，罪之可也。今臣等为奉召而来，皇上所欲见之人，百计阻之，使不得见，诚不知是何居心？此虽秦桧、仇士良之所为尚不敢公然无状，欺侮挟制一至于此！臣非不知小不忍则乱大谋，此时不稍忍耐，恐更生阴谋，误将来之大事。惟以此时无事，尚敢如此，一到有事之时，其劫持必有更甚于此时万万者。皇上虽欲大伸乾断，恐有所不能矣。此不能不早为之计者也。臣向主静退。前侍静园，常有一二个月不观天颜之时；非甚重要，未尝请见。是臣非扬己好事之人，早在圣明洞鉴之中。且百无一能，此时即得朝夕左右，亦未能有所裨益。徒以皇上孤悬于彼等之手，不能不为之寒心。每一念及，夜不成寐，中心趯趯，血脉偾张。挽救无术，愤不欲生。迫切陈辞，不胜悚惶愤慨之至。[②]

---

① 此奏稿见于《局外局中人记》，中国人民政治协商会议全国委员会《文史资料》研究委员会编:《文史资料选辑》(第十九辑)，中国文史出版社1989年版。

② 此奏稿作于民国二十年(1931年)十一月上旬，时寓居于大连之时。

奏稿(四)[①]

陈曾寿

皇上圣鉴：

臣于乘舆东发之次日，敬奉密谕："办理园中善后事宜，护送皇后出津等因，钦此。"臣谨遵办理园中事务，并与继煦（佟济煦）接洽未尽各事宜，克期护送皇后安抵大连，理应驰赴行在覆命，恭请圣安。乃待命旬日，格不得前。若谓出于日人之限制，则有侵主权。目前如此，他日何以发展？若谓有人从中尼止，则排斥微臣事小，有损于皇上之英武乾断甚大。使不出此二途，则臣为负罪已深，有见绝于皇上之处，傥复不知进退，顽钝自甘，何以自解于人？有何面目复立于世？如臣愚驽，一身进退有如蝼蚁，何关得失？惟当此皇上广选才俊，登用贤良之时，如此掣肘，尚有何希望乎？臣再四思维，惟有肯恩准假回津，稍存皇上威信，稍全微臣廉耻。君门万里，瞻望凄惶，依恋无穷，不胜悚切屏营之至。[②]

奏稿(五)[③]

陈曾寿

伏读皇上手谕，令臣等勿萌退志，有梦寐思见之语。圣恩垂念至此，不禁感极欲泣。瞻望行在，无日不思尽其微忱。而扞格间阻，末有自达。

---

① 此奏稿见于《局外局中人记》，中国人民政治协商会议全国委员会《文史资料》研究委员会编：《文史资料选辑》(第十九辑)，中国文史出版社 1989 年版。

② 此奏稿作于民国二十年(1931 年)十一月上旬，时寓居于大连之时。

③ 此奏稿见于《局外局中人记》，中国人民政治协商会议全国委员会《文史资料》研究委员会编：《文史资料选辑》(第十九辑)，中国文史出版社 1989 年版。

退志虽不敢萌，献替苦于无路。目今行在情形，臣不能深悉。但默察大势，参以报纸传闻，似动机已不在远。私忧过计，有不能不直陈于皇上之前者。《易》曰：“君子以作事谋始。”始基一误，后虽欲补救，则势已成而无可挽。小事且然，况建立国家之大计乎？

建国之道，内治莫先于纪纲，纪纲不立，则无政治之可言。外交莫重于主权，主权不明，则无交涉之可办。纪纲之义甚大，最要者魁柄必操自上，不容臣下有把持之萌。主权之包甚广，最要者政令必出自我，不容邻邦成胁制之局。魁柄不失，而后可以正其是非，施其赏罚，不至以朝廷之尊，而反敷衍调停于群下。政令无挠，而后可以敦其睦谊，存其体制，不致有国家之名，而实踊蹐附属于强邻。此其机皆判于人手之时。纪纲堕于前，而欲振之于其后；主权夺于始，而欲收之于其终，必无之势也。自昔假外力以复国者，莫如晋文。当晋献公薨，秦穆公使人分吊公子重耳及夷吾，且讽以反国之意。夷吾许之，晋重辞焉。秦穆遂纳夷吾。而夷吾卒为秦虏。其后复纳重耳。而重耳终霸天下。同一借秦之力也，而祸福迥殊。是无他，夷吾唯恐失于秦，反见轻于秦；重耳不遽许于秦，乃见重于秦也。是知汲汲求进者，未必即达其愿，且恐适以为祸；从容退处者，未必即误其谋，且或适促其成。今日本在东三省，军事将蒇，在其本心，非不欲径行吞并；然牵于列强均势之局，美已明致其警告，英亦重要其宣言，不能无所顾忌。而与国民政府妥协，又断所不肯。故三省建立新国之举，已有欲罢不能之势。苟建新国，除请我皇上复位外，岂有他途？然此机会至巧亦至危。或启我中兴之机，或蹈彼朝鲜之辙，是在我之所以自处者耳。

为今之计，宜先设法脱目前之羁绊，复在津之自由。然后相机善为应付，使彼见我无汲汲之意，乃不致启其轻侮之端。庶进可免挟制之危，退可有回旋之地。祸福荣辱，判于此时。愿皇上坚持定见，当机立决。临下则推诚直致，不隐忍以容欺；对外则宁事不成，不迁就以贻侮。定远大之谋猷，为断然之措置。使内而国人，外而列强，皆晓然于皇上所处之地位，超然独立，并非日人之傀儡。无所疑猜，然后人心归向，列邦共认，中兴大业，庶肇于兹。臣愚昧之见，是否有当，伏祈圣鉴。①

① 此奏稿作于民国二十年(1931 年)十二月中旬，时在驻天津办事处。

奏稿(六)[①]

陈曾寿

奏为请收回执政府秘书成命，恭折仰祈圣鉴事：窃臣前在旅顺行在，所屡次请求皇上他日就国之时，只愿常侍左右，不居官职。已蒙矜许。前蒙特任执政府秘书，当此创始艰难之际，皇上有所委任，虽蹈汤赴火，所不敢辞，然必期于事有益。若不能为丝毫之补救，尸位素餐，徒招指摘，臣不忍为也。立国之要，惟以得人心为主。辛亥以铁路国有失人心，遂至亡国。然我列祖列宗二百余年之深仁厚泽，深入于人心，故国虽亡而不亡，人心仍归向于我皇上。若此时再失人心，是并我列祖列宗二百余年之深仁厚泽而亡之也。今枢要之地，已成太阿倒持之局，为所欲为。今之言曰："地方如有不服，则出兵征服之。"臣闻之，为心惊胆战。不待实有此事，即此一言，已足失天下之人心而有余矣。臣不忍与此辈共立于庭，求加恩开去秘书之职。臣返天津后，当不见一人，不出一语。一息尚存，终求得当以报。临奏涕泣，伏祈圣鉴。[②]

奏稿(七)[③]

陈曾寿

奏为敬请皇上养晦待时，恭折仰祺圣鉴事：窃臣前在大连曾递上一折，

---

① 此奏稿见于《局外局中人记》，中国人民政治协商会议全国委员会《文史资料》研究委员会编：《文史资料选辑》(第十九辑)，中国文史出版社 1989 年版。

② 此奏稿作于民国二十一年二月初十日(1932 年 3 月 16 日)，时在辽宁大连。

③ 此奏稿见于《局外局中人记》，中国人民政治协商会议全国委员会《文史资料》研究委员会编：《文史资料选辑》(第十九辑)，中国文史出版社 1989 年版。

并另具呈请加恩开去秘书之职，尚未奉到批示。臣自返津后，即病睡眠不安，万念潮涌。臣身虽远离，臣心仍在皇上左右也。今者建国虽名独立，其实事事受人牵制。我皇上以尧舜救民之心，行勾践复仇之志。忍人之所不能忍，容人所不能容，智勇深沉，不露声色。立志之坚，用心之苦，非世人所能知者。尤望我皇上遇盘错而不过于焦劳，经拂逆而不至于消沮。遵养时晦，静待时机之转。昔汉光武经伯升之变，深自引过，枕席有涕泣处，饮食言笑如平常。所谓动心忍性，增益其所不能，终以成大业也。惟是外虽示以镇静，而先事之布置，不可不迅密进行。外若无所臧否，而庶类之贤奸，不可不微为识别。昔齐威王三年不问国事，一鸣惊人，此可为法也。再者用人之道，惟在一诚，推赤心于腹中，然后能得其死力。否则虽欣动一时，终渐渝于久远，遇有重要事机以周旋，失其真意，铸成大错，不可挽救。臣愚见所及，是否有当，伏祈圣鉴。恭请圣安。①

奏稿(八)②

陈曾寿

奏为沥陈下情并请颁发明谕以释群疑，恭折仰祺圣鉴事：窃臣前交律师林廷琛赍陈一折，谅邀圣鉴。旋接臣胡嗣瑗通告，已蒙恩准，如所请开去秘书本职。并传谕同处患难，不可远离等因钦此。既下情之曲体，复温语之宠颁，臣非木石，能勿感动？自当闻命立时就道。但臣归后患病，迄今未愈。舌苔脱液，精神萎顿。医者谓心气太亏，肝经尤郁，亟须静摄。一俟气体稍复，即当遵赴行在，恭请圣安。再京津旧臣，闻皇上就任执政，疑尊号自此取消，同深悲愤。即曾任民国官吏如曹汝霖、汪荣宝等，亦以名义关系甚重为言。臣以皇上屡次坚拒，及最后不得已允许之苦心，详为解释。闻者始稍知此中真相，而终无以尽祛其疑。伏祈明谕驻京津两办事

---

① 此奏稿作于民国二十一年二月二十五日(1932年3月31日)，时在天津家中。

② 此奏稿见于《局外局中人记》，中国人民政治协商会议全国委员会《文史资料》研究委员会编：《文史资料选辑》(第十九辑)，中国文史出版社1989年版。

处及两陵承办事务处，大意言迫于东三省人之吁请，准临长春，暂领执政。所有各该处向办事处，一仍旧日体制，无所变更。并在长春添设一办事处，专管承转两陵及京津办事处文件事宜，不在执政府组织之内，以清界限，而免混淆。庶诸臣有所遵循，不至彷徨失措。而外间知皇上虽领执政，尊号仍存，其维系人心于无形者，尤为重大。此亟宜宣示而不可缓者也。臣愚昧之见，是否有当，伏祈圣鉴。①

奏稿(九)②

陈曾寿

窃臣才庸学浅，辱荷皇上至深至厚之恩，常恐无以为报。一年以来，窥见圣虑深远，盘根错节，万非臣下所能及。故未尝轻于进言，非敢缄默而自沮也。皇上存恢复故宇、出民水火之大志，常坚忍以待时。昔之俯就执政之名，今之上尊号而不辞，皆坚忍以求其志也。今之应争者在赏罚黜陟之大权，不在外面之礼文节目。如时犹未至，宁暂俟之。果能实权在己，则虽如赵武灵王之胡服，未为不可。盖开创之时，当以非常处之。拘文牵义，非所以应天下之变也。若不争之于本原，而争之于礼节，徒取纷扰耳。现臣之愚见所欲进一言于皇上者：愿勿以圣智高乎一世，而渐萌轻肆慢忽之心；勿以前圣典籍皆已了解，而不深求其所以然。盖天生烝民而立之君，作之师，其任至重。况我皇上所处之艰屯，为古人所未有。异日之担负何穷，将以拨乱反正，挽救一世陷溺之人心，不可不深植其本也。昔舜大智也，而好问察迩言。孔子至圣也，而学不厌，诲不倦。盖圣不在智慧高出一世，而在取人为善；不在学问高出一世，而在发愤忘食。方今人才消乏，作育之功，全在皇上。必圣学宥密，先成乎己而后能陶冶众万以成物。此臣区区之愚，愿皇上以泰山而取尘，以沧海而取勺者也。再臣

---

① 此奏稿作于民国二十一年三月初六日(1932年4月11日)，时在天津家中。

② 此奏稿见于《局外局中人记》，中国人民政治协商会议全国委员会《文史资料》研究委员会编：《文史资料选辑》(第十九辑)，中国文史出版社1989年版。

身弱才短，深惧陨越，将来改易官制，谨求置诸闲散之秩，以免过失。愚昧之见，未知当否？伏祈圣鉴。①

四月五日作(二首)②

陈曾寿

长拼忽忽送骎骎，愁见纱窗曙色侵。孤念欲穷天地憾，劳生犹炯且明心。残釭半焰容飘瞥，悴竹寒花有照临。欲变危机须果决，谁将感激易沉吟。

忍教水火答壶浆，丰镐遗恩苦未忘。取媚歌觞宁免死，全牺孤注欲何偿。早知带汁充诸葛，复见靴刀警寿皇。请剑不成空寂寂，老谋壮事两茫茫。③

穆庵以所持先生遗诗见示，敬其风仪，为题一绝④

陈曾寿

传世遗文胜托孤，抱残字字抵琼琚。南丰一瓣香难灭，泪彻天泉有顾庐。⑤

---

① 此奏稿作于民国三十二年(1933年)十二月间，时在吉林长春。

② 此奏稿见于《局外局中人记》，中国人民政治协商会议全国委员会《文史资料》研究委员会编：《文史资料选辑》(第十九辑)，中国文史出版社1989年版。此诗未收入《苍虬阁诗集》中。

③ 此诗作于民国二十一年四月初五日(1932年5月10日)，时在天津家中。

④ 此诗见于《成都顾先生诗集》。《成都顾先生诗集》系顾印愚的诗集，民国二十一年(1932年)刊本。此诗未见收入《苍虬阁诗集》中。为此诗集题词的尚有陈宝琛、陈三立、程颂万、王闿运、梁鼎芬、易顺鼎、陈衍、陈方恪等二十人。

⑤ 此诗作于民国二十一年(1932年)间。

穆庵属题所持先生楹帖，并以遗笺见赠，次韵梁文忠师感赋①

陈曾寿

饮仙兼草圣，孰与抗颜行。米舫贯虹月，虞书尊庙廊。先生真詄宕，弟子嬗芬芳。珍重分遗墨，高情何日忘。②

《荒城临水图》题跋③

陈曾寿

平沙细路入漫漫，极目山寒水更寒。大历诗心摩诘画，凄迷犹似梦中看。

灵运池塘诗意新，令穰小幅气合春。如何只写萧寥镜，愁绝江山富贵人。④

---

① 此诗见于《成都顾先生诗集》。此诗未见收入《苍虬阁诗集》中。

② 此诗作于民国二十一年(1932 年)间。

③ 这二首绝句见于周劲思《溥心畬的朋友圈——从恭王府博物馆藏一件溥心畬佳作谈起》一文(见《收藏家》2019 年第 4 期)。这二首绝句均不见收入《苍虬阁诗集》中。

④ “《荒城临水图》题跋”作于民国二十四年(1935 年)九月间，时在北平小住。

《旧月簃词选》自序①

陈曾寿

花间春盏，俄照绿阴；虫畔秋床，骤闻凉雨。荡羁魂于别馆，回幽绪于闲悰。缥缈千生，温凉一念。于斯时也，欲拈韵语，苦诗律之拘严；欲叙长言，奈柔情之断续。求其追摄神光，低回本事，微传掩抑之声，曲赴坠抗之节，其惟词乎。

余素工愁恨，雅好倚声。开卷获心，曼吟自遣。而古今选本，微涉异同。酸碱之品，嗜好攸殊。丹素之分，是非在我。一也。区派别者，多门户之见；钤位置者，严升降之殊。兹则悦异暖姝，迹混爱薄。二也。义取别裁者，必审钤式之篇；志发幽潜者，每劳罔象之索。兹则染指不嫌乎异味，适口惟餍乎常羞。三也。网罗期乎备盛，燕雀贵乎均平；则江海只尝其一勺，涓滴或重乎千流。兹则或录多篇，或从盖阙；无事兼收，从吾所好。四也。具兹四异，趣向自殊。盖饷世必谨乎义例，而适己但挹其芳香也。虽然，此不必证之于人，斯有异同之别。即念之于己，亦有先后之歧也。窈窕之哀，易钟于绮岁；代谢之感，每积于中年。情以境迁，境以时易。故有始欣而终厌，初昧而晚觉。要眇之韵，洗耳始闻；深湛之思，镂心斯见。故有昔遁而今获，历久而弥新。昔者贾生谴谪，拟左徒湘泽之文；杜老栖迟，爱开府江关之句。惟身世之相符，即波澜之莫二。是以诵青兕之词，痛先还于塞雁；披碧山之集，助鸣咽于哀蝉。湘云楚水，目极伤心；蜀鸟吴花，泪零别绪。渔唱三更，惊此身之尚在；婵娟千里，问归去以何年。如我意所欲言，宛精魂之犹识。凡在此伦，尤为独赏。必欲尽人而悦，含意皆伸。譬诸歌薤露于初筵，奏离鸾于燕尔。谓我何求，掩耳疾走。固其宜也。若夫奏歌辞庙，责其挥泪宫娥；扶醉寻钿，怪其忘

① 陈曾寿《旧月簃词选》，新京(长春)满洲图书株式会社，康德五年(1938年)版；该词选共选录唐五代宋金元词人84位，词作300首；其"自序"后又发表于《同声月刊》第二卷第六号；此自序今不见收入《苍虬阁诗集》附录中。

怀国耻。虽儒生之庄论，非艺苑之达言。夫世无孱主，安有废兴；人尽有心，何贵国士。绎彼哀思，采其馨逸。借酒杯以交块垒，授琴引以遣幽忧。不亦可乎。又若乐章谐婉，强半枕席之言；片玉宗工，阑入猥亵之语。后人震于其名，阴触所好。遂谓其字字珠玑，篇篇琼玖。择焉不精，斯为大祸。夫角枕锦衾，诗人独旦；捐佩投褋，骚客孤怀。曾不背于国风，何遽沦于桑濮。苟或描摹为工，鄙俚为雅；虽托闲情，亦属下乘。至其空江烟浪，寄怨梅花；残月晓风，销魂柳岸。斯绝世之风神，固雅裁所不废也。他若南山献颂，取媚平章；省吏炫才，失身弥远。谅其迹者，考岁月之后先；匿其瑕者，谓姓名之疑误。强为湔涤，翻近支离。夫秋壑淫威，曾何辞于误国；扬雄有二，究何解于美新。南园作记，惟应致惜于放翁；东阁来窥，固可原情于商隐。虽同静女之归荑，终误佳人之作贼。律以下流，宜从未减。人不废言，况兹小道。

综兹数端，自标微尚。取称褊衷，无关宏旨。未得驱除，学钝禅之遮眼；聊寻温熨，同彼美之晤言。一韩远略，不无惆怅之辞；小范先忧，都化相思之泪。芳菲菲其袭予，风缥缥而如诉。日月不居，将忍而与之终古也。丙子人日，苍虬陈曾寿识。①

① 《旧月簃词选·自序》作于民国二十五年正月七日(1936年1月30日)，时在吉林长春。

《听水斋词》序①

陈曾寿

岁庚午，曾寿赴天津行在所，与年丈陈文忠公朝夕相见于直庐者历三年之久。公尝以诗稿四册示观，属为去取，且谓勿以耄而弃我。既不获让，则窃以己意择藏若干卷，公欣然谓：“即以此为定本矣。”

继又出其词稿一册，曰：“吾少时喜为词，久辍不作，今沽上有须社词集，触夙好，又稍稍为之，顾性不相近，恒重质，少谐婉之致，子亦试为定之。”须社者，天津流人文士所设立，月再三集，集则拈题限调，寄彊村侍御沪上，平第甲乙。公初未尝入社，时藉以遣兴而已。

公身世所遭既为古人所未有，膺师保之重，遘非常之变，道广不绝俗，涵纳众流，处之各如其分。长图大念，密运于心，而深隐其迹。虽有沉哀极涕，见于诗若词者，多在回曲隐现之间。至晚岁而律愈细，思愈密，无几微颓率之态，斯亦古人所未有之境也。

公薨逾年，公子几士既刊公诗，并以词附，而俾曾寿缀言于后，辄述公虚怀盛德与其生平孤谊独至之处，俟后之读者有以论其世而知其人焉。

丙子六月，年愚侄陈曾寿序。②

---

① 陈曾寿《听水斋词·序》，见于陈宝琛著，刘永翔、许全胜校点：《沧趣楼诗文集》附录一，上海古籍出版社2013年版，第765—766页。《听水斋词》，前辈好友陈宝琛的词集。陈宝琛(1848—1935)，一名宝森，字伯潜，一字伯泉，号韬庵，亦作弢庵，又号桔隐、听水老人。室名“沧趣楼”。福建闽县(今福州市)人。同治七年(1868年)进士，授翰林院编修，累官至内阁学士兼礼部侍郎。为官以直言敢谏闻名，与张之洞、张佩纶、宝廷等号称“清流党”。中法战事起，与张佩纶疏论和战利害。光绪十七年(1891年)，被黜回乡。宣统元年(1909年)重新起用，命掌礼学馆，寻补内阁学士、充资政院硕学通儒议员、实录馆副总裁。三年(1911年)，简放山西巡抚，未就；更命以侍郎衔候补，兼任弼德院顾问大臣、正红旗汉军副都统等。晚年曾赴伪满洲国任职，后南归。工诗善画，是同光体诗派中“闽赣派”的主要代表。著有《沧趣楼文存》《沧趣楼诗集》等。

② 此序作于民国二十五年(1936年)六月间，其时因嗓子失音，正在北平治疗。

为吴大澂《书法山水合璧卷》题跋①

陈曾寿

美肖其神明，而一种雄杰之气照曜眉宇，尤足以想见公之为人焉。吾皇上御书冠绝百王，臣下之观感，递兴者前后相望，公尤其杰然者欤。公之子刑部君出此相示，岂独其家之世宝，必将与天章云汉并昭垂于千古无疑也。因展卷钦欢而书其后。丙子嘉平，苍虬陈曾寿题。②

为林葆恒绘《讱庵填词图》并题跋③

陈曾寿

子有老兄属绘填词图，经年未作。偶忆白石“虚阁笼寒，小廉通月，

① 此题跋见于株式会社东京中央拍卖有限公司“2018春季拍卖会”——“长物—中国艺术品夜场”专场拍卖品，编号：0124。

② 此题跋作于民国二十五年(1936年)十二月间，时在吉林长春。

③ 陈曾寿曾应好友林葆恒之邀，为其绘制有一幅《讱庵填词图》，并作有题跋；此图后被林葆恒收入自己编定的词集《瀼溪渔唱》的卷首；此前，林葆恒还先后邀请祁昆(1932年冬)、贺翘华(1934年)、汤涤(1935年春)、溥伒(1936年夏)、许昭(1936年)分别绘制有《讱庵填词图》，事详见姚达兑：《清遗民的文化记忆和身份认同——林葆恒和六幅〈讱庵填词图〉》，《民族艺术》2016年第6期，第139—147页。林葆恒(1872—1950)，字子有，号讱庵。福建闽侯人。林则徐侄孙。光绪十九年(1893年)举人。曾任驻小吕宋(今菲律宾)副领事、驻泗水(苏腊巴亚)领事。三十二年(1906年)，与郑孝胥等加入预备立宪公会，参与预备立宪活动。宣统三年(1911年)，以直隶候补道出任直隶提学使。入民国，创办烟台通益精盐公司，又曾出任天津中国实业银行兼事、中孚银行董事等职。晚年迁居上海。工诗词，毕生致力于诗词创作和词的整理、研究。先后主持、加入的词社有须社、沤社、声社、午社、瓶社、咫社等。著有《讱庵词》《讱庵诗稿》《落花诗》等，另整理编辑有《闽词征》六卷、《词综补遗》一百卷。

暮色偏怜高处”之句，真乃词中妙境。因取真意为图，聊以应命，即祈正之。戊寅十一月陈曾寿。①

自绘《相马图》并题跋②

陈曾寿

龙眠画满川花乃千古奇迹，山谷老人记之详矣。内府所藏《五马图》有此，其后松雪亦曾橅之，曹霸丹青既不可见，犹幸此图得仰其神姿，于千载以后不可谓非至幸也。乙酉夏五月，陈曾寿。③

《人马图》题跋④

陈曾寿

胡马大宛名，锋棱瘦骨成。竹批双耳峻，风入四蹄轻。所间无空□，真堪□死生，腾骧有如此，万里可向横。丁亥秋八月中秋，陈曾寿。⑤

---

① 此图及题跋作于民国二十七年(1938年)十一月间，时在天津小住。

② 此题跋是陈曾寿为自己所绘之设色纸本《相马图》成扇(20×55cm)所题。此成扇见于北京荣宝拍卖有限公司“2016秋季文物艺术品拍卖会”——“中国书画·近现代一”专场拍卖品，编号：0020。

③ 此题跋作于民国三十四年(1945年)五月间，时寓居北平。

④ 此题跋是陈曾寿为自己与好友宝熙携手制作的设色纸本《人马图》书画成扇(18×48cm×2)所题。此成扇见于北京翰海拍卖有限公司“2019春季拍卖会”——“中国近现代书画一”专场拍卖品，编号：0099。

⑤ 此题跋作于民国三十六年八月十五日(1947年9月29日)，时寓居北平。

为李昌鉴《集锦册》镜心题跋[①]

陈曾寿

众鳌生寒早，长林卷雾齐。音虫悬就日，朱□落封泥。薄俗防人面，全身学马蹄。吟诗重回首，随意葛巾低。商胡离别下扬州，忆上西陵故驿楼。为问淮南米贵贱，老夫乘兴欲东游。昌鉴先生雅属，陈曾寿。[②]

致刘衡女士[③]

陈曾寿

慧因夫人座右：

寿于夏历十一月初八日赴汉，在小女寓中住四十余日，因乡里不靖，未能归去省墓。顷已搭江船来宁，在二小儿处小住，再赴上海，亦不过旬日耽搁。武昌有二十余年未到，重访旧居，皆成瓦砾之场，不胜悽怆。思作一词写之，心绪枯涩不成一语。诵梦窗经故居湖山□醉惯一阕，感其沉至，今所遭乃较梦窗更为不堪，故不易写出也。近想起居佳胜，有新作否？尊师梅生先生想益康强，敬念。回信请寄上海永嘉路六九□弄一号，约上元后可到申也。即颂

① 此题跋是陈曾寿为好友李昌鉴的设色纸本《集锦册》镜心所题。同时为此《集锦册》题跋的尚有田世光、启功、郭传璋、黄均、马信生等名流。此《书画集锦册》镜心（七开，20×26cm×7）见于长风拍卖有限公司“北京长风 2011 春季拍卖会”——“中国书画”专场拍卖品，编号：0679。

② 此题跋作于民国三十六年（1947 年）间，时居上海或北平。

③ 这是陈曾寿写给好友何振岱的女弟子刘衡的书函。此书函福建运通拍卖行有限公司“福州专场第 26 期”——“中国书画”专场拍卖品，编号：0169。

年祉

曾寿顿首

戊子正月三日[1]

附录

答陈仁先(之一)[2]

杨守敬

赤壁之地，诸说纷纭。有谓乌林即赤壁者:《御览》(一百六十九)引《荆州记》"临漳山南峰谓之乌林，亦谓之赤壁"，此以赤壁在江北。又有谓赤壁在汉川县西八十里者，李吉甫已辨驳之。《御览》(七百七十一)引《英雄记》谓:"曹操北至江上，欲从赤壁渡江，无船，作竹簰使部曲乘之，从汉水下，出大江浦口。"此亦以赤壁在江北。然《周瑜传》言"遇曹公于赤壁，初一交战，公军败退，引次江北"，即赤壁在江南审矣。且张昭明言操得刘表水军蒙冲斗舰以千数，何为无船？然今嘉鱼下有簰洲，当亦因此得名。《文选注》(十三)引盛弘之《荆州记》:"蒲圻县沿江百里南岸有赤壁。"此《元和志》"赤壁山在蒲圻县一百二十里"所本，在江南岸，与"操败，引次江北"似合。然此山自名蒲矶山，故《一统志》驳之。惟《水经注》"在百人山南，谓即黄盖诈魏武处"，而其上又云"黄盖败魏武于乌林，相去几二百里。"足下遂疑其自相矛盾。余以为此不必疑也。盖曹操以水陆军沿江而下，声言八十万，周瑜谓"所将中国人不过十五六万，所谓表众不过七八万"，是则曹军亦实有二十三四万。以二十三四万之众，夫岂一二山林所能容?(近日日、俄之战，两军不过八十万，亦连营至二百里。)刘先主伐吴，连营七百里，以首尾不能相顾致败。然以二百里较之，固不相侔

[1] 此书函作于民国三十七年正月初三日(1948年2月12日)，时在南京次子邦直家过年。

[2] 杨守敬《答陈仁先》，见于《晦明轩稿》，《杨守敬集》第五册，湖北人民出版社、湖北教育出版社1997年版，第1170页。今此书函未见收入《苍虬阁诗集》附录中。

也。且《水经注》言赤壁之下有大军山、小军山，《纪要》谓是以吴、魏相持陈兵名。又其下有黄军浦，《水经注》亦谓是黄盖屯军所。夫吴以三万人拒曹操，其屯兵处已几及百里，合刘先主、刘琦之兵二万余人，亦不过五万余人。盖赤壁为操前锋所及，乌林为操后军所止。吴军以蒙冲斗舰数十艘从南岸引次俱前，同时发火，（观此则知自赤壁至乌林同时以火攻之。）盖由南而北，非必由下而上也。观《周瑜传》自明。是《水经注》所据，于当时军势至合。其他方志，附会之辞，正不必一一辨论也。①

答陈仁先（之二）②

杨守敬

问汉高遣别将击英布军洮水南北，皆大破之。胡三省以为在江南零陵之洮阳，《读史兵略》以"洮"是"沘"之误，未知孰是？

答曰：此事互详《史》《汉·高祖本纪》及《英布传》。《布传》言："布走，度淮，数止战，不利，与百余人走江南。布旧与番君婚，故长沙哀王使人诱布，伪与俱亡走越，布信而随至番阳。番阳人杀布兹乡。"《高祖纪》则言："布走，令别将追之，击布洮水南北，皆大破之，追得，斩布鄱阳。"徐广曰："'洮'音'道'，在江、淮间。"《汉书》苏林曰："'洮'音'兆'。"《通鉴》则兼采纪、传。胡《注》云："布军既败走江南，则洮水当在江南。"因以零陵洮阳之洮水当之。齐次风疑其太远，全谢山《经史问答》遂疑"洮"为"沘"误。无论苏林、徐广所见，《史》《汉》皆是"洮"字；布本传《史》《汉》皆云"走江南，而后破之洮水"；沘水在江北，与《史》《汉》皆不照，其误不待辨。汪士铎又袭为己说。唯《方舆纪要》以溧阳之洮湖当之，其说是也。盖是洮湖本荆王刘贾地。《布传》："东击荆，荆王刘贾走死富陵。尽劫其兵，度淮击楚。"是其地已为布所得。布败走

① 此书函作于光绪二十九年（1903年）年底，时为武昌勤成学堂的总教长。

② 杨守敬《答陈仁先》，见于《晦明轩稿》，《杨守敬集》第五册，湖北人民出版社、湖北教育出版社1997年版，第1169页。今此书函未见收入《苍虬阁诗集》附录中。

江南，复于洮湖南北收集散亡，与汉别将战，于情势甚合。又败而西走鄱阳，为番君所给，于地望亦不乖。若零陵之洮水，是已近南越，何复返至鄱阳为所杀乎？而全谢山乃谓洮湖在吴王濞国内，深疵顾说之谬。不知封吴王濞在灭英布之后，明见《高祖本纪》，是真以不狂为狂者。至若布“与上遇蕲西会口”，《史记》作“甀”。韦昭云：“甀，蕲之乡名。”《史记正义》：“‘蕲’音‘机’。沛之蕲城也。”《通鉴》俗本误作“鄿”，汪氏遂疑为鹿邑之蕲县，是并《史》《汉》皆不检矣。余尝谓汪氏一出己见，便成谬误，非苛论也。①

致陈曾寿(之一)②

杨守敬

仁先世大兄足下启者：

余亲朱璇甫（潭霖）去岁以误药暴病卒。其子锡椵情殷向学，企承先志，美才也。昨星胎庶常来言，已恳足下补入方言学堂，甚欣甚慰。笃念故交，栽培后学，两得之。锡椵现住敝处。补录有期，祈示一信为荷。即颂道安。不庄。

守敬顿首

初八日③

---

① 此书函作于光绪三十年(1904年)五月间，时为武昌勤成学堂的总教长。

② 此书函见于贺宏亮：《新见三十五通杨守敬信札考释》，《中国书法》2016年第3期，第25页；今此书函不见收入《苍虬阁诗集》附录中。

③ 此书函作于光绪三十年十一月初八日(1904年12月14日)，时为武昌勤成学堂的总教长。

致陈曾寿(之二)[①]

杨守敬

仁先大兄足下：

昨承邀未能赴，谢谢。所疑三条，唯首一条颇浅，然亦由《通典纪要》未分别言之。第二条实由变迁，此与郁水、汝水间。今人知汝水下流，非古之汝水下流。而不知郁水（白水）之上流，非古之上流。足下能疑及此，可谓善读《水经注》矣。至于江夏、武昌二郡之废置，其说颇长，兹谨疏其大略如此。足下由此而精进之，他日不难为地学名家。惜余《水经注图》及《水经注疏要删》均未出书，不能于足下有启发焉（《水经注图》已刻成，现已印样本，俟数日可装订成。《水经注疏要删》亦刻成一半，大约七八月间可出书，兹先付《水经注图》六叶，可按图核之）。并附以闻。伏暑远行，固非少年所计，然何不俟秋凉耶？唯珍摄不一。

守敬顿首

廿日挥汗。[②]

① 此书函见于贺宏亮：《新见三十五通杨守敬信札考释》，《中国书法》2016年第3期，第25页；今此书函不见收入《苍虬阁诗集》附录中。

② 此书函作于光绪三十一年五月二十日（1905年6月22日），时为武昌勤成学堂的总教长。

致陈曾寿(之三)[①]

杨守敬

《水经注要删》一部奉赠，此书不启俗眼惊。计非我仁先无能知其程度也。《山谷集》二部取来（每部六两），如前途必欲四部，当为再取之。缘贵记一手亦不能携四部也。此致。即颂晨安。不庄。

守敬顿首

十三日[②]

致陈曾寿(之四)[③]

杨守敬

仁轩大兄足下：

得书，问刘裕伐南燕，先过大岘，后至东莞。而东莞在大岘之南，于形势不合。此《通鉴》之误。《宋书·武帝纪》但言进军琅邪及梁父、莒城二戍，莒城即在东莞之东南，而后言公既入岘，初无先入岘而后至东莞之文。《晋书》载纪则明言：其夏王师次东莞，超遣其左军段晖、辅国贺赖卢等六将，步骑五万进据临朐，俄而王师度岘云云。是刘裕先过东莞，而后入大岘，至审。《通鉴》采之，先后倒置，遂乖地理。今本《十六国春秋》又

① 此函札见于贺宏亮:《新见三十五通杨守敬信札考释》,《中国书法》2016 年第 3 期,第 25 页;今此函札不见收入《苍虬阁诗集》附录中。

② 此书札作于光绪三十一年十月十三日(1905 年 11 月 9 日),时为武昌勤成学堂的总教长。

③ 此信见于贺宏亮:《新见三十五通杨守敬信札考释》,《中国书法》2016 年第 3 期,第 24—25 页;今此信不见收入《苍虬阁诗集》附录中。

从《通鉴》采辑，亦因其误，不足据也。

足下虽未能核其致误之由，然致疑于形势不合，可谓善读书者矣。大抵《读史兵略》亦未能订正此误。凡汪梅村所治《汉志》《水经》，多所谬误，余撰《晦鸣轩稿》，曾痛诋之。今以一部呈览，知足下有心人，必不以老学究相疵也。即颂晚佳，不庄。

守敬顿首

十九日灯下①

致陈曾寿②

樊增祥③

仁先仁兄如面：

前作《读简学斋诗书后》，弟六首“庆乃贻后昆”误作“贻子孙”，则是一篇两押“孙”字矣（今日审稿本始看出），祈代改正。前日诗钟送谁阅看，就枕后又得一联云：“庾园客愧征西父，郑小同夸北海孙。”不识可补入否？若请子琴与笏卿作主考最佳……祥顿首，闰五月初三。④

---

① 此信作于宣统三年十月十九日(1911 年 12 月 9 日)，时寓居上海。

② 樊增祥《致陈曾寿》，载《香书轩秘藏名人书翰》(上中下)，浙江古籍出版社 2005 年版。此书函今不见收入《苍虬阁诗集》附录中。

③ 樊增祥(1846—1931)，原名樊嘉，又名樊增；字嘉父，一字云山；号云门，亦号樊山，又号天琴；别署天琴居士、身云居士、东溪居士、鹅溪老渔、天琴道人、天琴老人、武威樊嘉等。湖北恩施人。同治六年(1867 年)举人。光绪三年(1877 年)进士，选庶吉士。散馆后历官陕西渭南知县、陕西按察使、陕西布政使等职。三十二年(1906 年)十月被免官。三十四年(1908 年)八月，开复原官，授江宁布政使兼署两江总督。辛亥革命爆发，隐居上海，以遗老自居。入民国，曾出任总统府顾问、参政院参政、清史馆总纂等职。卒于北平。工诗、词、故文、骈文，善书画。著述丰富，有《樊山集》《樊山续集》《樊山集外》等，今人辑有《樊樊山诗集》(上、中、下)。

④ 此书函作于民国三年闰五月初三日(1914 年 6 月 25 日)，时寓居上海。

致大兄书(之一)[①]

陈曾植[②]

大兄左右:

接廿七日函,忧虑少释。彼辈此后必有种种欺诱恫吓迫胁之谋。但上意果坚决,亦无所施其技。望兄随时说破,勿为所动。须知彼即出于诚意,亦有冰山之惧;况其叵测,非好相识乎?郑、罗等鬼蜮伎俩,两边欺蒙,真相必不使兄闻之,切望精密注意。[③]

致大兄书(之二)[④]

陈曾植

闻奉吉黑会商建国事,已有结果,适成一非驴非马之局。不知曾来上处烦渎否?彼等承日人意旨,各项办法均已议定。上即不惜委曲,亦无参加意见之余地,谅不肯为。兄必力劝自重也。弟屡劝晴初行,而其意已

---

① 此书函见于《局外局中人记》,中国人民政治协商会议全国委员会《文史资料》研究委员会编:《文史资料选辑》(第十九辑),中国文史出版社1989年版。《局外局中中人记》今已被收入《苍虬阁诗集》附录一,为方便后人编辑《陈曾寿集》,特从中将其抄录出来汇聚在一起,后七函亦同。

② 陈曾矩(1884—?),原名正矩,又名曾植,字挈先,号志强,室名“志强斋”。陈曾寿三弟。光绪二十八年(1902年)举人。民国初,曾被聘为清史馆协修。1923年与罗振玉等参与发起“东方学会”。后以政治浊乱,不愿涉足仕途,遂专心讲学和研究宋儒理学。著有《伦书》《孝经约旨》《蹵然语》《历代战史纪要》《强志斋札记》《强志斋论稿》等。

③ 此书函作于民国二十一年正月初二日(1932年2月7日),时在天津。

④ 此书函见于《局外局中人记》,中国人民政治协商会议全国委员会《文史资料》研究委员会编:《文史资料选辑》(第十九辑),中国文史出版社1989年版。

定，大约非奉召不肯行矣。①

致大兄书(之三)②

陈曾植

共和执政，名既不正，而三省实权，操于日本顾问之手，间接听其军人指挥，毫不能自主，岂成一国家体制？ 何苦甘为牺牲？ 想上必不允。 但恐为“终身”二字所动，请力破其妄。 自己无实在立足之地，而信他人许我终身。 三尺童子，岂受此愚乎？③

致大兄书(之四)④

陈曾植

接廿日手书，徒唤无奈。 只有奉身而退。 如万分走不脱，则断不可受何职位，只在左右暗中扶持，徐徐抽身。 想兄必以弟此言为然也。⑤

① 此书函作于民国二十一年正月十四日(1932年2月19日)，时在天津。

② 此书函见于《局外局中人记》，中国人民政治协商会议全国委员会《文史资料》研究委员会编:《文史资料选辑》(第十九辑)，中国文史出版社1989年版。

③ 此书函作于民国二十一年正月十九日(1932年2月24日)，时在天津。

④ 此书函见于《局外局中人记》，中国人民政治协商会议全国委员会《文史资料》研究委员会编:《文史资料选辑》(第十九辑)，中国文史出版社1989年版。

⑤ 此书函作于民国二十一年正月二十三日(1932年2月28日)，时在天津。

致大兄书(之五)[①]

陈曾植

君穆（罗振玉之侄）归谈，似木已成舟，不知尚有转圜望否？ 如至无可奈何，唯愿两兄坚持素志，壁立万仞，使天下万世知秦犹有人，非尽糊涂狂谬、不惜廉耻、苟且以图一时之利者。 其维系于天壤间，故匪细也。 若委曲迁就，则以前之苦心瘏口，一笔勾销，泾渭难分矣。 衮（汪荣甫）函辞谢，对于非驴非马之局，致慨甚深。 稍有知者，莫不闻而扼腕。 无如局中之迷惘何耳。[②]

致大兄书(之六)[③]

陈曾植

前日寄梅枝町转交一函，想达鉴。 弢（陈宝琛）老归，谈悉种种，令人气闷。 倭人举动，总带几分鬼蜮性质，终非好相与也。 病老（王乃徵）易名可慰。 不知培老（沈曾植）、贻重（陈毅）事核实可提？ 请便中示知。 闻瑞珏将出外，已定否？ 兄将来想仍在近旁，能处一超然清闲地位最好。[④]

---

① 此书函见于《局外局中人记》，中国人民政治协商会议全国委员会《文史资料》研究委员会编：《文史资料选辑》(第十九辑)，中国文史出版社 1989 年版。

② 此书函作于民国二十一年正月二十八日(1932 年 3 月 4 日)，时在天津。

③ 此书函见于《局外局中人记》，中国人民政治协商会议全国委员会《文史资料》研究委员会编：《文史资料选辑》(第十九辑)，中国文史出版社 1989 年版。

④ 此书函作于民国二十二年十二月十八日(1934 年 2 月 1 日)，时在天津。

致大兄书(之七)[①]

陈曾植

大兄左右：

杨君所带之函，顷始收到。椒事太惨。兄意请勿稍露，表面处以淡然，对人更不提椒一字。李邺侯为建宁事伤心已极，初无片语，隐忍久之，一旦飘然，是可法也。宗旨虽决，而回翔迟速之间，须当其可，未能拘定。兄谓何如？[②]

致大兄书(之八)[③]

陈曾植

接函知再辞仍不允，留意恳至，自不可太恝然，请暂时忍耐，遂初之愿，俟诸异日耳。[④]

① 此书函见于《局外局中人记》，中国人民政治协商会议全国委员会《文史资料》研究委员会编：《文史资料选辑》(第十九辑)，中国文史出版社 1989 年版。

② 此书函作于民国二十三年十月初十日(1934 年 11 月 16 日)，时在天津。

③ 此书函见于《局外局中人记》，中国人民政治协商会议全国委员会《文史资料》研究委员会编：《文史资料选辑》(第十九辑)，中国文史出版社 1989 年版。

④ 此书函作于民国二十四年四月二十四日(1935 年 5 月 26 日)，时在天津。

与陈苍虬御史书[1]

溥心畬[2]

前闻有辽东之行，后以不合而去。甚善。《易》曰："知进退存亡而不失其正者，其惟圣人乎？"又曰："凶吉悔吝生乎动者也。"动不以时，且曰不可，况当存亡之际，行止之间哉。今满洲国家，日本所立也。名不正矣，言不顺矣。而又剪刈我公室，羁策我人民，申其符命，颁其重器。彼方奋累此之业，逞武人之志，并吞大国，万里趋利，西连德义，为天下敌，料其败衄将不旋踵。我助其虐，同其祸天下，谁能与之？诸公忘其累卵，安于积薪，郑无待晋之谋，蜀绝通吴之使，坐视其败，不待无虞，儒窃惑焉。且夫三省之利，日本与俄共之。日本不能有，则俄取之，犹外府也。将于此时观衅而起，因其弊而乘其利，若劫乘舆，挟其臣民，北狩之祸，比见于今日矣。而于此时致身其间，将与其难，非智士也；不与其难，非忠臣也。杀身则伤仁，保身则害义，足下将何居焉？《易》曰："介于石不终日。"今满洲危亡，见其几矣，足下之坚贞，介于石矣。去之不待终日，则犹可及也。得七月十日书，知又有辽东之行，近揆事势，远引易道，敢尽言于足下，亦

---

① 此函见于杨新、许爱仙主编之《溥心畬书画集》卷上，紫禁城出版社1997年版，第130—131页；又见于溥心畬《寒玉堂文集》(其手抄本今存台北中国文化大学华冈博物馆)。此书函今未见收入《苍虬阁诗集》附录中。

② 溥心畬(1896—1963)，原名爱新觉罗·溥儒，初字仲衡，改字心畬，号松巢，别号羲皇上人、西山逸士、流浪王孙等。室名省心斋、寒玉堂。满洲皇室。恭亲王奕䜣之孙，贝勒载滢次子。少聪慧，琴棋书画皆通，被誉为"皇清神童"。辛亥革命爆发，隐居西山。1914年入柏林大学习生物，后获双博士学位。回国后居恭王府萃锦园。1924年与溥雪斋、溥毅斋、关松房等成立国画团体——"松风画会"。1928年应聘赴日本京都帝国大学执教。返国后任教于北平国立艺专。1932年溥仪就任伪满洲国皇帝，曾著文斥责。1949年，往台湾，任教于台湾师范大学。工诗文，擅书画，富收藏。与张大千有"南张北溥"之誉，与吴湖帆并称"南吴北溥"。代表作有《雪中访友图》《松山茅屋图》《层峦积翠图》等。著有《华林云叶》《慈训纂证》《寒玉堂论画》《四书经义集证》《毛诗经义集证》《尔雅释言经证》等。

惟少垂察焉。①

过陈苍虬侍郎故庄②

溥心畬

空馆余乔木，寒塘尚泊船。菱花飘细水，杨叶散浮烟。蕙帐人何在，衡门月自圆。江南未归客，来对旧山川。③

① 此书函作于民国三十三年(1944年)九月间，时居于北平。

② 此诗见《溥心畬先生诗文集·南游集》，台北故宫博物院1993年版，第10页；此诗今未见收入《苍虬阁诗集》附录中。

③ 此诗作于民国三十六年(1947年)十月间，时在南京出席"制宪国民大会"期间。

参考文献

一、文献著作类：

[1] 林则徐，等.道咸同光名人手札［M］.台北：台湾商务印书馆，1972.

[2] 本书编写组.清代名人书札［M］.北京：北京师范大学出版社，2009.

[3] 林昌彝.林昌彝诗文集［M］.王镇远、林虞生校点.上海：上海古籍出版社，2012.

[4] 程翔章，程祖灏.王柏心年谱［M］.武汉：华中师范大学出版社，2019.

[5] 程翔章，程祖灏.张裕钊年谱［M］.武汉：华中师范大学出版社，2021.

[6] 程翔章，程祖灏.杨守敬年谱［M］.武汉：华中师范大学出版社，2021.

[7] 钱伯城，郭群一整理，顾廷龙校阅.艺风堂友朋书札（下）［M］.上海：上海人民出版社，2018.

[8] 上海图书馆.汪康年师友书札（3）［M］.上海：上海书店，2017.

[9] 陈宝琛.沧趣楼诗文集（上、下）［M］.刘永翔，许全胜校点.上海：上海古籍出版社，2013.

[10] 陈曾寿.苍虬阁诗集［M］.张寅彭，王培军校点.上海：上海古籍出版社，2009.

[11] 程翔章，程祖灏.陈曾寿年谱［M］.武汉：华中师范大学出版社，2021.

二、论文类：

[1] 谢葵.王柏心与湘籍名臣往来书札考略［J］.长江大学学报（社会

科学版），2018（5）：39-44.

［2］吴仰湘.彭玉麟散见函札和诗文辑考：新版《彭玉麟集》补遗［J］.船山学刊，2006（3）：33-37.

［3］谢葵，谢宜修.“沙滩三杰”与王柏心书札考释［J］. 长江大学学报（社会科学版），2019（3）：23-27.

［4］孙莹莹.张裕钊佚文考［J］.古典文献研究（第十二辑）：542-554.

［5］徐世中.张裕钊佚文考略［J］.古籍整理研究学刊，2014（3）：53-59.

［6］王金科.张裕钊主讲莲池书院时的几封家书［J］.文物春秋，1996（3）：16-21.

［7］李松荣.张裕钊书札辑补：中国学报上的张廉卿先生论文书牍摘抄［J］.中山大学研究生学刊（社会科学版），2008（3）：19-31.

［8］张靖鸣.新发现的张裕钊及族人诗文书法作品系列考释［J］.鄂州大学学报，2006（2）：34-37.

［9］程俊英.同道相益：杨守敬对山本竟山的传习授书［J］.中国书画，2019（5）：44-48.

［10］贺宏亮.新见三十五通杨守敬信札考释［J］.中国书法，2016（3）：22-33.

［11］韩悦.杨守敬题跋本诸经单疏四种的特殊价值［J］.图书馆杂志，2019（5）：88-95.

［12］胡振宇.记杨守敬与罗振玉讨论甲骨文之信一帧［J］.中国文化，1997（15、16）：84-86.

［13］刘信芳整理.杨守敬函稿［J］.东南文化，1989（Z1）：243-247.

［14］刘信芳整理.杨守敬函稿［J］.东南文化，1991（1）：265-269.

［15］刘信芳整理.杨守敬函稿［J］.东南文化，1991（5）：317-321.

［16］刘信芳整理.杨守敬函稿［J］.东南文化，1992（1）：269-273.

［17］郗志群考释.杨守敬致罗振玉的一封信［J］.文献，1998（4）：281-285.

［18］杨斌.杨守敬致谭献手札二通考释［J］.书法研究，2020（2）：124-136.

［19］赵嘉.古籍版本图录在藏书题跋整理中的作用：以《善本真迹》所收杨守敬题跋为例［J］.新世纪图书馆，2018（7）：78-82.

［20］占如默.陶风楼藏杨守敬致倪文蔚手札考释［J］.文献（双月刊），2016（4）：108-132.

［21］周敏珏.端方与杨守敬金石交游考述［J］.中国书法，2019（17）：24-35.

后　记

湖北近现代每一个作家的人生，都有着明显不同的情况：有的终生贫愁穷困，有的由温饱渐达小康，有的早年富足而晚年潦倒，有的早年贫穷而晚年显达，有的则一直富贵显达……而这种不同的生存状况，也使得他们创作的文学作品的保存结果完全不同：有的人在其生前，所有的作品都已整理刊行；有的人在其去世后，其家人、弟子或同僚及时将其遗集予以刊行；有的作家在去世几十年、甚至上百年后，其遗集才由显达的后人、弟子（再传弟子）或族人整理面世；有的则至今没有能够出版其作品集。

由于各种原因，不少作家已刊行面世的作品集或遗集，其中所收入的作品并不是太全，总有一些作品被漏收，散佚各处，这不能不说是一大缺憾。

这些年我们在全面、深入地研究湖北近现代作家的过程中，不断发现有作家的佚文、佚诗，便有意识地将它们仔细地保存起来，当撰写到某位作家的年谱或评传时，便将这些佚文或佚诗纳入其中，以窥见此作家思想的发展变化或文学创作的全貌——我们认为，这也是一件很有意义的事情。

倘若以后有研究者要为其中某些作家编辑文集、诗集或全集，我们眼下所做的工作，必将对他们有利，为他们编集提供不少方便，减省一些劳动和精力。

为了进一步方便读者和研究者，我们决定将平时所收集到的湖北近现代作家的佚文、佚诗汇集、整理成集，陆续刊行面世，对繁荣湖北的文化建设尽到我们的微薄之力。

程翔章

2021 年 9 月 20 日